ÉLÉMENTS

TRIGONOMÉTRIE

RECTILIGNE

PAR

J. PICHOT

ANCIEN ÉLÈVE DE L'ÉCOLE POLYTECHNIQUE
PROFESSEUR DE MATHÉMATIQUES AU LYCÉE LOUIS-LE-GRAND
CENSEUR DES ÉTUDES AU LYCÉE FONTANES

PARIS

LIBRAIRIE HACHETTE ET Cie

79, BOULEVARD SAINT-GERMAIN, 79

ÉLÉMENTS

DE

TRIGONOMÉTRIE

RECTILIGNE

644. — PARIS, IMPRIMERIE A. LAHURE

9, rue de Fleurus, 9

COURS COMPLET DE MATHÉMATIQUES

à l'usage de la classe de mathématiques élémentaires, des candidats au baccalauréat ès sciences,
aux écoles de Saint-Cyr, navale et forestière,
par MM. BOS, inspecteur de l'Académie de Paris, et PICHOT, censeur au lycée Fontanes

ÉLÉMENTS

DE

TRIGONOMÉTRIE

RECTILIGNE

PAR

J. PICHOT

ANCIEN ÉLÈVE DE L'ÉCOLE POLYTECHNIQUE
ANCIEN PROFESSEUR DE MATHÉMATIQUES AU LYCÉE LOUIS-LE-GRAND
CENSEUR DES ÉTUDES AU LYCÉE FONTANES

Avec de nombreuses figures intercalées dans le texte

PARIS

LIBRAIRIE HACHETTE ET Cie

79, BOULEVARD SAINT-GERMAIN, 79

1881

ÉLÉMENTS

DE

TRIGONOMÉTRIE RECTILIGNE

CHAPITRE PREMIER

LIGNES TRIGONOMÉTRIQUES

1. But de la Trigonométrie. — Un triangle comprend six éléments, savoir : trois angles et trois côtés. Lorsqu'on a les *données* suffisantes, on peut se proposer de déterminer les éléments inconnus d'un triangle ; c'est ce qu'on appelle *résoudre* le triangle. Cette question a été traitée en géométrie ; mais comme la perfection des instruments et l'habileté de l'opérateur sont nécessairement limitées, les constructions graphiques par lesquelles on détermine les inconnues ne peuvent donner qu'une approximation insuffisante. Le calcul, au contraire, permet d'obtenir une approximation aussi grande qu'on le veut.

L'introduction des côtés dans le calcul n'offre aucune difficulté, puisque ce sont des longueurs susceptibles d'une mesure directe. Quant aux angles, on peut les introduire dans le calcul à l'aide de certaines fonctions, dites *fonctions circulaires* parce qu'elles naissent de la considération du cercle. La trigonométrie, prise dans son sens le plus large, a pour but l'étude des fonctions circulaires. Mais dans ce traité élémentaire nous n'irons pas au delà de ce qui nous est nécessaire pour traiter d'une manière complète la question de la résolution des triangles rectilignes, et nous dirons : *La trigonométrie rectiligne a pour but la résolution des triangles rectilignes.*

Un triangle quelconque peut toujours être décomposé en deux

1

triangles rectangles; il suffit pour cela de mener l'une des hauteurs. Il résulte de cette remarque que la résolution des triangles
rectilignes quelconques pourrait être ramenée à celle des triangles
rectangles.

Cela posé, soit BAC un triangle rectangle (fig. 1) dont l'hypoté-

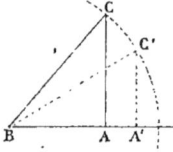

Fig. 1.

nuse BC est égale à l'unité de longueur. Faisons
varier l'angle B depuis zéro jusqu'à 1^d, et admettons qu'on construise une table donnant les
valeurs des deux côtés BA et AC de l'angle droit
du triangle pour un très grand nombre de valeurs
attribuées à l'angle B. En procédant ensuite par
voie d'interpolation, on comprend aisément qu'on
puisse obtenir les valeurs des deux côtés de l'angle droit pour une
valeur quelconque de l'angle B. Le triangle rectangle BAC et, par
suite, tous les triangles rectangles pourront être résolus dans
tous les cas. Il en sera donc de même pour les triangles rectilignes
quelconques.

Les deux côtés CA et BA de notre triangle rectangle sont précisément deux des fonctions circulaires que nous allons étudier sous
les noms de *sinus* et de *cosinus* de l'angle B. En même temps que
nous acquérons la notion de ces fonctions, nous avons, jusqu'à un
certain point, l'explication de leur origine.

2. Mesure des angles. — Soient (fig. 1 *bis*) AOB et AOC des angles
quelconques ayant même sommet et un côté commun. Du point O
comme centre, avec un rayon arbitraire, décrivons un arc de cercle
et soient AB et AC les arcs interceptés entre les côtés des deux an-
gles. Nous savons qu'on a la relation $\dfrac{\text{angle AOC}}{\text{angle AOB}} = \dfrac{\text{arc AC}}{\text{arc AB}}$. Prenons
l'angle AOB pour unité d'angle et convenons, en même temps, de

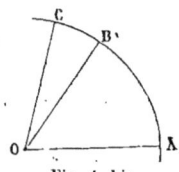

Fig. 1 *bis*.

prendre pour unité d'arc l'arc AB compris entre
les côtés de l'unité d'angle. Le premier rapport
exprimera la mesure de l'angle AOC et le second
exprimera la mesure de l'arc AC. Donc, dans les
conditions où nous nous sommes placés, nous
pouvons dire que la mesure de l'angle et celle de
l'arc sont exprimées par le même nombre. Dé-
signons par ω la mesure de l'angle A et soient l et a les mesures des
longueurs des deux arcs rapportées à la même unité de longueur

Nous pourrons écrire : $\omega = \dfrac{l}{a}.$

Dans la pratique, on prend pour unité d'angle l'angle droit, et pour unité d'arc l'arc compris entre les côtés de l'unité d'angle, c'est-à-dire le *quart de la circonférence* ou le *quadrant*. Afin de comparer plus facilement entre eux les arcs d'une même circonférence, on a divisé le quadrant en 90 parties égales ou degrés, chaque degré en 60 parties égales ou minutes et chaque minute en 60 parties égales ou secondes. On dira, par exemple, qu'un arc comprend 42 degrés 28 minutes et 35 secondes, et on le désignera de la manière suivante : 42° 28′ 35″. Par extension d'idées, les angles pourront aussi être évalués en degrés, minutes et secondes, si l'on convient d'appeler angle de 1° l'angle au centre qui comprend entre ses côtés un arc de 1°, angle de 1′ celui qui comprend entre ses côtés un arc de 1′, angle de 1″ celui qui comprend entre ses côtés un arc de 1″.

La mesure des arcs ou des angles, c'est-à-dire l'évaluation du rapport d'un arc au quadrant et, par suite, celle du rapport de l'angle au centre qui lui correspond à l'angle droit se déduit facilement de la graduation de l'arc.

Supposons, par exemple, qu'il s'agisse d'un angle au centre comprenant entre ses côtés un arc de 42° 28′ 35″ ou, ce qui revient au même, 152915 secondes. Il y a dans le quadrant un nombre de secondes égal à $90 \times 60 \times 60 = 324000$. Le rapport de l'arc au quadrant est donc exprimé par le nombre $\dfrac{152915}{324000}$. Tel est donc aussi le rapport de l'angle donné à l'angle droit; c'est la *mesure de l'angle*.

Dans le calcul, au lieu de prendre pour unité d'angle l'angle droit, on choisit pour unité l'angle au centre qui comprend entre ses côtés un arc de même longueur que le rayon. En prenant ce même arc pour unité, le théorème précédent subsiste et nous avons encore, en désignant par r la mesure du rayon rapporté à notre unité linéaire, $\omega = \dfrac{l}{r}$. Prenons maintenant le rayon lui-même pour unité de longueur et nous aurons $\omega = l$. Donc : *un angle quelconque a pour mesure le même nombre que la longueur de l'arc intercepté entre ses côtés et décrit de son sommet comme centre avec un rayon égal à l'unité linéaire*. Ainsi, l'angle droit et le quadrant sont exprimés par le même nombre $\dfrac{\pi}{2}$.

La formule $\omega = \dfrac{l}{r}$ ou $l = r\omega$ est très fréquemment employée en analyse; elle sert à comparer les longueurs des arcs semblables de rayons différents.

L'unité d'arc que nous avons adoptée est facile à exprimer en degrés, minutes et secondes. En effet, dans le cercle de rayon R, la demi-circonférence qui comprend 180° a pour longueur πR; on en conclut que l'arc de longueur R est exprimé en degrés par le nombre

$$\frac{180}{\pi} = 57°\, 17'\, 44'',8.$$

3. Génération des arcs et des angles. — Les angles d'un triangle sont tous inférieurs à 180°, et ce sont des quantités essentiellement positives. Il en résulte que les arcs qui servent de mesure aux angles d'un triangle sont aussi positifs et moindres qu'une demi-circonférence. Nous pourrions donc nous borner à considérer des arcs remplissant ces conditions. Mais pour que les formules nécessaires à la résolution des triangles ne perdent rien de leur généralité et afin de ne pas restreindre les applications qu'on en peut faire, nous considérerons des angles et des arcs de toutes grandeurs, positifs et négatifs.

Soit un cercle quelconque O et un point fixe A sur la circonfé-

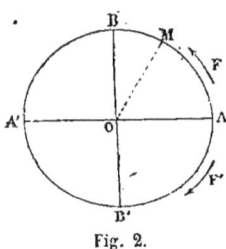

Fig. 2.

rence (fig. 2). Imaginons qu'un mobile parte du point A et se meuve dans le sens de la flèche F. Le mobile arrivé en M aura décrit AM; soit x la longueur de cet arc rapportée au rayon pris pour unité linéaire. On dit que A est l'origine de l'arc et que M est son extrémité. Le mobile continuant sa marche arrivera en B à 90 degrés du point A; il aura alors décrit l'arc $\frac{\pi}{2}$; puis il arrivera en

A', à 180° du point A, après avoir décrit l'arc π; puis en B', à 270° du point A, après avoir décrit l'arc $\frac{3\pi}{2}$; puis enfin en A, après avoir décrit 2π. Or, il est évident que le mouvement peut se continuer d'une manière indéfinie, de sorte que le mobile décrit ainsi successivement des arcs qui peuvent croître depuis 0 jusqu'à l'infini.

Joignons le centre au point A. Le rayon OA se déplace en même temps que le mobile; lorsque celui-ci est en M, le rayon mobile a décrit l'angle x; quand le mobile est en B, l'angle décrit est $\frac{\pi}{2}$, et ainsi de suite. Nous avons donc aussi à considérer des angles de toutes grandeurs, depuis 0 jusqu'à l'infini.

Nous avons admis que le mobile se déplaçait sur la circonférence dans le sens AB A'B'; or, il pourrait au contraire se déplacer dans le sens indiqué par la flèche F', c'est-à-dire dans le sens AB'A'B; et décrire ainsi des arcs croissant en valeur absolue de 0 à ∞. La même remarque s'applique évidemment aux angles décrits par le rayon mobile OA tournant autour du point O.

Nous conviendrons de regarder comme *positifs* les arcs ou les angles décrits dans le sens indiqué par la flèche F, et comme *négatifs* les arcs ou les angles décrits dans le sens indiqué par la flèche F'. Nous aurons donc à considérer désormais des arcs ou des angles pouvant prendre toutes les valeurs possibles depuis — ∞ jusqu'à + ∞.

Les deux diamètres perpendiculaires AA' et BB' partagent la circonférence en quatre parties égales : AB, BA', A'B', B'A qu'on appelle premier, deuxième, troisième et quatrième quadrants.

Lorsque deux arcs ont la même extrémité, leur différence algébrique est un nombre entier de circonférences. Cela est évident quand les deux arcs ont le même signe. Lorsqu'ils sont de signes contraires, on peut s'en rendre compte de la manière suivante.

Soit (fig. 5) M l'extrémité commune et, pour fixer les idées, appelons a le plus petit arc positif ayant A pour origine et terminé en M.

Tout arc positif ayant son origine en A et terminé en M se compose d'un nombre entier de circonférences positives augmenté de l'arc positif + a. Nous pourrons donc exprimer cet arc par la formule $2n\pi + a$, dans laquelle n représente un nombre entier positif. Tout arc négatif ayant son origine en A et terminé en M se compose d'un nombre entier

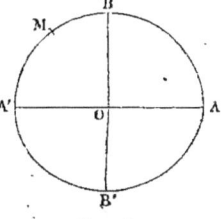

Fig. 5.

de circonférences négatives et de l'arc négatif dont la valeur absolue est $2\pi — a$. La longueur de cet arc a donc pour expression $2n'\pi — a$, n' représentant un nombre entier positif, et l'arc lui-même est exprimé par la formule $— (2n'\pi — a)$ ou $— 2n'\pi + a$. La différence des deux arcs est donc égale à $2 (n + n') \pi$, c'est-à-dire à un nombre entier de circonférences.

En général, si l'on désigne par x un arc quelconque ayant son origine en A et son extrémité en M, tous les arcs ayant la même extrémité sont compris dans la formule $2n\pi + x$, dans laquelle n représente un nombre entier quelconque positif ou négatif.

Dans tout ce qui va suivre, nous admettrons qu'on prend pour unité le rayon du cercle sur la circonférence duquel on compte les arcs. On donne quelquefois à ce cercle le nom de cercle trigonométrique.

4. Arcs complémentaires. — On appelle *arcs complémentaires* deux arcs dont la somme algébrique est égale à $\frac{\pi}{2}$. A étant l'origine des arcs, menons les deux diamètres perpendiculaires AA′ et BB′. L'origine des compléments des arcs est en B et on convient de compter les arcs positifs de B vers A. Avec cette convention, on voit aisément que *deux arcs complémentaires ont la même extrémité.*

Soit en effet x un arc quelconque, positif ou négatif, ayant son origine en A et son extrémité en M; son complément sera $\frac{\pi}{2} - x$. Or, pour décrire l'arc $\frac{\pi}{2} - x$, il faut partir du point B et décrire, dans le sens positif, l'arc $\frac{\pi}{2}$, ce qui conduit en A. Il reste maintenant à décrire l'arc $(-x)$ à partir du point A, BA étant le sens positif. Or,

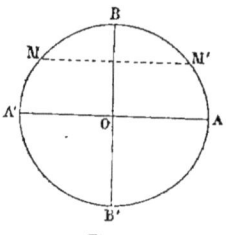

Fig. 4.

il revient évidemment au même de décrire l'arc x, AB étant le sens +, ce qui ramène nécessairement au point M.

5. Arcs supplémentaires. — On appelle *arcs supplémentaires* deux arcs dont la somme algébrique est égale à π. L'origine des suppléments des arcs est en A (fig. 4) et AB est encore le sens des arcs positifs. Il résulte de cette convention que les *extrémités de deux arcs supplémentaires sont sur la parallèle au diamètre qui passe par leur origine commune.* En effet, x étant un arc quelconque positif ou négatif ayant son extrémité en M, son supplément sera $\pi - x$. Pour décrire cet arc il faut partir du point A et décrire l'arc π, AB étant le sens positif, ce qui conduit en A′. Il reste maintenant à décrire l'arc $(-x)$, à partir du point A′, c'est-à-dire à porter à partir de A′, A′B étant le sens négatif, un arc A′M′, égal à x. On obtiendra donc M′ en menant par le point M la parallèle à AA′.

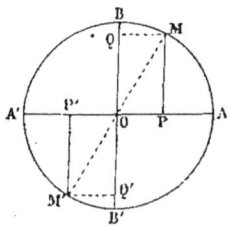

Fig. 5.

6. Définitions du sinus. — Ses variations. — Soient O le cercle trigonométrique et A l'origine des arcs (fig. 5). Menons les diamètres perpendiculaires AA′ et BB′, et soit AB le sens des arcs positifs.

Etant donné un arc quelconque, abaissons de son extrémité la perpendiculaire sur le diamètre AA′. Le nombre qui mesure la longueur de cette perpendiculaire pris avec le signe $+$ ou avec le signe $-$, suivant que la perpendiculaire est au-dessus ou au-dessous du diamètre AA′, est ce qu'on appelle le sinus de l'arc ; on le désigne par ce signe : *sin*. Ainsi, nous écrirons

$$\sin AM = +MP \text{ et } \sin AM' = -M'P'.$$

Le sinus d'un arc est donc positif, toutes les fois que l'extrémité de cet arc se trouve sur la demi-circonférence ABA′ ; il est négatif, lorsque l'extrémité de l'arc se trouve sur la demi-circonférence A′B′A. Le motif de cette convention est très simple : Menons par les points M et M′ les parallèles MQ et M′Q′ au diamètre AA′. On a MP $=$ OQ et M′P′ $=$ OQ′. On peut donc compter les sinus sur le diamètre BB′, et l'on voit que le sinus est dirigé de O vers B toutes les fois que l'extrémité de l'arc appartient au 1er ou au 2e quadrant, tandis qu'il est dirigé de O vers B′ quand l'extrémité de l'arc appartient au 3e ou au 4e quadrant. Il est donc naturel de les regarder comme positifs dans le 1er cas et comme négatifs dans le 2e.

Partons de l'origine des arcs ; faisons croître l'arc de 0 à ∞, dans le sens AB et dans le sens AB′, et étudions les variations du sinus qui est une *fonction* de l'arc considéré comme la *variable*. Prenons d'abord le sens positif. L'arc étant égal à 0, le sinus est aussi égal à 0 ; puis, l'arc croissant de 0 à $\frac{\pi}{2}$, le sinus croît de 0 à $+1$. L'arc continuant à croître, le sinus décroît, mais reste positif, et redevient égal à 0 lorsque l'arc est égal à π. De π à $\frac{3\pi}{2}$, le sinus décroît de 0 à -1 ; puis de $\frac{3\pi}{2}$ à 2π, le sinus croît de -1 à 0. Si le mobile qui décrit les arcs continue son mouvement d'une manière indéfinie, le sinus va évidemment repasser périodiquement par les mêmes valeurs et dans le même ordre, les valeurs de chaque période étant comprises entre $+1$ et -1.

Faisons maintenant décrire au mobile des arcs négatifs. En donnant au mobile un mouvement continu, on peut dire que l'arc croît d'abord de -2π à 0, puis de -4π à -2π, puis de -6π à -4π....., c'est-à-dire que tout se passe comme si le mobile décrivait encore indéfiniment la circonférence ABA'B'. Le sinus réprend donc les mêmes valeurs et toujours dans le même ordre. Donc le *sinus est une fonction périodique de l'arc et l'amplitude de la période est* 2π. Par conséquent, si nous désignons par x un arc quelconque et par n un nombre entier quelconque positif ou négatif, nous pourrons écrire

$$\sin\ (2n\pi + x) = \sin x.$$

Cette relation résulte d'ailleurs d'une remarque que nous avons faite plus haut : les arcs x et $2n\pi + x$ ayant la même extrémité ont nécessairement le même sinus.

On peut obtenir, d'une manière très simple, la représentation géométrique de la fonction $y = \sin x$. Plaçons d'abord en regard les

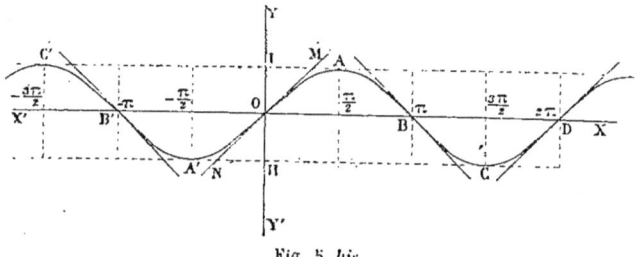

Fig. 5 *bis.*

différentes valeurs attribuées à la variable (l'arc), et les valeurs correspondantes de la fonction (le sinus).

Arc . O. 1er quadrant	$\frac{\pi}{2}$. 2e quadrant	π . 3e quadrant	$\frac{3\pi}{2}$. 4e quadrant	2π
Sinus. O. +, croît	1 . +, décroît	O . —, décroît	-1 . —, croît	O

Cela posé, soit XX', YY' les axes des coordonnées. Portons sur OX, à partir de l'origine, des longueurs égales de manière à représenter les valeurs successives de la variable (fig. 5 *bis*) O, $\frac{\pi}{2}$, π, $\frac{3\pi}{2}$ ....; puis opérons de même sur OX' pour représenter les valeurs de la variable O, $-\frac{\pi}{2}$, $-\pi$, $-\frac{3\pi}{2}$ ..... Si nous prenons sur l'axe des y, de part et d'autre de l'origine, deux longueurs OI, OII égales à l'unité et que nous menions par les points I et II les parallèles à l'axe des x, il est clair que la courbe représentative de la fonction sera tout entière comprise entre ces deux parallèles.

x variant de 0 à 2π, nous obtiendrons une première ondulation OABCD composée de deux parties égales OAB et BCD. Cette ondulation se reproduira de 2π à 4π, puis de 4π à 6π, et ainsi de suite indéfiniment.

La même chose a évidemment lieu de -2π à 0, de -4π à -2π, et ainsi de suite. La courbe qui représente la fonction est donc composée d'une infinité d'ondulations égales dont chacune occupe l'intervalle 2π.

La droite MN inclinée à 45° sur l'axe des x est tangente à la courbe à l'origine. Si l'on remarque que le sinus croît avec l'arc, mais moins vite que lui, on conclut que dans la partie OA la courbe doit être au-dessous de OM; tandis que dans la partie OA', elle doit être au-dessus de ON. Il y a en O ce qu'on appelle un *point d'inflexion*. La même chose se reproduit aux points B, D... B'.....

7. Définition de la tangente. — Ses variations. — Menons au cercle trigonométrique la tangente à l'origine A et prolongeons cette tangente indéfiniment dans les deux sens (fig. 6). Si l'on joint le centre à l'extrémité d'un arc et qu'on prolonge le rayon jusqu'à la rencontre de la tangente, le nombre qui mesure la longueur de la partie de la tangente comprise entre l'origine et le point de la tangente où elle est rencontrée par le prolongement du rayon, s'appelle la tangente de l'arc. On le prend avec le signe $+$ ou avec le signe $-$ suivant que la tangente est située au-dessus ou au-dessous de AA'. Ainsi, la tangente des

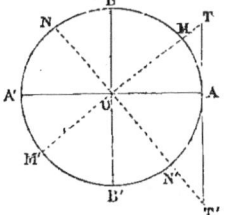

Fig. 6.

arcs qui ont leur extrémité en M ou en M' est $+$AT; la tangente des arcs qui ont leur extrémité en N ou en N' est $-$AT'. La tangente est positive pour les arcs dont l'extrémité appartient au 1er ou au 3e quadrant; elle est négative pour les arcs dont l'extrémité appartient au 2e ou au 4e quadrant. La tangente se désigne par le signe *tang*. On écrira donc

$$\text{tang AM ou tang AM'} = +\text{AT};$$
$$\text{tang AN ou tang AN'} = -\text{AT'}.$$

La tangente est une fonction de l'arc. Donnons à l'arc, qui est la variable, toutes les valeurs possibles, depuis $-\infty$ jusqu'à $+\infty$ et étudions les variations de la tangente.

Faisons d'abord croître l'arc de 0 à $+\infty$. Quand l'arc est égal à zéro, la tangente est égale à zéro, puis elle croît avec l'arc et prend des valeurs de plus en plus grandes. Quand l'arc est égal à $\frac{\pi}{2}$, elle devient plus grande que toute quantité donnée, elle est égale à $+\infty$.

Quand l'extrémité de l'arc dépasse le point B, la tangente devient négative.

D'abord très grande, sa valeur absolue diminue de plus en plus, jusqu'à devenir égale à zéro quand l'arc devient égal à π. La tangente croît donc de $-\infty$ à 0, quand l'arc croît de $\frac{\pi}{2}$ à π.

Il y a ici une remarque importante à faire. Quand l'extrémité de l'arc est très voisine du point B, mais en deçà par rapport à l'origine, la tangente, très grande en valeur absolue, est positive. Quand l'extrémité de l'arc, toujours très voisine du point B, est au delà de ce point par rapport à l'origine, la tangente, encore très grande en valeur absolue, est devenue négative. Elle passe donc brusquement de $+\infty$ à $-\infty$, de sorte que pour le point B regardé comme position limite de l'extrémité des arcs dont la valeur est très voisine de $\frac{\pi}{2}$, soit en deçà, soit au delà, on peut dire que la tangente est égale à $\pm\infty$.

A mesure que l'extrémité de l'arc se déplace de A' vers B', la tangente reprend les mêmes valeurs, et dans le même ordre, que lorsque l'arc croissait de 0 à $\frac{\pi}{2}$, et lorsque l'arc devient égal à $\frac{3\pi}{2}$, la tangente est égale à $+\infty$. De même, l'arc croissant de $\frac{3\pi}{2}$ à 2π, la tangente reprend les mêmes valeurs, et dans le même ordre, que lorsque l'arc croissait de $\frac{\pi}{2}$ à π.

Ainsi, l'arc variant de 0 à π, la tangente passe par tous les états de grandeur, depuis $-\infty$ jusqu'à $+\infty$; de π à 2π, elle repasse par les mêmes valeurs, et dans le même ordre. Il est évident que la même chose a lieu lorsque l'arc varie de 2π à 3π, de 3π à 4π, etc.

Faisons maintenant décroître l'arc de 0 à $-\infty$. Quand l'arc croît de $-\pi$ à zéro, la tangente reprend, dans le même ordre, les mêmes valeurs que lorsque l'arc croissait de 0 à π; il en est de même lorsque l'arc croît de -2π à $-\pi$, de -3π à -2π..., etc.

On voit par ce qui précède que la tangente est une fonction périodique de l'arc, et que l'amplitude de la période est égale à π. Par conséquent, si nous désignons par x un arc quelconque et par n un nombre entier quelconque positif ou négatif, nous pourrons écrire

$$\tan (n\pi + x) = \tan x.$$

Représentation géométrique de la fonction $y = \tan x$. — Portons sur la ligne $X'X$, à partir de l'origine et dans le sens des x

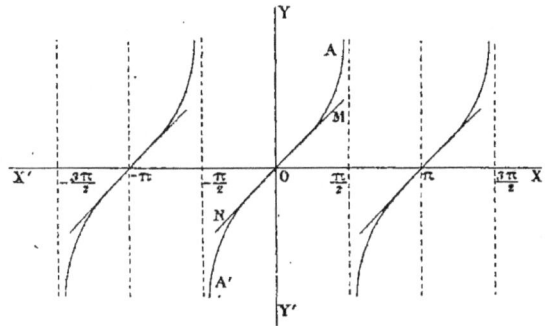

Fig. 6 *bis.*

positifs (fig. 6 *bis*), des longueurs égales représentant les intervalles de 0 à $\frac{\pi}{2}$ de $\frac{\pi}{2}$ à π, de π à $\frac{3\pi}{2}$, etc.; puis, dans le sens des x négatifs des longueurs égales aux premières représentant les intervalles de 0 à $-\frac{\pi}{2}$, de $-\frac{\pi}{2}$ à $-\pi$..., etc. Il résulte des variations de la tangente que dans l'intervalle de $-\frac{\pi}{2}$ à $+\frac{\pi}{2}$, on a une première branche $A'OA$ qui se reproduit de $\frac{\pi}{2}$ à $\frac{3\pi}{2}$, et ainsi de suite indéfiniment.

Il en est de même de $-\frac{\pi}{2}$ à $-\frac{3\pi}{2}$, etc. De sorte que la courbe figurative se compose d'une infinité de branches égales dont chacune occupe l'intervalle π. La tangente est une *fonction discontinue.*

La droite MN inclinée à 45° sur l'axe des x est tangente à la courbe, et il y a en O un point d'inflexion. Contrairement à ce qui a lieu pour le sinus, la partie OA est au-dessus de OM, tandis que la partie OA' est au-dessous de ON. En effet, de 0 à $\frac{\pi}{2}$, la tangente croît avec l'arc, mais plus rapidement que lui. Au contraire de 0 à $\frac{\pi}{2}$, la tangente décroît avec l'arc et toujours plus rapidement que lui.

De 0 à $\frac{\pi}{2}$, la courbe se rapproche sans cesse de la perpendiculaire à l'axe des x, mais sans jamais l'atteindre. Cette perpendiculaire est ce qu'on appelle une *asymptote* de la courbe.

8. Définition de la sécante. — Ses variations. — On appelle sécante d'un arc le nombre qui mesure la distance du centre à l'extrémité de la tangente de cet arc ; on le prend avec le signe + ou avec le signe —, suivant que la distance est comptée sur le rayon lui-même ou sur son prolongement en sens inverse. Ainsi les arcs dont l'extrémité est en M ont pour sécante + OT (fig. 6) et ceux qui ont leur extrémité en M′ ont pour sécante — OT ; les arcs qui ont leur extrémité en N ont pour sécante — OT′ et ceux qui ont leur extrémité en N′ ont pour sécante + OT′. La sécante est + pour les arcs dont l'extrémité appartient au 1er et au 4e quadrant ; elle est négative pour ceux dont l'extrémité appartient au 2e et au 3e quadrant. La sécante se désigne par le signe séc ; on écrira donc

$$\text{séc AM} = + \text{OT} ; \quad \text{séc AN} = - \text{OT}'.$$

Étudions les variations de la sécante.

Lorsque l'arc est égal à zéro, la sécante est égale à + 1 ; l'arc croissant, la sécante augmente indéfiniment et quand l'arc est égal à $\frac{\pi}{2}$, elle devient égale à $+\infty$.

L'arc continuant à croître et son extrémité étant encore très voisine du point B, la sécante est très grande en valeur absolue, mais elle est négative. On peut dire, comme pour la tangente, qu'elle saute brusquement de $+\infty$ à $-\infty$; puis elle croit de $-\infty$ à -1, pendant que l'arc croit de $\frac{\pi}{2}$ à π. L'arc croissant de π à $\frac{3\pi}{2}$, la sécante décroît de -1 à $-\infty$. Au moment où l'arc dépasse $\frac{3\pi}{2}$, la sécante passe brusquement de $-\infty$ à $+\infty$, puis elle décroît de $+\infty$ à $+1$, pendant que l'arc croit de $\frac{3\pi}{2}$ à 2π.

Nous retrouverions évidemment les mêmes variations de 2π à 4π, de 4π à 6π... ou de -2π à 0, de -4π à -2π..., etc.

Remarquons que de π à 2π, la sécante reprend les mêmes valeurs qu'entre 0 et π; mais ces valeurs ne se reproduisent pas dans le même ordre. Pour que la période soit complète, il faut que l'extrémité de l'arc ait parcouru toute la circonférence. Nous pouvons donc dire que la sécante est une fonction périodique de l'arc et que la période a pour amplitude 2π.

Il y a, pour chaque période, deux séries de valeurs : l'une, depuis $+1$ jusqu'à $+\infty$, ou inversement; l'autre, depuis $-\infty$ jusqu'à -1 ou inversement. Pour la première série, $+1$ est le minimum; pour la seconde, -1 est le maximum. La sécante ne prend aucune valeur entre -1 et $+1$.

En attribuant aux lettres les mêmes significations que dans les paragraphes relatifs au sinus et à la tangente, nous pouvons écrire

$$\sec (2n\pi \dotplus x) = \sec x.$$

Représentation géométrique de la fonction $y = \sec x$. — Prenons les mêmes dispositions que pour le sinus et la tangente, et

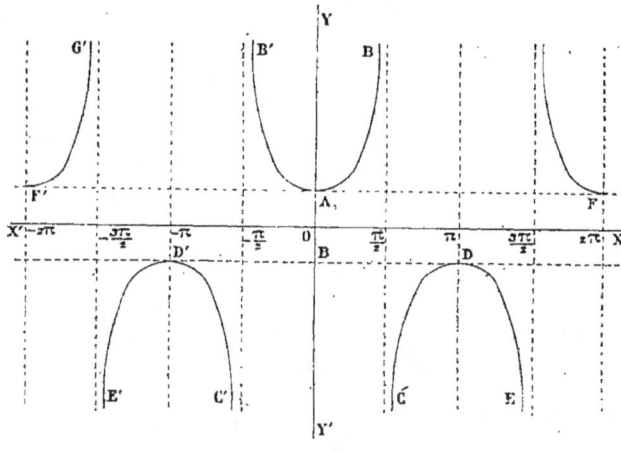

Fig. 7.

portons sur l'axe des x, dans les deux sens (fig. 7), les intervalles 0 à $\frac{\pi}{2}$, $\frac{\pi}{2}$ à π, etc... Prenons maintenant sur l'axe des y, de part et d'autre de l'origine, deux longueurs OA et OB égales à l'unité et menons par les points A et B les parallèles à l'axe des x. Il est clair que la courbe est tout entière hors de ces deux parallèles, puisque la sécante ne peut avoir aucune valeur entre — 1 et + 1.

De 0 à $\frac{\pi}{2}$, nous avons une première branche AB qui a pour *asymptote* la perpendiculaire à l'axe des x menée à l'extrémité de la longueur $\frac{\pi}{2}$. De $\frac{\pi}{2}$ à $\frac{3\pi}{2}$, nous avons la courbe CDE tangente au point D à la parallèle à l'axe des X, et qui a pour asymptotes les perpendiculaires à l'axe des X menées aux extrémités des longueurs $\frac{\pi}{2}$ et $\frac{3\pi}{2}$.

De $\frac{3\pi}{2}$ à 2π, nous avons la branche GF tangente en F à la parallèle à l'axe des X et qui a pour asymptote la perpendiculaire à l'axe menée à l'extrémité de la longueur $\frac{3\pi}{2}$. De 2π à 4π nous obtiendrons exactement les mêmes résultats, et il en sera de même de 4π à 6π..... de -2π à 0, de -2π à -4π, etc. La courbe figurative se compose d'une infinité de parties égales groupées deux à deux telles que B'AB et CDE, chaque groupe occupant l'intervalle 2π.

Au lieu de compter la sécante sur le diamètre mobile qui passe par l'extrémité de l'arc, on peut la compter sur le diamètre AA′

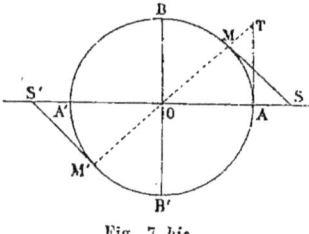

Fig. 7 *bis.*

(fig. 7 *bis*). Menons en effet, les tangentes MS et M′S′ à la circonférence du cercle trigonométrique. Il est évident qu'on a OT = OS = OS′. Si l'on convient de regarder OS comme positif, on devra regarder OS′ comme négatif. Il était donc naturel d'attribuer le signe + à la sécante d'un arc dont l'extrémité appartient au 1ᵉʳ et au 4ᵉ quadrant, et le signe — à la sécante d'un arc dont l'extrémité appartient au 2ᵉ ou au 3ᵉ quadrant.

9. Fonctions complémentaires. — On appelle cosinus, cotangente et cosécante d'un arc : le sinus, la tangente et la sécante de son complément.

Soit un arc quelconque ayant son origine en A et son extrémité en M (fig. 8). Si nous menons le diamètre BB′ perpendiculaire à AA′, nous savons que le complément de notre arc a pour origine le point B et pour extrémité M. L'arc complémentaire de l'arc AM a donc : pour sinus, + MQ; pour tangente, + BR; pour sécante,

$+$ OR. Si nous convenons que les signes *cos*, *cot*, et *coséc* représentent cosinus, cotangente et cosécante, nous pourrons donc écrire :

$$\text{cos. } AM = + MQ = + OP; \quad \text{cot. } AM = + BR; \quad \text{coséc. } AM = + OR.$$

Le cosinus sera positif ou négatif, suivant qu'il sera compté dans le sens OA ou dans le sens OA'. La cotangente sera positive ou négative suivant qu'elle sera comptée dans le sens BA ou dans le sens BA'. La cosécante sera positive ou négative, suivant qu'elle sera comptée sur le rayon qui passe par l'extrémité de l'arc ou sur son prolongement en sens inverse.

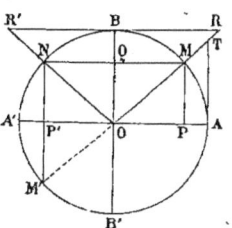

Fig. 8.

Supposons, par exemple, qu'il s'agisse des arcs AN et AM', nous aurons

$$\text{cos } AN = - OP'; \quad \text{cot. } AN = - BR'; \quad \text{coséc } AN = + OR';$$
$$\text{cos } AM' = - OP'; \quad \text{cot, } AM' = + BR; \quad \text{coséc } AM' = - OR.$$

L'étude des variations des fonctions complémentaires se fait exactement de la même manière que pour le sinus, la tangente et la sécante. Nous ne reprendrons pas cette étude, et nous nous contenterons de résumer dans un tableau les variations des diverses fonctions circulaires.

10. Tableau des variations des fonctions circulaires.

ARC	SINUS	COSINUS	TANGENTE	COTANGENTE	SÉCANTE	COSÉCANTE
O	O	1	O	$+ \infty$	1	$+ \infty$
1er quadrant.	Positif, croît.	Positif, décroît.	Positive, croît.	Positive, décroît.	Positive, croît.	Positive, décroît.
$\frac{\pi}{2}$	1	O	$\pm \infty$	O	$\pm \infty$	1
2e quadrant.	Positif, décroît.	Négatif, croît en valeur absolue.	Négative, décroît en valeur absolue.	Négative, croît en valeur absolue	Négative, décroît en valeur absolue.	Positive, croît.
π.	O	-1	O	$\mp \infty$	-1	$\pm \infty$
3e quadrant.	Négatif, croît en valeur absolue.	Négatif, décroît en valeur absolue.	Positive, croît.	Positive, décroît.	Négative, croît en valeur absolue.	Négative, décroît en valeur absolue.
$\frac{5\pi}{2}$	-1	O	$\pm \infty$	O	$\mp \infty$	-1
4e quadrant.	Négatif, décroît en valeur absolue.	Positif, croît.	Négative, décroît en valeur absolue.	Négative croît en valeur absolue.	Positive, décroît.	Négative, croît en valeur absolue.
2π.	O	1	O	$- \infty$	1	$- \infty$

On voit, en examinant ce tableau, que les fonctions circulaires d'un même arc forment trois groupes, savoir : le sinus et la coséc- cante; le cosinus et la sécante; la tangente et la cotangente.

Les deux fonctions d'un même groupe sont toujours de même signe : positives dans deux quadrants et négatives dans les deux autres. D'ailleurs, dans un même groupe, les deux fonctions va- rient en sens inverse, quand le sinus croît, la cosécante décroît et réciproquement. Il en est de même pour le cosinus et la sécante, pour la tangente et la cotangente.

11. Fonctions circulaires ou grandeurs trigonométriques. — Les fonctions circulaires que nous venons d'étudier : sinus, cosinus, tangente, cotangente, sécante et cosécante d'un arc ont reçu le nom de *lignes trigonométriques* de cet arc. Ce sont des *nombres abstraits*, car ce sont des nombres qui expriment des lignes dans une figure où le rayon est pris pour unité. Dans tout autre cercle que le cercle trigonométrique, c'est-à-dire dans un cercle dont

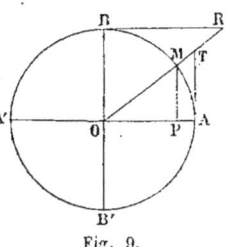

Fig. 9.

le rayon ne serait plus l'unité, le sinus d'un arc tel que AM ne serait plus MP (fig. 9), mais $\dfrac{MP}{OA}$; le cosinus serait le rapport $\dfrac{OP}{OA}$; la tangente et la cotangente seraient les rapports $\dfrac{AT}{OA}$ et $\dfrac{BR}{OA}$; la sécante et la cosécante seraient les rapports $\dfrac{OT}{OA}$ et $\dfrac{OR}{OA}$. Ce sont donc des nombres abstraits.

12. Lignes trigonométriques d'un angle. — Par extension d'idée, on appelle lignes trigonométriques d'un angle les lignes trigonométriques de l'arc qui a la même mesure que l'angle. Dans la suite nous emploierons indifféremment le mot *arc* ou le mot *angle*.

13. Relations entre les lignes trigonométriques de deux arcs qui diffèrent entre eux d'un nombre impair de demi-circonférences. — Deux arcs qui diffèrent entre eux d'un nombre impair de demi-circonférences ont leurs extrémités diamétralement opposées, par exemple en M et en M′ (fig. 10). Appelons x un de ces arcs ; l'autre sera $(2n + 1)\pi + x$, n étant un nombre entier quelconque. On voit, à la seule inspection de la figure, que le sinus, le cosinus, la sécante et la cosécante sont égaux et de signes contraires, tandis que la tangente et la cotan-

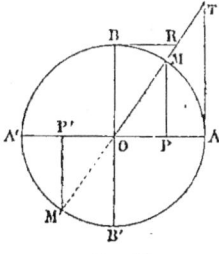

Fig. 10.

2

gente sont égales et de même signe. On peut donc écrire :

$$\sin \left[(2n+1)\,\pi + x\right] = -\sin x.$$
$$\cos \left[(2n+1)\,\pi + x\right] = -\cos x.$$
$$\tang \left[(2n+1)\,\pi + x\right] = \tang x.$$
$$\cot \left[(2n+1)\,\pi + x\right] = \cot x.$$
$$\séc \left[(2n+1)\,\pi + x\right] = -\séc x.$$
$$\coséc \left[(2n+1)\,\pi + x\right] = -\coséc x.$$

14. Relations entre les lignes trigonométriques de deux arcs égaux et de signes contraires.

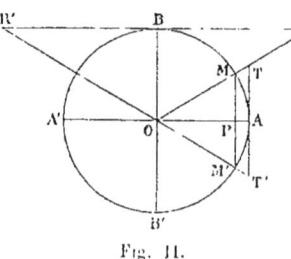

Fig. 11.

— Deux arcs égaux et de signes contraires ont leurs extrémités symétriques par rapport au diamètre AA', par exemple, en M et en M' (fig. 11). Appelant x un de ces arcs, l'autre sera — x. On voit, à la seule inspection de la figure que le sinus, la tangente, la cotangente et la cosécante ont des valeurs égales et de signes contraires, tandis que le cosinus et la sécante sont égales et de même signe. On peut donc écrire :

$$\sin (-x) = -\sin x$$
$$\cos (-x) = \cos x.$$
$$\tang (-x) = -\tang x.$$
$$\cot (-x) = -\cot x.$$
$$\séc (-x) = \séc x.$$
$$\coséc (-x) = -\coséc x.$$

15. Relations entre les lignes trigonométriques de deux arcs supplémentaires. — Nous savons que deux arcs supplémentaires ont leurs extrémités symétriques par rapport au diamètre BB', par exemple en M et en M' (fig. 12). Appelons x un de ces arcs, l'autre sera $\pi - x$. On voit, à la seule inspection de la figure, que le sinus et la cosécante sont égaux et de même signe. Le cosinus, la tangente, la cotangente et la sécante ont des valeurs égales et de signes

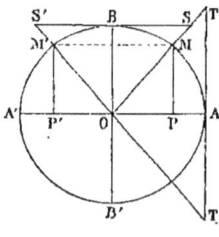

Fig. 12.

contraires. Nous pouvons donc écrire :

$$\sin\ (\pi - x) = \ \ \sin x.$$
$$\cos\ (\pi - x) = -\cos x.$$
$$\operatorname{tang}\ (\pi - x) = \ \ \operatorname{tang} x.$$
$$\operatorname{cotang}(\pi - x) = -\operatorname{cotang} x.$$
$$\sec\ (\pi - x) = -\sec x.$$
$$\operatorname{cosec}\ (\pi - x) = -\operatorname{cosec} x.$$

On pourrait d'ailleurs, sans avoir recours à la figure, déduire ces relations de la combinaison des formules établies dans les deux paragraphes précédents.

On a, en effet,

$$\sin\ (\pi - x) = -\sin\ (-x) = \ \ \sin x.$$
$$\cos\ (\pi - x) = -\cos\ (-x) = -\cos x.$$
$$\operatorname{tang}\ (\pi - x) = \ \ \operatorname{tang}\ (-x) = -\operatorname{tang} x.$$
$$\cot\ (\pi - x) = \ \ \cot\ (-x) = -\cot x.$$
$$\sec\ (\pi - x) = -\sec\ (-x) = -\sec x.$$
$$\operatorname{cosec}\ (\pi - x) = -\operatorname{cosec}\ (-x) = \ \ \operatorname{cosec} x.$$

16. Réduction d'un arc au premier quadrant. — Étant donné un arc quelconque, on peut toujours, quelle que soit sa valeur et quel que soit son signe, trouver un nouvel arc *appartenant au premier quadrant* qui ait, aux signes près, les mêmes lignes trigonométriques que l'arc donné. Trouver ce nouvel arc constitue *le problème de la réduction des arcs au premier quadrant*. Voici comment on le résout.

De l'arc donné on retranche autant de circonférences positives ou négatives qu'on le peut, de manière à le rendre inférieur à 360°, ce qui ne change rien à ses lignes trigonométriques. S'il s'agit d'un arc positif et que le reste soit inférieur à 90°, le problème est résolu. Si le reste est compris entre 90° et 180°, on prend le supplément, nécessairement inférieur à 90°. Le sinus et la cosécante de ce dernier arc ont les mêmes valeurs et les mêmes signes que pour l'arc donné ; le cosinus, la tangente, la cotangente et la sécante sont les mêmes, au signe près.

Si le reste est compris entre 180° et 270°, on en retranche 180° et l'on a alors un arc du premier quadrant dont la tangente et la cotangente ont les mêmes valeurs et les mêmes signes que pour l'arc donné. Les autres lignes trigonométriques sont, au signe près, les mêmes pour les deux arcs.

Enfin, si le reste est compris entre 270° et 360°, on retranche le reste de 360°, et l'on obtient un arc du premier quadrant qui a le même cosinus et la même sécante que l'arc donné. Les autres lignes trigonométriques sont, au signe près, les mêmes pour les deux arcs.

S'il s'agit d'un arc négatif, on ajoute 360° au reste et on obtient ainsi un arc positif, nécessairement moindre que 360°, qui a les mêmes lignes trigonométriques, avec les mêmes signes que l'arc donné. On opère ensuite comme nous venons de le dire.

Prenons deux exemples :

1° *Réduire au premier quadrant l'arc de* 13212°. — En divisant 13212 par 360, on trouve que l'arc donné contient 36 circonférences plus 252°. L'arc donné a donc les mêmes lignes trigonométriques que l'arc de 252° dont l'extrémité se trouve dans le troisième quadrant. Or, nous connaissons les relations entre les lignes trigonométriques des arcs a et $\pi + a$; nous retrancherons donc 180 de 252, et les lignes trigonométriques de l'arc $252 - 180 = 72°$ nous feront connaître celles de l'arc proposé.

$$\begin{aligned}
\sin\ \ \ 13212 &= \sin\ \ \ 252 = -\sin\ \ \ 72. \\
\cos\ \ \ 13212 &= \cos\ \ \ 252 = -\cos\ \ \ 72. \\
\tang\ \ \ 13212 &= \tang\ \ \ 252 = \ \ \ \tang\ \ \ 72. \\
\cotang\ 13212 &= \cotang\ 252 = \ \ \ \cotang\ 72. \\
\sec\ \ \ 13212 &= \sec\ \ \ 252 = -\sec\ \ \ 72. \\
\cosec\ 13212 &= \cosec\ 252 = -\cosec\ 72.
\end{aligned}$$

2° *Réduire au premier quadrant l'arc négatif* —12640°. — En divisant 12640 par 360, on a 35 pour quotient et 40 pour reste. L'arc proposé contient donc 35 circonférences négatives et $- 40°$, ou ce qui revient au même, 36 circonférences négatives plus $360 - 40$. Donc l'arc proposé et l'arc $360 - 40 = 320$ ont les mêmes lignes trigonométriques. L'extrémité de l'arc de 320° appartenant au quatrième quadrant, nous retrancherons 320 de 360, ce qui nous donnera 40, et comme nous connaissons les relations entre les lignes trigonométriques des arcs a et $2\pi - a$, nous connaîtrons les lignes trigonométriques de l'arc proposé.

$$\begin{aligned}
\sin\ \ \ (-12640) &= \sin\ \ \ 320 = -\sin\ \ \ 40. \\
\cos\ \ \ (-12640) &= \cos\ \ \ 320 = \ \ \ \cos\ \ \ 40. \\
\tang\ \ \ (-12640) &= \tang\ \ \ 320 = -\tang\ \ \ 40. \\
\cot\ \ \ (-12640) &= \cot\ \ \ 320 = -\cot\ \ \ 40. \\
\sec\ \ \ (-12640) &= \sec\ \ \ 320 = \ \ \ \sec\ \ \ 40. \\
\cosec\ (-12640) &= \cosec\ 320 = -\cosec\ 40.
\end{aligned}$$

17. Fonctions circulaires inverses. — Dans tout ce qui précède, nous avons considéré les lignes trigonométriques comme des fonctions de l'arc. Un arc étant donné, chacune des lignes trigonométriques avait une valeur correspondante et une seule. On peut, au contraire, regarder l'arc comme fonction d'une ligne trigonométrique ; mais il y a une infinité d'arcs qui correspondent à une ligne trigonométrique donnée. Nous allons établir les formules qui comprennent tous les arcs correspondant à une ligne trigonométrique donnée.

18. Formules comprenant tous les arcs qui correspondent à un sinus ou à une cosécante donnés. — Soit x le sinus donné ; c'est la variable indépendante. Désignons l'arc qui est la fonction par y, de sorte qu'on a : $y = \arcsin x$. Donnons à x une valeur déterminée et portons sur OB, à partir du point O, dans le sens convenable, la longueur $OQ = x$ (fig. 13), et menons par le point Q la parallèle à

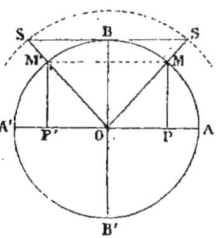

Fig. 13.

AA', qui rencontre la circonférence en M et M', à la condition que le sinus donné soit compris entre — 1 et + 1. Tous les arcs dont l'extrémité est en M ou en M' répondent évidemment au sinus donné, et ce sont les seuls. Désignons par a un quelconque de ces arcs, par exemple un de ceux terminés en M. Il est clair que tous les arcs de la même série sont compris dans la formule $2n\pi + a$, dans laquelle n représente un nombre entier quelconque positif ou négatif.

Parmi les arcs terminés en M', celui qui est le supplément de a a pour valeur $\pi - a$. Par suite, tous les autres arcs ayant la même extrémité sont compris dans la formule $2n\pi + \pi - a$ ou $(2n+1)\pi - a$.

Il résulte de ce qui précède qu'il y a une infinité d'arcs qui correspondent à un sinus donné. Si l'on appelle a un quelconque de ces arcs, toutes les solutions de l'équation $y = \arcsin x$ sont comprises dans les formules : $2n\pi + a$ et $(2n+1)\pi - a$.

Dans la fonction $\arcsin x$, la variable x peut prendre toutes les valeurs comprises entre — 1 et + 1. Si l'on veut donner à la fonction un sens précis, il suffit de convenir que l'arc doit être compris entre $-\frac{\pi}{2}$ et $+\frac{\pi}{2}$. Avec cette convention, à une valeur attribuée à x correspond un arc et un seul. Si la variable croît de — 1 à + 1, la fonction croît de $-\frac{\pi}{2}$ à $+\frac{\pi}{2}$.

Les formules précédentes comprennent aussi tous les arcs qui correspondent à une coséante donnée. Ce sont les solutions de l'équation $y =$ arc coséc x, dans laquelle on donne à x une valeur déterminée, comprise entre $- \infty$ et $- 1$ ou entre $+ 1$ et $+ \infty$; en effet, du point O comme centre, avec un rayon égal à x, décrivons une circonférence qui coupe en S et S' la tangente indéfinie menée par le point B. En joignant le centre aux points S et S', nous obtenons en M et M' les extrémités de tous les arcs, et seulement de ces arcs, qui ont pour coséante la valeur attribuée à x ; nous supposons ici cette valeur positive. Donc, si a désigne l'un de ces arcs, toutes les solutions de l'équation $y =$ arc coséc x, et elles seules, sont données par les formules

$$2n\pi + a \text{ et } (2n + 1)\pi - a.$$

19. Formule comprenant tous les arcs répondant à une tangente ou à une cotangente données. — Il s'agit de trouver les solutions de l'équation $y =$ arc tang x, lorsqu'on donne à x une valeur déterminée. Sur la tangente indéfinie menée à l'origine du cercle trigonométrique, portons à partir du point A, dans le sens convenable, la longueur déterminée AT, et menons le diamètre qui passe par le point T. Nous obtenons ainsi deux points M et M' qui sont les extrémités de tous les arcs, et seulement de ces arcs, qui correspondent à la tangente donnée (fig. 14).

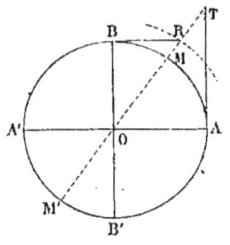

Fig. 14.

a désignant l'un des arcs aboutissant en M, tous ceux de cette série sont compris dans la formule $2n\pi + a$.

D'un autre côté, tous les arcs qui aboutissent en M' sont compris dans la formule $2n\pi + \pi + a$ ou $(2n + 1)\pi + a$; il en résulte que toutes les solutions de l'équation proposées sont comprises dans la formule

$$n\pi + a.$$

Si l'on veut préciser la fonction $y =$ arc tang x, il suffira de convenir que l'arc doit être compris entre $- \frac{\pi}{2}$ et $+ \frac{\pi}{2}$. Alors, à une valeur déterminée de x correspondra un arc et un seul. La variable prenant toutes les valeurs possibles et croissant d'une manière continue de $-\infty$ à $+\infty$, l'arc croîtra d'une manière continue de $-\frac{\pi}{2}$ à $+\frac{\pi}{2}$.

La formule $n\pi + a$ comprend aussi tous les arcs, et eux seuls, correspondant à une cotangente donnée. Cela résulte évidemment de cette remarque, déjà faite, que tous les arcs qui ont la même cotangente ont leurs extrémités diamétralement opposées. C'est donc la même chose que pour la tangente.

20. Formule comprenant tous les arcs répondant à une sécante ou à un cosinus donnés. — Nous cherchons les solutions de l'équation $y = $ arc séc x dans laquelle on attribue à x une valeur déterminée assujettie seulement à être plus petite que -1 ou plus grande que 1.

L'arc de cercle décrit du point O comme centre avec un rayon égal à la valeur de la sécante coupe la tangente indéfinie menée au point A en deux points T et T' (fig. 15). Si la sécante est positive, nous avons pour solutions tous les arcs aboutissant aux points M et M' symétriques par rapport à AA'. Si la sécante est négative, nous avons pour solutions tous les arcs aboutissant en deux

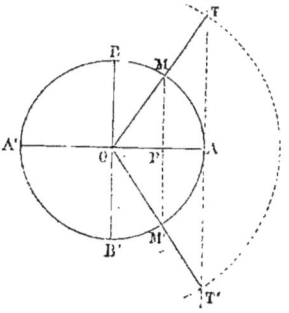

Fig. 15.

points appartenant au 2e et au 3e quadrant toujours symétriques par rapport à AA'.

Supposons, pour fixer les idées, que la sécante soit positive.

a désignant un quelconque des arcs terminés en M, tous les arcs de cette série sont compris dans la formule $2n\pi + a$.

Parmi les arcs terminés en M', l'un d'eux est égal à $-a$; donc tous les arcs de cette seconde série sont compris dans la formule $2n\pi - a$.

Il en résulte que tous les arcs qui répondent à une sécante donnée, et eux seuls, sont donnés par la formule $2n\pi \pm a$.

Pour préciser le sens de la fonction $y = $ arc séc x, il suffit de convenir que l'arc doit être compris entre 0 et π. Lorsque la variable croît d'une manière continue de $-\infty$ à -1, l'arc croît d'une manière continue de $\frac{\pi}{2}$ à π; lorsque la variable croît de $+1$ à

$+\infty$, l'arc croît de 0 à $\frac{\pi}{2}$.

La formule $2n\pi \pm a$ comprend aussi tous les arcs qui répondent à un cosinus donné. En effet, les extrémités des arcs qui ont même cosinus sont symétriques par rapport au diamètre AA′. C'est donc la même chose que pour la sécante.

CHAPITRE II

21. Relations fondamentales entre les lignes trigonométriques d'un arc. — Il existe entre les lignes trigonométriques d'un arc cinq relations *fondamentales* qui permettent de calculer cinq des lignes trigonométriques en fonction de la sixième. Nous allons établir ces formules et nous supposerons d'abord que l'arc soit moindre qu'un quadrant.

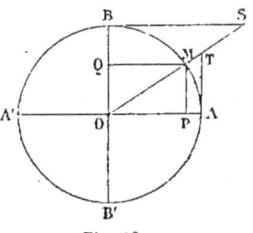

Fig. 16.

Soit O le cercle trigonométrique et AM l'arc que nous désignerons par x; construisons les lignes trigonométriques de cet arc (fig. 16).

Le triangle MPO donne

$$\overline{MP}^2 + \overline{OP}^2 = \overline{OM}^2, \quad \text{c'est-à-dire} \quad \sin^2 x + \cos^2 x = 1.$$

Les triangles semblables TAO, MPO donnent $\dfrac{AT}{PM} = \dfrac{OT}{OM} = \dfrac{OA}{OP}$, c'est-à-dire $\dfrac{\tan g\, x}{\sin x} = \dfrac{\sec x}{1} = \dfrac{1}{\cos x}$. On en déduit, en prenant les rapports extrêmes, $\tan g\, x = \dfrac{\sin x}{\cos x}$; puis, en prenant le 2ᵉ et le 3ᵉ rapport, $\sec x = \dfrac{1}{\cos x}$.

Les triangles semblables SBO, MQO donnent $\dfrac{BS}{QM} = \dfrac{OS}{OM} = \dfrac{OB}{OQ}$, c'est-à-dire $\dfrac{\cot x}{\cos x} = \dfrac{\csc x}{1} = \dfrac{1}{\sin x}$. On en déduit, en prenant les rapports extrêmes, $\cotang x = \dfrac{\cos x}{\sin x}$; puis, en prenant le 2ᵉ et le

3ᵉ rapport, $\cosec x = \dfrac{1}{\sin x}$.

Ces deux dernières formules auraient pu se déduire de celles qui donnent la valeur de la tangente et celle de la sécante. En effet, l'arc $\left(\dfrac{\pi}{2} - x\right)$ étant positif et moindre qu'un quadrant, nous pouvons appliquer à cet arc les formules $\tang x = \dfrac{\sin x}{\cos x}$ et $\sec x = \dfrac{1}{\cos x}$, en y remplaçant x par $\dfrac{\pi}{2} - x$. Il vient

$$\tang \left(\frac{\pi}{2} - x\right) = \frac{\sin \left(\dfrac{\pi}{2} - x\right)}{\cos \left(\dfrac{\pi}{2} - x\right)} \text{ et } \sec\left(\frac{\pi}{2} - x\right) = \frac{1}{\cos \left(\dfrac{\pi}{2} - x\right)}.$$

Ce qui donne, en se reportant à la définition des fonctions complémentaires, $\cot x = \dfrac{\cos x}{\sin x}$ et $\cosec x = \dfrac{1}{\sin x}$.

Nous avons donc ainsi cinq formules *distinctes* et, pour plus de clarté, nous en formerons un tableau :

$$\sin^2 x + \cos^2 x = 1 ; \qquad\qquad (1)$$

$$\tang x = \frac{\sin x}{\cos x}; \qquad\qquad (2)$$

$$\sec x = \frac{1}{\cos x} : \qquad\qquad (3)$$

$$\cotang x = \frac{\cos x}{\sin x} : \qquad\qquad (4)$$

$$\cosec x = \frac{1}{\sin x} \qquad\qquad (5)$$

22. Généralisation des formules précédentes. — Il est facile de démontrer que ces formules conviennent à tous les arcs, quels que soient leur grandeur et leur signe. Remarquons d'abord que la construction des triangles dont nous nous sommes servis est toujours possible, quelle que soit la position de l'extrémité de l'arc sur la circonférence. C'est donc seulement au point de vue des signes que la discussion a besoin d'être faite.

Pour la formule (1), aucune difficulté. Comme il n'entre dans ces formules que les carrés des sinus et cosinus, la formule subsiste, que ces lignes soient positives ou négatives.

Occupons-nous de la formule (2). Lorsque l'extrémité de l'arc appartient au 2ᵉ quadrant, le sinus et le cosinus sont de signes contraires; leur rapport est donc négatif. Mais, dans ce cas, nous savons que la tangente est négative. La formule est donc applicable.

Lorsque l'extrémité de l'arc appartient au 3ᵉ quadrant, le sinus et le cosinus sont de même signe, tous deux négatifs. Leur rapport est donc +. Nous savons en effet que la tangente est positive dans ce cas. Il y a donc accord.

Enfin, si l'extrémité de l'arc aboutit dans le 4ᵉ quadrant, le sinus et le cosinus sont de signes contraires. Leur rapport est donc négatif. Mais, dans ce cas, la tangente est négative. Il y a donc accord.

Nous concluons de ce qui précède que la formule (2) est applicable à tous les arcs.

Quant à la formule (3), il suffit de remarquer que le rapport $\dfrac{1}{\cos x}$ est positif pour le 1ᵉʳ et le 4ᵉ quadrant et négatif pour les deux autres. La sécante étant positive dans le 1ᵉʳ et le 4ᵐᵉ quadrant et négative pour les deux autres, nous concluons qu'il y a accord dans tous les cas.

On pourrait, pour établir la généralité des formules (4) et (5) procéder comme nous venons de le faire pour les formules (2) et (3); mais cela est inutile. En effet, nous avons vu que les formules (4) et (5) peuvent être déduites des formules (2) et (3). Or, celles-ci sont générales; les autres le sont donc aussi.

23. Il ne peut y avoir plus de cinq relations distinctes. — Les cinq relations que nous avons trouvées sont évidemment distinctes. Il est clair, d'ailleurs, que toutes les autres relations qu'on pourrait établir seraient une conséquence forcée des cinq premières. En effet, supposons pour un moment qu'on puisse porter à *six* le nombre des relations distinctes entre les six lignes trigonométriques d'un arc. En prenant cinq quelconques de ces équations, on pourrait tirer les valeurs de cinq des lignes trigonométriques en fonction de la sixième. Si l'on portait alors les valeurs trouvées dans la sixième équation, cette équation, qui ne contiendrait plus qu'une ligne trigonométrique, nous donnerait la valeur de cette ligne, quel que fût d'ailleurs l'arc, ce qui est évidemment impossible. Il n'y a donc que cinq relations fondamentales.

24. Formules importantes déduites des précédentes. — En multipliant membre à membre les équations (2) et (4) on trouve $\tan g\, x .\cot x = 1$ ou $\tan g\, x = \dfrac{1}{\cot x}$ (6). Le produit $\tan g\; x .\cot x$ étant $+1$, on en conclut que ces deux lignes sont toujours de même signe, et que l'une d'elle croissant, l'autre décroît ; c'est ce que nous avons remarqué plus haut. Lorsque deux arcs ont la même tangente, ils ont aussi la même cotangente. Il n'est donc pas étonnant que nous ayons trouvé la même formule pour les arcs qui correspondent à une tangente donnée ou à une cotangente donnée.

Les formules (3) et (5) montrent que la sécante est l'inverse du cosinus et que la cosécante est l'inverse du sinus. Nous pourrions donc reprendre pour la sécante et le cosinus d'une part, pour la cosécante et le sinus d'autre part, les observations que nous avons faites pour la tangente et la cotangente.

En élevant au carré les deux membres de l'équation (2) et en ajoutant l'unité à chaque membre, on obtient

$$1 + \tan g^2\, x = 1 + \frac{\sin^2 x}{\cos^2 x} = \frac{\cos^2 x + \sin^2 x}{\cos^2 x} = \frac{1}{\cos^2 x};$$

mais

$$\frac{1}{\cos^2 x} = \sec^2 x.$$

Donc $1 + \tan g^2\, x = \sec^2 x$ (7). On obtiendrait directement cette formule en appliquant au triangle TAO la proposition du carré de l'hypoténuse.

En opérant sur l'équation (4) comme sur l'équation (2), on trouve $1 + \cot^2 x = \csc^2 x$ (8), formule qu'on pourrait déduire immédiatement du triangle SBO.

25. On peut toujours exprimer cinq des lignes trigonométriques en fonction de la sixième. — EXEMPLE.—Puisqu'on a cinq relations distinctes entre les six lignes trigonométriques d'un arc, il est toujours possible de calculer cinq d'entre elles en fonction de la sixième. Donnons-nous, par exemple, le sinus, $\sin x$, et proposons-nous de calculer les autres lignes trigonométriques de l'arc.

La formule (1) donne immédiatement $\cos x = \pm \sqrt{1 - \sin^2 x}$.

Remplaçant $\cos x$ par sa valeur dans les équations (2), (5) et (4), on obtient :

$$\operatorname{tang} x = \frac{\sin x}{\pm\sqrt{1 - \sin^2 x}} \; ; \; \sec x = \frac{1}{\pm\sqrt{1 - \sin^2 x}} \; ;$$

$$\cot x = \frac{\pm\sqrt{1 - \sin^2 x}}{\sin x}.$$

L'équation (5) donne immédiatement coséc x. Il est bien entendu que le radical doit être pris partout avec le signe + ou partout avec le signe —, parce qu'il représente partout la même quantité $\cos x$.

Si nous en exceptons la cosécante, qui est toujours de même signe que le sinus, on obtient pour les lignes trigonométriques de l'arc *deux valeurs égales et de signes contraires*. Cela était facile à prévoir. C'est le sinus qu'on donne et non pas l'arc lui-même. Par suite, on doit trouver le cosinus, la tangente, la sécante et la cotangente de tous les arcs compris dans les formules $2n\pi + x$ et $(2n+1)\pi - x$.

Or, on a

$$\cos(2n\pi + x) = \cos x \text{ et } \cos[(2n+1)\pi - x] = \cos(\pi - x) = -\cos x.$$

On doit donc avoir, pour le cosinus, des valeurs égales et des signes contraires.

$\operatorname{tang}(2n\pi + x) = \operatorname{tang} x$ et $\operatorname{tang}[(2n+1)\pi - x] = \operatorname{tang}(\pi - x) = -\operatorname{tang} x.$
$\sec(2n\pi + x) = \sec x$ et $\sec[(2n+1)\pi - x] = \sec(\pi - x) = -\sec x.$
$\cot(2n\pi + x) = \cot x$ et $\cot[(2n+1)\pi - x] = \cot(\pi - x) = -\cot x.$

On doit donc avoir pour la tangente, pour la sécante et pour la cotangente deux valeurs égales et de signes contraires. On peut encore expliquer le double signe du cosinus, de la tangente, de la sécante et de la cosécante par une construction graphique.

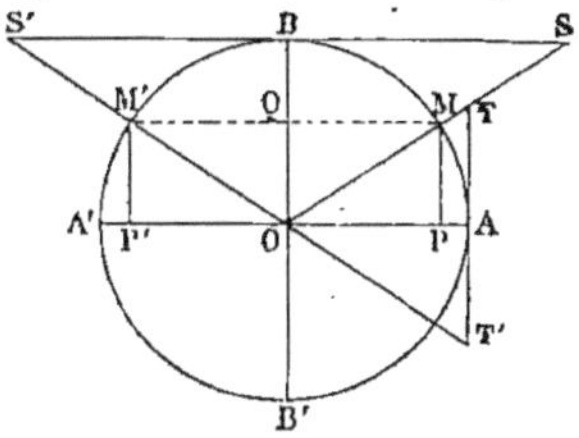

Soit OQ le sinus donné (fig. 17). A ce sinus répondent tous les arcs terminés en M et en M'. Or, les arcs terminés en M ont pour cosinus OP, pour tan-gente AT, pour sécante OT, pour cotan-

Fig. 17.

gente BS et pour cosécante OS ; tandis que les arcs terminés en M' ont pour cosinus — OP', pour tangente — AT', pour sécante — OT', pour cotangente — BS′ et pour coséeante OS′. La coséeante seule n'a qu'une valeur, de même signe que le sinus; pour les autres lignes trigonométriques, il y a deux valeurs égales et de signes contraires; lorsque, au lieu de donner le sinus, on donne l'arc lui-même, le double signe disparaît. En effet, on sait d'avance quel doit être le signe de la ligne trigonométrique, puisqu'on sait à quel quadrant appartient l'extrémité de l'arc.

26. Application des formules précédentes ou calcul des lignes trigonométriques de certains arcs. — Les formules qui donnent les valeurs des lignes trigonométriques d'un arc ou fonction du sinus de cet arc, vont nous permettre de calculer les lignes trigonométriques de certains arcs remarquables. Établissons d'abord que, dans le cercle trigonométrique, le sinus d'un arc est la moitié de la corde qui sous-tend l'arc double. Il est évident en effet que MP, sinus de l'arc AM, est la moitié de la corde MM′

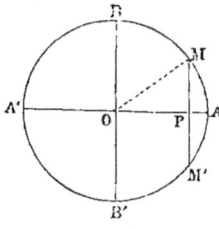

Fig. 18.

qui sous-tend l'arc MAM′ (fig. 18).

1° *Calcul des lignes trigonométriques de l'arc* $\frac{\pi}{4}$ *ou de* 45°. D'après le lemme précédent, le sinus de l'arc $\frac{\pi}{4}$ est la moitié de la corde qui sous-tend l'arc de 90°. Or, celle-ci n'est autre que le côté du carré inscrit, lequel a pour valeur $\sqrt{2}$. On a donc $\sin \frac{\pi}{4} = \frac{\sqrt{2}}{2}$.

On en déduit, au moyen des formules du paragraphe précédent :

$$\cos \frac{\pi}{4} = \sqrt{1 - \frac{2}{4}} = \frac{\sqrt{2}}{2}.$$

$$\tan g \frac{\pi}{4} = 1.$$

$$\sec \frac{\pi}{4} = \sqrt{2}$$

$$\cot \frac{\pi}{4} = 1.$$

$$\csc \frac{\pi}{4} = \sqrt{2}.$$

L'emploi des formules n'est pas ici indispensable. En effet (fig. 19), l'angle MOP étant égal à 45°, on en déduit immédiatement OP = MP. De même, le triangle OAT étant isocèle, on a AT = OA = 1. Par suite OT = $\sqrt{2}$. Il est d'ailleurs évident que la cotangente et la cosécante sont égales à la tangente et à la sécante.

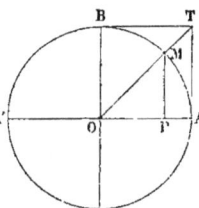

2° *Calcul des lignes trigonométriques de l'arc* $\frac{\pi}{6}$ ou de 30°.

Le sinus de l'arc de 30° est la moitié de la corde qui sous-tend l'arc de 60°, laquelle est égale à 1 (c'est le côté de l'hexagone régulier). On a donc

Fig. 19.

$$\sin \frac{\pi}{6} = \frac{1}{2}.$$

Par suite,

$$\cos \frac{\pi}{6} = \sqrt{1 - \frac{1}{4}} = \frac{\sqrt{3}}{2}, \quad \tang \frac{\pi}{6} = \frac{1}{\sqrt{3}} = \frac{\sqrt{3}}{3},$$

$$\sec \frac{\pi}{6} = \frac{2}{\sqrt{3}} = \frac{2\sqrt{3}}{3}, \quad \cot \frac{\pi}{6} = \sqrt{3}, \quad \cosec \frac{\pi}{6} = 2.$$

3° *Calcul des lignes trigonométriques de l'arc* $\frac{\pi}{10}$ ou de 18°.

Le sinus de l'arc de 18° est la moitié de la corde qui sous-tend l'arc de 36°. Or, cette corde n'est autre que le côté du décagone régulier, lequel est égal à $\frac{\sqrt{5} - 1}{2}$.

On a donc

$$\sin \frac{\pi}{10} = \frac{1}{2} \cdot \frac{\sqrt{5} - 1}{2} = \frac{\sqrt{5} - 1}{4}.$$

Par suite,

$$\cos \frac{\pi}{10} = \frac{\sqrt{10 + 2\sqrt{5}}}{4}$$

On aurait de même les autres lignes trigonométriques.

27. Expressions des diverses lignes trigonométriques en fonction de la tangente. — Nous trouvons d'abord le sinus et le cosinus par la résolution d'un système de 2 équations à 2 inconnues.

$$\sin^2 x + \cos^2 x = 1. \qquad (1)$$

$$\frac{\sin x}{\cos x} = \tang x. \qquad (2)$$

L'équation (2) peut se mettre sous la forme $\dfrac{\sin x}{\tang x} = \dfrac{\cos x}{1}$.

On en déduit, par un théorème connu,

$$\frac{\sin x}{\tang x} = \frac{\cos x}{1} = \pm \frac{\sqrt{\sin^2 x + \cos^2 x}}{\sqrt{1 + \tang^2 x}};$$

et, en vertu de l'équation (1),

$$\frac{\sin x}{\tang x} = \frac{\cos x}{1} = \pm \frac{1}{\sqrt{1 + \tang^2 x}}.$$

Donc $\sin x = \pm \dfrac{\tang x}{\sqrt{1 + \tang^2 x}}$ et $\cos x = \pm \dfrac{1}{\sqrt{1 + \tang^2 x}}$.

Les équations (6) (7) et (5) donnent ensuite

$$\séc x = \pm \sqrt{1 + \tang^2 x}, \quad \cot x = \frac{1}{\tang x}, \quad \coséc x = \frac{\pm \sqrt{1 + \tang^2 x}}{\tang x}.$$

Il est évident que le radical $\sqrt{1 + \tang^2 x}$ doit être pris partout avec le même signe, car il représente partout la même quantité $\dfrac{1}{\cos x}$.

À l'exception de la cotangente, les lignes trigonométriques de l'arc x ont deux valeurs égales et de signes contraires. Si l'arc x lui-même était donné, on connaîtrait le signe de ses lignes trigonométriques, puisqu'on saurait à quel quadrant aboutirait l'extrémité de l'arc.

Mais l'arc étant donné par sa tangente, on donne en même temps tous les arcs compris dans la formule $n\pi + x$. Nous devons donc trouver pour les lignes trigonométriques toutes les valeurs comprises dans les formules

$\sin (n\pi + x)$, $\cos (n\pi + x)$, $\séc (n\pi + x)$, $\cot (n\pi + x)$, $\coséc (n\pi + x)$.

Si n est pair, on peut supprimer $n\pi$ partout, et l'on a pour solutions $\sin x$, $\cos x$, $\séc x$, $\cot x$, $\coséc x$. Si n est impair et égal

à $2k+1$, par exemple, on peut supprimer partout $2k\pi$ et l'on a
pour solutions

$$\sin(\pi+x) = -\sin x, \quad \cos(\pi+x) = -\cos x,$$
$$\sec(\pi+x) = -\sec x, \quad \cot(\pi+x) = \cot x, \quad \operatorname{cosec}(\pi+x) = -\operatorname{cosec} x.$$

Pour toutes les lignes trigonométriques, sauf pour la cotangente, on
a deux valeurs égales et de signes contraires.

On arriverait au même résultat par une construction graphique :
car à une tangente donnée correspondraient une infinité d'arcs dont
les extrémités sont diamétralement opposées. Or, nous savons que
dans ces conditions les sinus, les cosinus, les sécantes et les cosé-
cantes ont des valeurs égales et de signes contraires; la tangente et
la cotangente seules conservent la même valeur et le même signe.

Reprenons les valeurs

$$\sin x = \frac{\operatorname{tang} x}{\pm\sqrt{1+\operatorname{tang}^2 x}}; \quad \cos x = \frac{1}{\pm\sqrt{1+\operatorname{tang}^2 x}}$$

et voyons ce que deviennent ces valeurs pour $\operatorname{tang} x = \pm\infty$. Le
cosinus devient égal à zéro et le sinus prend la forme $\frac{\infty}{\infty}$. Mais di-
visons par $\operatorname{tang} x$ les deux termes du rapport $\dfrac{\operatorname{tang} x}{\pm\sqrt{1+\operatorname{tang}^2 x}}$. Celui-
ci devient $\pm\dfrac{1}{\sqrt{\dfrac{1}{\operatorname{tang}^2 x}+1}}$. Si nous faisons maintenant $\operatorname{tang} x = \pm\infty$

nous trouvons $\sin x = \pm 1$. Cela devait être. Car la tangente ne peut
être égale à $\pm\infty$ que lorsque l'extrémité de l'arc est en B ou en B'.
Or, dans l'un et l'autre cas le cosinus est égal à zéro. Le sinus est égal
à 1 dans le premier et à -1 dans le second.

28. Exercices. — Lorsqu'on connaît une relation entre certaines
lignes trigonométriques d'un arc, on peut encore calculer les lignes
trigonométriques de cet arc, sans se donner une de ces lignes trigonométriques. Nous allons prendre quelques exemples.

1° *Calculer les lignes trigonométriques de l'arc* x *sachant qu'on a*
$\operatorname{tang} x = 2 \sin x$. — Puisque $\operatorname{tang} x = \dfrac{\sin x}{\cos x}$, la relation donnée revient
à celle-ci : $\dfrac{\sin x}{\cos x} = 2\sin x$, ou $\dfrac{1}{\cos x} = 2$, d'où $\cos x = \dfrac{1}{2}$.

On en déduit ensuite

$$\sin x = \pm \frac{\sqrt{3}}{2}; \tang x = \pm\sqrt{3}; \cotang x = \pm \frac{\sqrt{3}}{3};$$

$$\séc x = 2; \ \coséc x = \pm \frac{2\sqrt{3}}{3}.$$

Le radical doit être pris partout avec le même signe, car il repré-sente partout la même quantité, $2 \sin x$. On a supprimé la solution $\sin x = 0$ (arc 0 ou π).

Si l'arc cherché doit être moindre qu'un quadrant, toutes les li-gnes trigonométriques sont positives; le radical doit donc être pris partout avec le signe +. Il est facile de voir que l'arc dont il s'agit ici est l'arc de 60°.

2° *Résoudre l'équation $a \tang x = b \cot x$.* — En vertu de la formule

$$\cot x = \frac{1}{\tang x},$$ notre équation devient $a \tang x = \dfrac{}{\tang x}$

ou $\tang^2 x = \dfrac{b}{a}$ Il faut donc que b et a soient de même signe. On

en déduit $\tang x = \pm \sqrt{\dfrac{b}{a}}$ et $\cot x = \pm \sqrt{\dfrac{a}{b}}$; on aurait facilement les autres lignes trigonométriques.

3° *Résoudre l'équation $3 \séc x = 4 \cos x$.* — En vertu de la formule

$\séc x = \dfrac{1}{\cos x}$, l'équation devient $\dfrac{3}{\cos x} = 4 \cos x$, d'où $\cos^2 x = \dfrac{3}{4}$

et $\cos x = \dfrac{\pm\sqrt{3}}{2}$. On en déduit $\sin x = \pm \dfrac{1}{2}$. Si l'on assujettit l'arc à être moindre qu'un quadrant, on a

$$\cos x = \frac{\sqrt{3}}{2} \text{ et } \sin x = \frac{1}{2}.$$ C'est l'arc de 30°.

4° *Résoudre l'équation $\cos x = \tang x$.* — Nous savons que

$$\tang x = \frac{\sin x}{\cos x}:$$

donc $\cos x = \dfrac{\sin x}{\cos x}$ ou $\sin x = \cos^2 x$, ou encore $\sin x = 1 - \sin^2 x$. Nous avons donc à résoudre l'équation $\sin^2 x + \sin x - 1 = 0$, laquelle donne $\sin x = \dfrac{-1 \pm \sqrt{5}}{2}$. Le radical ne peut être pris avec le signe —, puisque la valeur absolue du sinus est nécessairement moindre que 1. Le problème n'admet donc qu'une solution :

$$\sin x = \frac{\sqrt{5} - 1}{2}.$$

On sait d'ailleurs qu'à ce sinus correspondent une infinité d'arcs dont il serait facile de calculer les autres lignes trigonométriques.

5° *Étant donnée la corde* m *de l'arc* π — a, *trouver les lignes trigonométriques de l'arc* a. — Du point A′ comme centre avec un rayon égal à m (fig. 20) décrivons un arc de cercle qui coupe la circonférence en M, en admettant que m soit inférieur à 2. Nous aurons à calculer les lignes trigonométriques de l'arc AM.

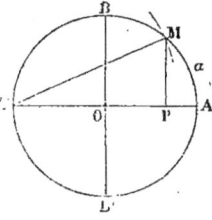

Fig 20.

Or on a $\overline{A'M}^2 = AA' \times A'P$, ou $m^2 = 2(1 + \cos a)$.

Donc $\cos a = \dfrac{m^2 - 2}{2}$. La corde donnée étant nécessairement moindre que 2, $\dfrac{m^2 - 2}{2}$ est moindre que 1. Le problème est donc toujours possible.

$$\sin a = \pm \sqrt{1 - \frac{m^4 - 4m^2 + 4}{4}} = \pm \sqrt{\frac{4m^2 - m^4}{4}} = \pm \frac{m}{2}\sqrt{4 - m^2}.$$

6° *Résoudre l'équation* $\sin x = \cos\left(2x - \dfrac{\pi}{4}\right)$.

Sin x étant égal à $\cos\left(\dfrac{\pi}{2} - x\right)$, l'équation proposée revient à celle-ci :

$$\cos\left(\frac{\pi}{2} - x\right) = \cos\left(2x - \frac{\pi}{4}\right).$$

Or, deux arcs ne peuvent avoir le même cosinus qu'à la condition que leurs extrémités coïncident ou soient symétriques par rapport au diamètre origine.

Dans le premier cas, les arcs $\frac{\pi}{2} - x$ et $2x - \frac{\pi}{4}$ sont liés par la relation $2x - \frac{\pi}{4} = 2n\pi + \left(\frac{\pi}{2} - x\right)$, d'où $x = \frac{\pi}{4} + \frac{2n\pi}{3}$.

Dans le second cas, les arcs $\frac{\pi}{2} - x$ et $2x - \frac{\pi}{4}$ sont liés par la relation $2x - \frac{\pi}{4} = 2n\pi - \left(\frac{\pi}{2} - x\right)$, d'où $x = 2n\pi - \frac{\pi}{4}$.

Il est facile de vérifier que ce sont bien là des solutions de l'équation proposée. Prenons d'abord la première valeur $x = \frac{\pi}{4} + \frac{2n\pi}{3}$, et faisons-y successivement $n = 0$, $n = 1$, $n = 2$.

Pour $n = 0$: $x = \frac{\pi}{4}$, l'arc $2x - \frac{\pi}{4} = \frac{\pi}{4}$. Nous savons déjà que pour l'arc $\frac{\pi}{4}$, le sinus et le cosinus sont égaux.

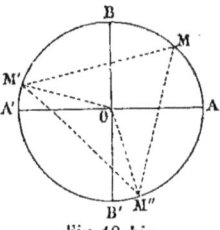

Fig. 19 *bis.*

Pour $n = 1$: $x = \frac{\pi}{4} + \frac{2\pi}{3}$, l'arc $2x - \frac{\pi}{4} = \frac{\pi}{4} + \frac{4\pi}{3}$. Soit O le cercle trigonométrique, AA′ le diamètre origine et BB′ le diamètre perpendiculaire à AA′. Prenons AM $= \frac{\pi}{4}$ et construisons le triangle équilatéral MM′M″. L'arc x est représenté par AM′ et l'arc $2x - \frac{\pi}{4}$ par AM″, et l'on voit immédiatement sur la figure (19 *bis*) que le sinus du premier est égal au cosinus du second.

Pour $n = 2$: $x = \frac{\pi}{4} + \frac{4\pi}{3}$ et l'arc $2x - \frac{\pi}{4} = \frac{\pi}{4} + \frac{8\pi}{3}$. C'est l'arc x qui a son extrémité en M″ et c'est l'arc $2x - \frac{\pi}{4}$ qui a son extrémité en M′ ; le sinus du premier est donc bien égal au cosinus du second.

Prenons maintenant la 2ᵉ valeur, $x = 2n\pi - \frac{\pi}{4}$. Le sinus de cet arc est égal à $-\sin\frac{\pi}{4}$. L'arc $2x - \frac{\pi}{4} = 4n\pi - \frac{5\pi}{4}$.

Or, $\cos\left(4n\pi - \frac{5\pi}{4}\right) = \cos\frac{3\pi}{4} = -\sin\frac{\pi}{4}$. La vérification est donc complète.

CHAPITRE III

29. Connaissant les sinus et les cosinus de deux arcs, trouver les sinus et les cosinus de leur somme et de leur différence. — Soient a et b les deux arcs donnés. Nous supposerons d'abord qu'ils soient positifs, que leur somme soit plus petite que $\frac{\pi}{2}$, et que a soit $> b$. Soit AM (fig. 21) l'arc a. Regardons M comme l'origine de l'arc b, et portons $MN = MN' = b$.

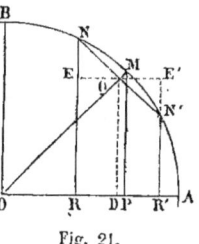

Fig. 21.

On a

$$\sin a = MP, \cos a = OP, \sin b = NQ, \cos b = OQ, \sin (a+b) = NR,$$
$$\cos (a+b) = OR, \sin (a-b) = N'R', \cos (a-b) = OR'.$$

Par le pied du sinus de l'arc b, menons QD perpendiculaire à OA et la parallèle EE' à OA.

Nous aurons

$$NR = RE + NE = QD + NE;$$
$$N'R' = R'E' - N'E' = QD - NE;$$
$$OR = OD - RD = OD - QE;$$
$$OR' = OD + DR' = OD + QE.$$

Cela posé, les triangles QOD, MOP donnent

$$\frac{QD}{MP} = \frac{OD}{OP} = \frac{OQ}{OM}; \quad \text{c'est-à-dire} \quad \frac{QD}{\sin a} = \frac{OD}{\cos a} = \frac{\cos b}{1}.$$

De ces deux égalités, on déduit

$$QD = \sin a \cos b \quad \text{et} \quad OD = \cos a \cos b.$$

Les triangles semblables NQE, MOP donnent

$$\frac{NE}{OP} = \frac{QE}{MP} = \frac{NQ}{OM}, \quad \text{c'est-à-dire} \quad \frac{NE}{\cos a} = \frac{QE}{\sin a} = \frac{\sin b}{1}.$$

De ces deux égalités on déduit

$$NE = \cos a \sin b \quad \text{et} \quad QE = \sin a \sin b.$$

Remplaçant QD, NE, OD et QE par leur valeur dans les expressions de NR ou $\sin(a+b)$, de OR ou $\cos(a+b)$, de N'R' ou $\sin(a-b)$ et de OR' ou $\cos(a-b)$, nous aurons

(1) $\quad \sin(a+b) = \sin a \cos b + \cos a . \sin b$;
(2) $\quad \cos(a+b) = \cos a \cos b - \sin a . \sin b$;
(3) $\quad \sin(a-b) = \sin a \cos b - \cos a . \sin b$;
(4) $\quad \cos(a-b) = \cos a \cos b + \sin a . \sin b.$

On réunit quelquefois les formules (1) et (3) et les formules (2) et (4) de la manière suivante, pour simplifier l'écriture :

$$\sin(a \pm b) = \sin a \cos b \pm \cos a \sin b ;$$
$$\cos(a \pm b) = \cos a \cos b \mp \sin a \sin b.$$

Dans chaque formule, les signes supérieurs vont ensemble, et les signes inférieurs ensemble.

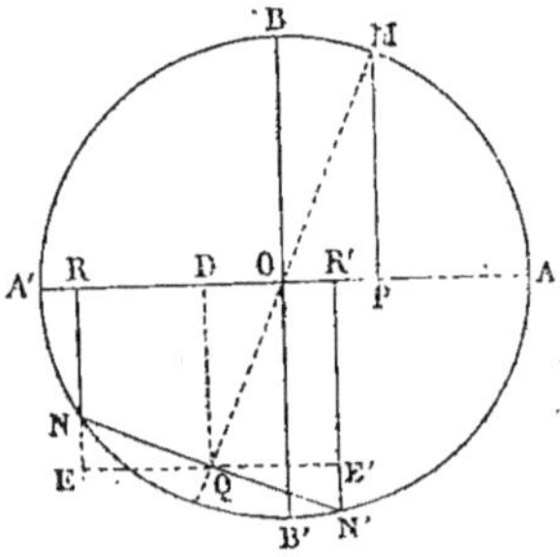

Fig. 22.

Nous allons tout à l'heure généraliser ces formules. Mais auparavant nous montrerons, en prenant un cas particulier, qu'on arrive au même résultat, quelles que soient les grandeurs absolues et relatives des arcs a et b, pourvu qu'on tienne compte des signes des lignes trigonométriques.

Soient (fig. 22)

$$AM = a \quad \text{et} \quad MN = MN' = b.$$

On a

$$\sin a = MP, \cos a = OP; \quad \sin b = NQ, \cos b = -OQ;$$
$$\sin(a+b) = -NR \quad = -(QD - NE) ;$$
$$\cos(a+b) = -OR \quad = -(OD + QE) ;$$
$$\sin(a-b) = -N'R' = -(QD + NE) ;$$
$$\cos(a-b) = \quad OR' = -OD + QE.$$

Les triangles semblables QOD, MOP donnent encore

$$\frac{QD}{MP} = \frac{OD}{OP} = \frac{OQ}{OM}, \text{ c'est-à-dire : } \frac{QD}{\sin a} = \frac{OD}{\cos a} = \frac{-\cos b}{1};$$

$$QD = -\sin a . \cos b \quad \text{et} \quad OD = -\cos a . \cos b.$$

Les triangles semblables NQE, MOP donnent encore

$$\frac{NE}{OP} = \frac{QE}{MP} = \frac{NQ}{OM}, \text{ c'est-à-dire } \frac{NE}{\cos a} = \frac{QE}{\sin a} = \frac{\sin b}{1}.$$

On en déduit

$$NE = \cos a \sin b$$

et

$$QE = \sin a \sin b.$$

Remplaçant QD, NE, OD et QE par leurs valeurs dans les expressions des sinus et cosinus de la somme et de la différence des deux arcs, il vient

$$\sin(a+b) = -(-\sin a \cos b - \cos a \sin b) = \sin a \cos b + \cos a \sin b$$
$$\cos(a+b) = -(-\cos a \cos b + \sin a \sin b) = \cos a \cos b - \sin a \sin b$$
$$\sin(a-b) = -(-\sin a \cos b + \cos a \sin b) = \sin a \cos b - \cos a \sin b$$
$$\cos(a-b) = \cos a \cos b + \sin a \sin b.$$

Ce sont bien les mêmes formules que dans le cas précédent.

Mais nous ne pouvons évidemment pas regarder ce résultat comme une preuve de leur généralité. C'est simplement à titre d'*exercice* que nous avons fait cette recherche.

30. Généralisation des formules (1) et (2). — Les formules (1) et (2) ont été établies dans l'hypothèse où a et b sont positifs, où a est $> b$ et où $a + b$ est moindre que $\frac{\pi}{2}$.

1° *Nous prouverons d'abord que les formules subsistent encore dans l'hypothèse où chacun des arcs étant moindre que* $\frac{\pi}{2}$, *la somme* $a + b$ *est supérieure à* $\frac{\pi}{2}$.

Soient, dans ce cas, a' et b' les compléments des arcs a et b, de sorte qu'on ait $a' = \frac{\pi}{2} - a$ et $b' = \frac{\pi}{2} - b$; on en déduit

$$a' + b' = \pi - (a + b),\ \text{et comme}\ a + b\ \text{est plus grand que}\ \frac{\pi}{2},$$

$$\text{il faut que}\ a' + b'\ \text{soit} < \frac{\pi}{2}.$$

Les deux arcs a' et b' remplissant les conditions dans lesquelles nous nous sommes placés tout d'abord pour établir les formules, celles-ci peuvent leur être appliquées. Nous aurons donc

$$\sin (a' + b') = \sin a' \cos b' + \cos a' \sin b';$$
$$\cos (a' + b') = \cos a' \cos b' - \sin a' \sin b'.$$

Remplaçant a' et b' par leur valeur, il vient :

$$(A) \begin{cases} \sin[\pi - (a+b)] = \sin \left(\frac{\pi}{2} - a\right) \cos\left(\frac{\pi}{2} - b\right) + \cos \left(\frac{\pi}{2} - a\right) \sin \left(\frac{\pi}{2} - b\right) \\ \cos[\pi - (a+b)] = \cos\left(\frac{\pi}{2} - a\right) \cos\left(\frac{\pi}{2} - b\right) - \sin \left(\frac{\pi}{2} - a\right) \sin\left(\frac{\pi}{2} - b\right) \end{cases}$$

Mais si nous désignons par α un arc quelconque, nous savons qu'on a les relations

$$\sin (\pi - \alpha) = \sin \alpha\ ;\ \cos (\pi - \alpha) = - \cos \alpha\ ;$$
$$\sin \left(\frac{\pi}{2} - \alpha\right) = \cos \alpha\ ;\ \cos\left(\frac{\pi}{2} - \alpha\right) = \sin \alpha.$$

En tenant compte de ces relations, les formules (A) deviennent

$$\sin (a + b) = \sin a \cos b + \cos a \sin b;$$
$$- \cos (a + b) = \sin a \sin b - \cos a \cos b.$$

Ce sont precisément les formules (1) et (2).

2° *Nous allons maintenant faire voir que l'un des arcs peut être augmenté d'un quadrant.*

Soient a' et b deux arcs positifs moindres qu'un quadrant et dont la somme peut être inférieure ou supérieure à un quadrant. Nous savons qu'on a

$$\sin (a' + b) = \sin a' \cos b + \cos a' \sin b\ ;$$
$$\cos (a' + b) = \cos a' \cos b - \sin a' \sin b.$$

Il s'agit de prouver qu'on peut, dans ces formules, remplacer l'arc a' par l'arc $a' + \frac{\pi}{2}$, que nous désignerons par a. En effet, si l'on a $a = a' + \frac{\pi}{2}$, on en déduit $a' = a - \frac{\pi}{2}$. Portant cette valeur a' dans les expressions de $\sin(a' + b)$ et de $\cos(a' + b)$, il vient

$$B \begin{cases} \sin\left(a - \frac{\pi}{2} + b\right) = \sin\left(a - \frac{\pi}{2}\right)\cos b + \cos\left(a - \frac{\pi}{2}\right)\sin b \\ \cos\left(a - \frac{\pi}{2} + b\right) = \cos\left(a - \frac{\pi}{2}\right)\cos b - \sin\left(a - \frac{\pi}{2}\right)\sin b \end{cases}$$

Mais si nous désignons par α un arc quelconque, nous savons qu'on a les relations

$$\sin\left(\alpha - \frac{\pi}{2}\right) = -\sin\left(\frac{\pi}{2} - \alpha\right) = -\cos\alpha\,;$$

$$\cos\left(\alpha - \frac{\pi}{2}\right) = \cos\left(\frac{\pi}{2} - \alpha\right) = \sin\alpha.$$

En tenant compte de ces relations, les formules B deviennent

$$-\cos(a + b) = -\cos a \cos b + \sin a \sin b\,;$$
$$\sin(a + b) = \sin a \cos b + \cos a \sin b.$$

Ce sont précisément les formules (1) et (2). Ainsi les formules ayant été établies pour deux arcs a' et b, on peut ajouter à l'un des arcs un quadrant. Il est évident que la même opération pourra être renouvelée, de sorte que l'arc a' pourra être remplacé par ce même arc augmenté d'autant de quadrants qu'on le voudra.

On pourra répéter ensuite la même série d'opérations sur l'arc b.

Donc : *Si les formules sont vraies pour deux arcs quelconques, elles sont vraies lorsqu'on ajoute un nombre quelconque de quadrants à chacun de ces arcs.*

3° *Les formules sont vraies pour des arcs positifs quelconques.*

Soient a et b deux arcs positifs aussi grands qu'on le voudra. En retranchant de chacun d'eux un nombre convenable de circonférences positives, on trouvera des arcs a' et b' moindres que $\frac{\pi}{2}$ et tels qu'on ait $a = 2n\pi + a'$, $b = 2n'\pi + b'$. Les formules (1) et (2) sont évidemment applicables aux arcs a' et b'; nous aurons donc

$$\sin (a' + b') = \sin a'. \cos b' + \cos a'. \sin b';$$
$$\cos (a' + b') = \cos a'. \cos b' - \sin a'. \sin b'.$$

Cela posé, ajoutons $4n$ quadrants à l'arc a' et $4n'$ quadrants à l'arc b', les formules seront encore vraies. Or, $4n\dfrac{\pi}{2} + a' = 2n\pi + a' = a$, et $4n'\dfrac{\pi}{2} + b' = 2n'\pi + b' = b$. Nous aurons donc

$$\sin (a + b) = \sin a \cos b + \cos a. \sin b;$$
$$\cos (a + b) = \cos a \cos b - \sin a. \sin b. \text{ C. Q. F. D.}$$

4° Les formules sont vraies pour des arcs négatifs quelconques.
Soient a et b deux arcs négatifs de grandeur quelconque. En ajoutant à chacun de ces arcs un nombre convenable de circonférences positives, on trouvera 2 arcs positifs a' et b' tels qu'on ait

$$a' = 2n\pi + a \quad b' = 2n'\pi + b.$$

Or, les formules sont vraies pour les arcs a' et b'. Nous aurons donc

$$\sin (a' + b') = \sin a' \cos b' + \cos a'. \sin b';$$
$$\cos (a' + b') = \cos a' \cos b' - \sin a'. \sin b'.$$

C'est-à-dire

$$C \begin{cases} \sin (2n\pi + a + 2n'\pi + b) = \sin (2n\pi + a) \cos (2n'\pi + b) \\ \qquad\qquad + \cos (2n\pi + a) \sin (2n'\pi + b) \\ \cos (2n\pi + a + 2n'\pi + b) = \cos (2n\pi + a) \cos (2n'\pi + b) \\ \qquad\qquad - \sin (2n\pi + a) \sin (2n'\pi + b) \end{cases}$$

Mais on peut retrancher d'un arc autant de circonférences qu'on le veut, sans rien changer à ses lignes trigonométriques. Retranchant partout $2n\pi$ et $2n'\pi$ dans les formules (C), elles donnent

$$\sin (a + b) = \sin a \cos b + \cos a \sin b;$$
$$\cos (a + b) = \cos a \cos b - \sin a \sin b.$$

Les formules (1) et (2) sont donc vraies pour deux arcs négatifs quelconques.

31. Généralisation des formules (3) et (4). — Les formules (1) et (2) étant vraies pour des arcs négatifs, on peut y changer b en $(-b)$. Elles deviennent alors

$$D \begin{cases} \sin(a-b) = \sin a \cos(-b) + \cos a \sin(-b)\,; \\ \cos(a-b) = \cos a \cos(-b) - \sin a \sin(-b). \end{cases}$$

Mais si nous désignons par α un arc quelconque, nous savons qu'on a les relations $\sin(-\alpha) = -\sin\alpha$ et $\cos(-\alpha) = \cos\alpha$. En tenant compte de ces relations, les formules D deviennent

$$\sin(a-b) = \sin a \cos b - \cos a \sin b\,;$$
$$\cos(a-b) = \cos a \cos b + \sin a \sin b.$$

Ce sont précisément les formules (3) et (4) qui se trouvent ainsi généralisées, car nous n'avons été obligés de faire aucune hypothèse sur la grandeur relative de a et de b.

32. Remarque sur les formules. — On peut prendre à volonté l'une des quatre formules et en déduire les trois autres. Supposons, par exemple, qu'on se soit contenté d'établir la formule (2) et qu'on ait démontré que cette formule est vraie pour toutes les valeurs de a et b, positives ou négatives.

$$(2) \qquad \cos(a+b) = \cos a \cos b - \sin a \sin b.$$

Remplaçons dans cette formule a par $\frac{\pi}{2} - a$ et b par $(-b)$, nous aurons

$$\cos\left(\frac{\pi}{2} - (a+b)\right) = \cos\left(\frac{\pi}{2} - a\right)\cos(-b) - \sin\left(\frac{\pi}{2} - a\right)\sin(-b).$$

Mais si nous désignons par α un arc quelconque, nous savons qu'on a les relations

$$\cos\left(\frac{\pi}{2} - \alpha\right) = \sin\alpha, \quad \cos(-\alpha) = \cos\alpha\,;$$
$$\sin\left(\frac{\pi}{2} - \alpha\right) = \cos\alpha, \quad \sin(-\alpha) = -\sin\alpha.$$

En tenant compte de ces relations, la formule devient $\sin(a+b) = \sin a \cos b + \cos a \sin b$. C'est la formule (3); il ne nous reste plus maintenant qu'à changer b en $- b$ dans les formules (1) et (2), et nous aurons les formules (3) et (4).

33. Expression de la tangente de la somme et de la diffé-rence de deux arcs en fonction des tangentes de ces arcs. — Soient a et b deux arcs quelconques ; il s'agit d'exprimer $\text{tang}\ (a+b)$ et $\text{tang}\ (a-b)$ en fonction de $\text{tang}\ a$ et $\text{tang}\ b$.

On a, quels que soient a et b,

$$\text{tang}\ (a+b) = \frac{\sin (a+b)}{\cos (a+b)} = \frac{\sin a \cos b + \cos a \sin b}{\cos a \cos b - \sin a \sin b}.$$

Divisons les deux termes de ce rapport par $\cos a \cos b$, il viendra

$$\text{tang}\ (a+b) = \frac{\dfrac{\sin a \cos b}{\cos a \cos b} + \dfrac{\cos a \sin b}{\cos a \cos b}}{1 - \dfrac{\sin a \sin b}{\cos a \cos b}}.$$

Supprimant les facteurs communs, et remarquant que

$$\frac{\sin a . \sin b}{\cos a . \cos b} = \frac{\sin a}{\cos a} \times \frac{\sin b}{\cos b}.$$

on obtient, en remplaçant le rapport du sinus au cosinus par la tan-gente,

$$\text{tang}\ (a+b) = \frac{\text{tang}\ a + \text{tang}\ b}{1 - \text{tang}\ a . \text{tang}\ b}. \qquad (5)$$

On trouvera de la même manière $\text{tang}\ (a-b)$, en remarquant que

$$\text{tang}\ (a-b) = \frac{\sin (a-b)}{\cos (a-b)};$$

$$\text{tang}\ (a-b) = \frac{\sin a \cos b - \cos a \sin b}{\cos a \cos b + \sin a \sin b} = \frac{\dfrac{\sin a \cos b}{\cos a \cos b} - \dfrac{\cos a \sin b}{\cos a \cos b}}{1 + \dfrac{\sin a \sin b}{\cos a \cos b}}.$$

D'où

$$\text{tang}\ (a-b) = \frac{\text{tang}\ a - \text{tang}\ b}{1 + \text{tang}\ a . \text{tang}\ b}. \qquad (6)$$

On pourrait d'ailleurs déduire la formule (6) de la formule (5) en changeant dans celle-ci b en $(-b)$, et en remarquant que

$$\tan (-b) = -\tan b.$$

Les formules (5) et (6) se déduisent des formules (1) et (2) et celles-ci étant générales, on en conclut que les formules (5) et (6) sont vraies quels que soient les arcs a et b.

On écrit quelquefois

$$\tan (a \pm b)\ \frac{\tan a \pm \tan b}{1 \mp \tan a . \tan b}.$$

Les signes supérieurs vont ensemble et les signes inférieurs ensemble.

Recherche directe des formules (5) et (6) par la géométrie. — On peut trouver directement, par la géométrie, les expressions de $\tan (a+b)$ et $\tan (a-b)$. Cette méthode a l'inconvénient d'être moins prompte que la précédente. Ensuite, elle ne permet d'établir les formules que dans un cas particulier, de sorte qu'il faudrait ensuite les généraliser. Nous la donnons cependant, mais à titre d'exercice.

Soient (fig. 23) $AM = a$, $MN = MN' = b$. Menons au point M la tangente à la circonférence. On a

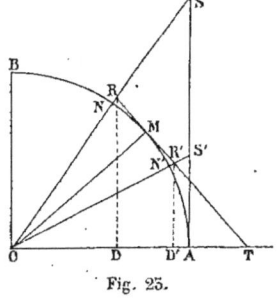

Fig. 23.

$$\tan a = MT, \quad \tan b = MR = MR'.$$

En menant au point A la tangente à la circonférence, on a

$$\tan (a+b) = AS \quad \text{et} \quad \tan (a-b) = AS'.$$

Les deux triangles semblables AOS et DOR donnent

$$\frac{AS}{DR} = \frac{AO}{OD}; \quad \text{d'où} \quad AS = \frac{DR}{OD}. \text{ Calculons DR et OD.}$$

En appliquant au triangle ROT un théorème connu, nous trouvons

$$\overline{RT}^2 = \overline{OR}^2 + \overline{OT}^2 - 2\,OT \times OD. \text{ Mais } \overline{RT}^2 = (RM + MT)^2;$$
$$\overline{OR}^2 = \overline{OM}^2 + \overline{MR}^2 \text{ et } \overline{OT}^2 = \overline{OM}^2 + \overline{MT}^2.$$

En portant ces valeurs dans l'expression de $\overline{RT}^2$, et en remarquant que $MT = \text{tang}\,a$, $MR = \text{tang}\,b$ et $OM = 1$, il vient

$$\text{tang}^2 a + \text{tang}^2 b + 2\,\text{tang}\,a\,\text{tang}\,b = 1 + \text{tang}^2 b + 1 + \text{tang}^2 a - 2\,OT \times OD.$$

Réduisant de part et d'autre et divisant par 2, il vient

$$\text{tang }a\;\text{tang }b = 1 - OT \times OD, \text{ d'où } OD = \frac{1 - \text{tang }a\;\text{tang }b}{OT}.$$

D'un autre côté, les triangles semblables RDT et OMT donnent

$$\frac{DR}{OM} = \frac{RT}{OT}\,;\quad \text{d'où } DR = \frac{\text{tang }a + \text{tang }b}{OT}.$$

Remplaçant DR et OD par leurs valeurs dans l'expression de AS, il vient, après la suppression du facteur $\dfrac{1}{OT}$,

$$\text{tang}\,(a + b) = \frac{\text{tang }a + \text{tang }b}{1 - \text{tang }a.\;\text{tang }b}.$$

La valeur de $\text{tang}\,(a - b)$ se trouverait exactement de la même manière. Nous donnons la succession des calculs sans entrer dans aucun détail.

$$AS' = \frac{D'R'}{OD'}.$$
$$\overline{R'T}^2 = \overline{OR'}^2 + \overline{OT}^2 - 2\,OT \times OD'$$

ou

$$\text{tang}^2 a + \text{tang}^2 b - 2\,\text{tang}\,a\,\text{tang}\,b = 1 + \text{tang}^2 b + 1 + \text{tang}^2 a - 2\,OT \times OD'.$$

Ce qui donne, après simplification,

$$OD' = \frac{1 + \text{tang }a.\;\text{tang }b}{OT}.$$

On a, d'un autre côté,

$$\frac{D'R'}{OM} = \frac{R'T}{OT}; \quad \text{d'où} \quad D'R' = \frac{\tang a - \tang b}{OT}.$$

Par conséquent

$$AS' = \tang(a-b) = \frac{\tang a - \tang b}{1 + \tang a \cdot \tang b}.$$

34. Expression de la cotangente de la somme et de la différence de 2 arcs en fonction des cotangentes de ces arcs. — La cotangente étant l'inverse de la tangente, il est facile de déduire

$$\cot(a+b) \text{ et } \cot(a-b) \text{ des formules (5) et (6)}.$$

On a effet

$$\cot(a+b) = \frac{1}{\tang(a+b)} \quad \frac{1 - \tang a \cdot \tang b}{\tang a + \tang b}$$

$$= \frac{1 - \dfrac{1}{\cot a} \times \dfrac{1}{\cot b}}{\dfrac{1}{\cot a} + \dfrac{1}{\cot b}} = \frac{\cot a \cot b - 1}{\cot b + \cot a};$$

$$\cot(a-b) = \frac{1}{\tang(a-b)} = \frac{1 + \tang a \cdot \tang b}{\tang a - \tang b}$$

$$= \frac{1 + \dfrac{1}{\cot a} \times \dfrac{1}{\cot b}}{\dfrac{1}{\cot a} - \dfrac{1}{\cot b}} = \frac{\cot a \cdot \cot b + 1}{\cot b - \cot a}.$$

On a donc

$$\cot(a+b) = \frac{\cot a \cdot \cot b - 1}{\cot a + \cot b}; \qquad (7)$$

$$\cot(a-b) = \frac{\cot a \cot b + 1}{\cot b - \cot a}. \qquad (8)$$

On réunit quelquefois ces deux formules en une seule :

$$\cot(a \pm b) = \frac{\cot a \cot b \mp 1}{\cot b \pm \cot a}.$$

Les signes supérieurs vont ensemble et les signes inférieurs ensemble.

On peut aussi trouver directement cot $(a+b)$ et cot $(a-b)$ en opérant comme nous l'avons fait pour tang $(a+b)$ et tang $(a-b)$.

On a

$$\cot (a+b) = \frac{\cos (a+b)}{\sin (a+b)} = \frac{\cos a \cos b - \sin a \sin b}{\sin a \cos b + \cos a \sin b}.$$

Divisant les deux termes de ce rapport par sin a sin b, il vient

$$\cot (a+b) = \frac{\dfrac{\cos a \cos b}{\sin a \sin b} - 1}{\dfrac{\sin a \cos b}{\sin a \sin b} + \dfrac{\cos a \sin b}{\sin a \sin b}} = \frac{\cot a . \cot b - 1}{\cot b + \cot a}$$

$$\cot (a-b) = \frac{\cos (a-b)}{\sin (a-b)} = \frac{\cos a \cos b + \sin a \sin b}{\sin a \cos b - \cos a \sin b}$$

$$\frac{\dfrac{\cos a \cos b}{\sin a \sin b} + 1}{\dfrac{\sin a \cos b}{\sin a \sin b} - \dfrac{\cos a \sin b}{\sin a \sin b}} = \frac{\cot a . \cot b + 1}{\cot b - \cot a}.$$

On pourrait aussi se contenter de calculer cot $(a+b)$ et en déduire ensuite cot $(a-b)$ en changeant b en $(-b)$.

On aurait

$$\cot (a-b) = \frac{\cot a \times \cot (-b) - 1}{\cot a + \cot (-b)} \; ; \; \text{mais} \cot (-b) = -\cot b;$$

donc

$$\cot (a-b) = \frac{-\cot a \cot b - 1}{\cot a - \cot b} = \frac{\cot a . \cot b + 1}{\cot b - \cot a}.$$

35. Calcul des lignes trigonométriques de la somme d'un nombre quelconque d'arcs.

1° *Calcul de* sin $(a+b+c)$. — Dans la formule (1), remplaçant b par $b+c$, nous aurons

$$\sin (a+b+c) = \sin a \cos (b+c) + \cos a \sin (b+c).$$

Développant $\cos (b + c)$ et $\sin (b + c)$, il vient

$$\sin (a + b + c) = \sin a \cos b \cos c - \sin a \sin b \sin c$$
$$+ \cos a \sin b \cos c + \cos a \cos b \sin c.$$

2° *Calcul de* $\cos (a + b + c)$. — Dans la formule (2) remplaçons b par $b + c$, nous aurons

$$\cos (a + b + c) = \cos a \cos (b + c) - \sin a \sin (b + c).$$

Développant $\cos (b + c)$ et $\sin (b + c)$, il vient

$$\cos (a + b + c) = \cos a \cos b \cos c - \cos a \sin b \sin c$$
$$- \sin a \sin b \cos c - \sin a \cos b \sin c.$$

3° *Calcul de* $\tan (a + b + c)$. — Dans la formule (5) remplaçons b par $b + c$, nous aurons

$$\tan (a + b + c) = \frac{\tan a + \tan (b + c)}{1 - \tan a \cdot \tan (b + c)}$$

$$= \frac{\tan a + \dfrac{\tan b + \tan c}{1 - \tan b \cdot \tan c}}{1 - \tan a \dfrac{\tan b + \tan c}{1 - \tan b \cdot \tan c}}$$

$$= \frac{\tan a + \tan b + \tan c - \tan a \tan b \tan c}{1 - \tan a \cdot \tan b - \tan a \cdot \tan c - \tan b \cdot \tan c}.$$

On développerait de la même manière $\sin (a + b + c + d)$, $\cos (a + b + c + d)$ et $\tan (a + b + c + d)$ au moyen des relations précédentes, en mettant $c + d$ à la place de c, et ainsi de suite.

36. Exercices. — 1° *Calcul du côté du pentédécagone régulier.* — Dans la formule (2): $\sin (a - b) = \sin a \cos b - \cos a \sin b$, faisons $a = \dfrac{\pi}{6}$ et $b = \dfrac{\pi}{10}$. Nous aurons

$$\sin \frac{\pi}{15} = \sin \frac{\pi}{6} \cos \frac{\pi}{10} - \cos \frac{\pi}{6} \sin \frac{\pi}{10}.$$

Mais le sinus de l'arc $\dfrac{\pi}{15}$ est la moitié de la corde qui sous-tend l'arc $\dfrac{2\pi}{15}$, laquelle n'est autre que le côté du pentédécagone inscrit

4

dans le cercle de rayon 1 ; en désignant ce côté par C_{15}, nous aurons donc

$$\frac{1}{2} C_{15} = \sin \frac{\pi}{6} \cos \frac{\pi}{10} - \cos \frac{\pi}{6} \sin \frac{\pi}{10}.$$

Or, nous avons trouvé précédemment

$$\sin \frac{\pi}{6} = \frac{1}{2} ; \quad \sin \frac{\pi}{10} = \frac{\sqrt{5}-1}{4} ;$$

$$\cos \frac{\pi}{6} = \frac{\sqrt{3}}{2} ; \quad \cos \frac{\pi}{10} = \frac{\sqrt{10+2\sqrt{5}}}{4}.$$

Remplaçant par leurs valeurs les sin et cosin de $\frac{\pi}{6}$ et $\frac{\pi}{10}$, il vient :

$$\frac{1}{2}. C_{15} = \frac{1}{8} \left[\sqrt{10+2\sqrt{5}} - \sqrt{3}(\sqrt{5}-1) \right],$$

et par suite

$$C_{15} = \frac{\sqrt{10+2\sqrt{5}} - \sqrt{3}(\sqrt{5}-1)}{4}.$$

On en conclut immédiatement que dans le cercle de rayon R, le côté du pentédécagone régulier a pour expression

$$\frac{R}{4} \left[\sqrt{10+2\sqrt{5}} - \sqrt{3}(\sqrt{5}-1) \right]$$

2 :   *er la formule* arc $\sin \frac{3}{5} + $ arc $\sin \frac{4}{5} = \frac{\pi}{2}$. — Soient x et y les arcs dont les sinus sont respectivement $\frac{3}{5}$ et $\frac{4}{5}$. Nous aurons, $\sin x = \frac{3}{5}$ et $\sin y = \frac{4}{5}$.

On en déduit

$$\cos x = \sqrt{1 - \frac{9}{25}} = \frac{4}{5} \text{ et } \cos y = \sqrt{1 - \frac{16}{25}} = \frac{3}{5};$$

nous prenons les radicaux avec le signe$+$, car il s'agit évidemment ici d'arcs inférieurs à $\frac{\pi}{2}$.

Or $\sin (x+y) = \sin x \cos y + \cos x \sin y$. Remplaçant les sinus et cosinus des arcs x et y par leurs valeurs , il vient

$$\sin (x+y) = \frac{9}{25} + \frac{16}{25} = 1.$$

Donc $x+y = \frac{\pi}{2}$. c. q. f. d.

3° *Étant donnés trois arcs* a, b, c *tels qu'on ait* a $=$ b $+$ c, *on demande de trouver une relation entre les cosinus des trois arcs.* — De la relation $a = b + c$, on tire

$$\cos a = \cos (b + c), \text{ ou } \cos a = \cos b \cos c - \sin b \sin c.$$

Faisons passer $\cos b \cos c$ dans le premier membre , et exprimons $\sin b$ et $\sin c$ en fonction de $\cos b$ et $\cos c$. Il viendra

$$\cos a - \cos b \cos c = \sqrt{(1 - \cos^2 b)(1 - \cos^2 c)}.$$

Élevant les deux membres au carré, nous aurons

$$\cos^2 a + \cos^2 b \cos^2 c - 2 \cos a \cos b \cos c$$
$$= 1 - \cos^2 b - \cos^2 c + \cos^2 b . \cos^2 c,$$

ce qui donne, en réduisant et faisant passer tous les cosinus dans le premier membre,

$$\cos^2 a + \cos^2 b + \cos^2 c - 2 \cos a \cos b \cos c = 1.$$

4° *Trouver une relation entre les tangentes de trois arcs dont la somme est égale à* π. — Soient a, b, c trois arcs tels qu'on ait

$$a + b + c = \pi.$$

On en déduit

$$a + b = \pi - c \text{ et } \tan (a + b) = \tan (\pi - c) = - \tan c ;$$

mais

$$\tan (a + b) = \frac{\tan a + \tan b}{1 - \tan a . \tan b}.$$

On a donc $\frac{\tan a + \tan b}{1 - \tan a . \tan b} = - \tan c$; d'où, en chassant le dénominateur, $\tan a + \tan b = - \tan c + \tan a . \tan b . \tan c$, c'est-à-dire : $\tan a + \tan b + \tan c = \tan a . \tan b . \tan c$. Donc, lorsque la somme de trois arcs est égale à π, la somme des tangentes de ces trois arcs est égale au produit des tangentes.

5° *Trouver la relation algébrique entre les arcs* a, b, c, *de manière à satisfaire à la relation*

$$\cos^2 a + \cos^2 b + \cos^2 c + 2\cos a \cos b \cos c = 1.$$

On déduit de cette relation

$$\cos^2 c + 2\cos a \cos b \cos c = 1 - \cos^2 a - \cos^2 b.$$

Ajoutons aux deux membres $\cos^2 a \cos^2 b$. Le premier membre sera le carré de $\cos c + \cos a \cos b$. Nous aurons donc

$$(\cos c + \cos a \cos b)^2 = 1 - \cos^2 a - \cos^2 b + \cos^2 a \cos^2 b$$
$$= 1 - \cos^2 a - \cos^2 b (1 - \cos^2 a) = (1 - \cos^2 a)(1 - \cos^2 b).$$

Remplaçant $1 - \cos^2 a$ par $\sin^2 a$ et $1 - \cos^2 b$ par $\sin^2 b$, il vient

$$(\cos c + \cos a \cos b)^2 = \sin^2 a \sin^2 b.$$

Nous avons donc, après avoir extrait les racines carrées des deux membres,

$$\cos c + \cos a \cos b = \pm \sin a \sin b \text{ ou } \cos (a \pm b) = -\cos c$$
$$= \cos (\pi - c).$$

Mais pour que deux arcs aient même cosinus, il faut et il suffit que leur somme ou leur différence soit égale à un nombre entier de circonférences. Nous aurons donc

$a \pm b \pm (\pi - c) = 2n\pi.$ La relation demandée est donc

$$a \pm b \pm c = (2n + 1)\pi.$$

37. Vérification des formules trigonométriques. — Il peut arriver qu'on ait besoin de vérifier une équation entre les lignes trigonométriques de différents arcs. La méthode générale consiste en ceci : on exprime toutes les lignes trigonométriques d'un même arc en fonction de l'une d'entre elles. Tout calcul fait, il doit y avoir identité.

Si l'on a à vérifier une équation entre les lignes trigonométriques de m arcs liés entre eux par $m-n$ équations de condition, on commence par exprimer $m-n$ arcs en fonction des n autres. La substitution de ces valeurs dans l'équation donnée doit la ramener à une identité, qui apparaîtra dès qu'on aura toutes les lignes trigonométriques de chaque arc en fonction de l'une d'elles.

Dans l'un et l'autre cas, l'habitude du calcul permet souvent, à l'aide de certains artifices, d'arriver au résultat plus rapidement que si l'on suivait, à la lettre, la méthode générale que nous venons d'indiquer. Nous donnerons quelques exemples :

1° *Vérifier la formule*

$$\sin(a+b) . \sin(a-b) = \sin^2 a - \sin^2 b.$$

Reprenons les formules

$$\sin(a+b) = \sin a \cos b + \cos a \sin b ;$$
$$\sin(a-b) = \sin a \cos b - \cos a \sin b.$$

En les multipliant, membre à membre, on obtient

$$\sin(a+b) . \sin(a-b) = \sin^2 a \cos^2 b - \cos^2 a \sin^2 b.$$

Remplaçons $\cos^2 a$ et $\cos^2 b$ par leur valeur en fonction de $\sin a$ et de $\sin b$; il vient :

$$\sin^2 a (1-\sin^2 b) - \sin^2 b (1 - \sin^2 a) = \sin^2 a - \sin^2 b.$$

Le premier membre est donc identiquement égal au second.

2° *Vérifier la formule* $\tan^2 a - \tan^2 b = \dfrac{\sin(a+b) . \sin(a-b)}{\cos^2 a \cos^2 b}$.

Nous venons de voir que le numérateur du second membre est égal à $\sin^2 a \cos^2 b - \cos^2 a \sin^2 b$. Le second membre peut donc être remplacé par $\dfrac{\sin^2 a \cos^2 b}{\cos^2 a \cos^2 b} - \dfrac{\cos^2 a \sin^2 b}{\cos^2 a \cos^2 b}$ ou $\dfrac{\sin^2 a}{\cos^2 a} - \dfrac{\sin^2 b}{\cos^2 b}$, c'est-à-dire par $\tan^2 a - \tan^2 b$. Il est donc identique au premier.

3° *Étant donnés trois arcs* a, b, c, *liés par la relation* a—b—c=2n π, *vérifier l'identité* $\cos^2 a + \cos^2 b + \cos^2 c - 2 \cos a \cos b \cos c = 1$.

De l'équation $a - b - c = 2n\pi$, on tire $a = 2n\pi + (b+c)$ et par suite $\cos a = \cos(b+c)$. Introduisons cette relation dans l'équation à vérifier. Pour cela, nous développerons $\cos(b+c)$.

Nous aurons

$$\cos a = \cos b \cos c - \sin b \sin c.$$

Et, en élevant les deux membres au carré,

$$\cos^2 a = \cos^2 b \cos^2 c + \sin^2 b \sin^2 c - 2 \cos b \cos c \sin b \sin c.$$

Remplaçant $\cos a$ et $\cos^2 a$ par leur valeur, dans l'équation à vérifier, le premier membre devient, après réduction,

$$\cos^2 b \, \cos^2 c + \sin^2 b \, \sin^2 c + \cos^2 b + \cos^2 c - 2 \cos^2 b \, \cos^2 c.$$

Substituant à $\sin^2 b$ et à $\sin^2 c$ leur valeur en fonction de $\cos^2 b$ et de $\cos^2 c$, et effectuant les calculs, le premier membre se réduit à 1. L'équation est donc vérifiée.

CHAPITRE IV

FORMULES RELATIVES A LA MULTIPLICATION ET A LA DIVISION DES ARCS

38. Expressions de $\sin 2a$ **et** $\cos 2a$ **en fonction de** $\sin a$ **et** $\cos a$. — Si nous faisons $b = a$ dans les formules (1) et (2) (n° 29), nous obtenons :

$$\sin 2a = 2 \sin a . \cos a \text{ et } \cos 2a = \cos^2 a - \sin^2 a.$$

On peut demander d'exprimer $\sin 2a$ et et $\cos 2a$, soit en fonction de $\sin a$, soit en fonction de $\cos a$.

Pour le 1er, on obtient

$$\sin 2a = \pm 2 \sin a \sqrt{1 - \sin^2 a} \text{ ou } \sin 2a = \pm 2 \cos a \sqrt{1 - \cos^2 a}.$$

Pour le 2°, on obtient $\cos 2a = 2 \cos^2 a - 1 = 1 - 2 \sin^2 a$. Nous reviendrons bientôt sur ces valeurs.

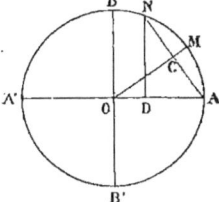

Fig. 24.

On pourrait obtenir directement, par la géométrie, les expressions de $\sin 2a$ et $\cos 2a$ (fig. 24).

Soit arc $AN = 2 AM = 2a$.

On a

$$2 \sin a = AN \text{ et } \cos a = OC ; \sin 2a = ND$$
$$\text{et } \cos 2a = OD.$$

Les triangles semblables NDA, OCA donnent

$$\frac{ND}{OC} = \frac{NA}{OA} \text{ ou } \frac{\sin 2a}{\cos a} = \frac{2 \sin a}{1},$$

d'où l'on déduit $\sin 2a = 2 \sin a \cos a$.

D'un autre côté, on a $\overline{AN}^2 = AA' \times AD$ ou $4 \sin^2 a = 2 (1 - \cos 2a)$, d'où l'on tire

$$\cos 2a = 1 - 2\sin^2 a.$$

En examinant les valeurs de $\sin 2a$ et $\cos 2a$, on voit que $\cos 2a$ est une fonction rationnelle de $\sin a$ ou $\cos a$, tandis que $\sin 2a$ est une fonction irrationnelle de $\sin a$ ou de $\cos a$. Tandis qu'à une valeur de $\sin a$ ou de $\cos a$ ne correspond qu'une seule valeur de $\cos 2a$, on a deux valeurs de $\sin 2a$, égales et de signes contraires, pour une valeur de $\sin a$ ou de $\cos a$.

Ces résultats sont faciles à expliquer. Nous discuterons seulement le cas où l'on donne $\sin a$.

A $\sin a$ correspondent tous les arcs compris dans les formules $2n\pi + a$ et $(2n+1)\pi - a$. Par conséquent, quand on demande $\cos 2a$, toutes les solutions sont données par les formules $\cos(4n\pi + 2a)$ et $\cos(4n\pi + 2\pi - 2a)$, ou, en supprimant un nombre entier de circonférences, $\cos 2a$ et $\cos(-2a)$; or, nous savons que $\cos(-2a) = \cos 2a$. Il n'y a donc qu'une seule valeur pour le cosinus.

Quand on cherche $\sin 2a$, toutes les solutions sont données par les formules $\sin(4n\pi + 2a)$ et $\sin(4n\pi + 2\pi - 2a)$, ou, en supprimant un nombre entier de circonférences, $\sin 2a$ et $\sin(-2a)$. Or, nous savons que $\sin(-2a) = -\sin 2a$.

On a donc pour $\sin 2a$ deux valeurs égales et de signes contraires.

Une construction graphique conduit facilement au même résultat.

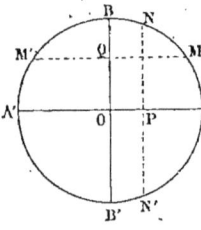

Fig. 25.

Portons sur BB', à partir du point O (fig. 25), et dans le sens convenable, une longueur $OQ = \sin a$, et menons par le point Q la parallèle MM' à AA'. Tous les arcs terminés en M et M' répondent au sinus donné. Soit $AN = 2AM$, il est clair que le double de tout arc terminé en M aura son extrémité en N; on a donc ainsi une solution NP pour sinus $2a$ et une solution OP pour $\cos 2a$.

Voyons maintenant ce qui arrive pour les arcs terminés en M'. Le double de l'arc AM' a pour extrémité le point N' symétrique de N par rapport à AA'. Il est évident d'ailleurs que le double de tout arc terminé en M' aura son extrémité en N'; on a donc une nouvelle solution $-N'P = -NP$ pour le sinus et la même solution OP pour le cosinus.

39. Expressions de $\sin 3a$ et $\cos 3a$. — En faisant $b = 2a$ dans les formules (1) et (2) (n° 29), il vient :

$\sin 3a = \sin a \cos 2a + \cos a \sin 2a$, et $\cos 3a = \cos a \cos 2a - \sin a \sin 2a$.

Remplaçons maintenant $\sin 2a$ et $\cos 2a$ par leurs valeurs, et nous aurons, après réduction,

$$\sin 3a = 3 \sin a - 4 \sin^3 a, \text{ et } \cos 3a = 4 \cos^3 a - 3 \cos a ;$$

$\sin 3a$ est donc une fonction rationnelle de $\sin a$, et $\cos 3a$ est une fonction rationnelle de $\cos a$. D'ailleurs étant donné $\sin a$, $\sin 3a$ n'admet qu'une seule valeur, de même que pour une valeur attribuée à $\cos a$, on n'obtient qu'une valeur de $\cos 3a$. Ces résultats s'expliquent facilement; nous ne ferons la discussion que pour $\cos 3a$.

Donner $\cos a$, c'est donner tous les arcs compris dans la formule $2n\pi \pm a$. Toutes les solutions qui conviennent pour $\cos 3a$ sont donc fournies par la formule $\cos(6n\pi \pm 3a)$, ou, en retranchant un nombre entier de circonférences, $\cos(\pm 3a) = \cos 3a$. Il n'y a donc qu'une solution.

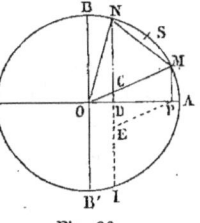

Fig. 26.

On peut trouver directement par la géométrie les valeurs de $\sin 3a$ et $\cos 3a$ (fig. 26). Prenons les arcs $AM = MS = SN = a$, et joignons le centre aux deux points N et M. Construisons le sinus MP et le cosinus OP de l'arc a; il est clair aussi que $MN = 2\sin a$. Cela posé, abaissons ND perpendiculaire sur OA et prolongeons-le jusqu'à la rencontre de la parallèle à OM menée par le point P.

On a évidemment

$$\sin 3a = ND = NC + CE - DE,$$
$$\cos 3a = OD = OP - PD.$$

Or on a angle $MNC =$ angle MON. Les deux triangles MNC et MON sont donc semblables, puisqu'ils sont équiangles. Donc $NC = MN = 2 \sin a$. D'un autre côté, $CE = MP = \sin a$. Par conséquent, nous aurons $\sin 3a = 3 \sin a - DE$ et $\cos 3a = \cos a - PD$. Calculons DE et DP.

Les triangles semblables MOP, DPE donnent

$$\frac{DE}{MP} = \frac{PD}{OP} = \frac{PE}{OM} \text{ ou } \frac{DE}{\sin a} = \frac{PD}{\cos a} = \frac{MC}{1}.$$

Il ne reste donc plus qu'à calculer MC.

Les triangles semblables MNC, MON donnent

$$\frac{MC}{MN} = \frac{NC}{ON} \quad \text{ou} \quad \frac{MC}{2 \sin a} = \frac{2 \sin a}{1}.$$

On en déduit $MC = 4 \sin^2 a$.

En remplaçant MC par sa valeur, on trouve

$$DE = 4 \sin^3 a \text{ et } PD = 4 \cos a - 4 \cos^3 a.$$

On en conclut

$$\sin 3a = 3 \sin a - 4 \sin^3 a \text{ et } \cos 3a = 4 \cos^3 a - 3 \cos a \text{ *}.$$

40. Expressions des sinus et cosinus des multiples successifs d'un arc en fonction du sinus et du cosinus de l'arc simple. — Lorsqu'on connaît $\sin 3a$ et $\cos 3a$, on peut calculer $\sin 4a$ et $\cos 4a$ en faisant $b = 3a$ dans les formules (1) et (2), et en remplaçant ensuite $\sin 3a$ et $\cos 3a$ par leurs valeurs. On pourrait ensuite continuer de la même manière et trouver successivement $\sin 5a$, $\cos 5a$..., etc. Mais il vaut mieux suivre une autre méthode.

Si l'on ajoute les valeurs de $\sin (a + b)$ et $\sin (a - b)$ d'une part, puis celles de $\cos (a + b)$ et $\cos (a - b)$ d'autre part, on trouve

$$\sin (a + b) + \sin (a - b) = 2 \sin a \cos b;$$
$$\cos (a + b) + \cos (a - b) = 2 \cos a \cos b.$$

Or, les arcs $a - b$, a et $a + b$ forment une progression arithmétique, dont la raison est b. On peut donc énoncer sous forme de théorèmes les résultats que nous venons de trouver :

1° *Étant donnés trois arcs en progression arithmétique, la somme des sinus des arcs extrêmes est égale au sinus de l'arc moyen multiplié par 2 fois le cosinus de la raison ;*

2° *Étant donnés trois arcs en progression arithmétique, la somme des cosinus des arcs extrêmes est égale au cosinus de l'arc moyen multiplié par 2 fois le cosinus de la raison.*

Cela posé, les arcs 0, a et $2a$ forment une progression arithmétique dont la raison est a ; nous aurons donc

$$\sin 0 + \sin 2a = 2 \sin a \cos a \quad \text{et} \quad \cos 0 + \cos 2a = 2 \cos^2 a,$$

---

* Ces démonstrations par la géométrie sont en général recherchées et compliquées; on peut donc contester leur utilité pratique. Nous répétons encore une fois que nous ne les présentons au lecteur que comme des exercices intéressants.

c'est-à-dire :

$$\sin 2a = 2 \sin a \cos a \text{ et } \cos 2a = 2\cos^2 a - 1.$$

De même, les arcs a, $2a$ et $3a$ forment une progression arithmétique dont la raison est a. Nous aurons donc

$$\sin a + \sin 3a = 2 \sin 2a . \cos a, \text{ et } \cos a + \cos 3a = 2 \cos 2a \cos a.$$

En remplaçant $\sin 2a$ et $\cos 2a$ et effectuant les calculs, il vient, après réduction,

$$\sin 3a = 3 \sin a - 4 \sin^3 a, \text{ et } \cos 3a = 4 \cos^3 a - 3 \cos a.$$

De même encore, les arcs $2a$, $3a$ et $4a$ forment une progression arithmétique dont la raison est a. Nous aurons donc

$$\sin 2a + \sin 4a = 2 \sin 3a . \cos a, \text{ et } \cos 2a + \cos 4a = 2 \cos 3a \cos a,$$

Après avoir remplacé $\sin 3a$ et $\cos 3a$ par leur valeur, et effectué les calculs, on trouve

$$\sin 4a = 4 \sin a \cos a\,(1 - 2 \sin^2 a), \text{ et } \cos 4a = 8 \cos^4 a - 8 \cos^2 a + 1$$

On continuerait indéfiniment de la même manière. Les sinus des multiples impairs de l'arc a sont des fonctions rationnelles de $\sin a$; mais les sinus des multiples pairs de l'arc a sont des fonctions irrationnelles de $\sin a$. Pour les cosinus, la fonction est toujours rationnelle, quel que soit le multiple.

41. Expressions de $\operatorname{tang} 2a$ **et** $\operatorname{tang} 3a$. — Dans la formule (5) (nº 33), $\operatorname{tang}(a+b) = \dfrac{\operatorname{tang} a + \operatorname{tang} b}{1 - \operatorname{tang} a \operatorname{tang} b}$, faisons $b = a$. Il vient

$$\operatorname{tang} 2a = \frac{2 \operatorname{tang} a}{1 - \operatorname{tang}^2 a}.$$

Telle est l'expression de $\operatorname{tang} 2a$ en fonction de $\operatorname{tang} a$. C'est une expression rationnelle, et l'on voit qu'à $\operatorname{tang} a$ correspond une seule valeur pour $\operatorname{tang} 2a$.

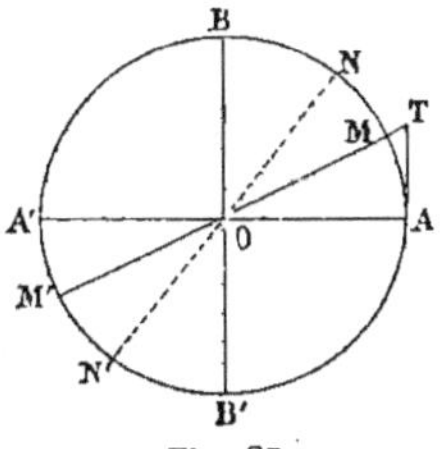

Fig. 27.

On devait s'attendre à ce résultat. A $\operatorname{tang} a$ correspondent une infinité d'arcs compris dans la formule $n\pi + a$. Toutes les solutions qui conviennent à $\operatorname{tang} 2a$ sont donc fournies par la formule $\operatorname{tang}(2n\pi + 2a)$; or, nous savons que $\operatorname{tang}(2n\pi + 2a) = \operatorname{tang} 2a$.

On peut encore l'expliquer facilement par une construction graphique (fig. 27). Soit AT la tangente donnée.

Tous les arcs qui ont pour tangente AT ont leurs extrémités diamétralement opposées, en M et en M'. Si nous prenons MN = AM, il est clair que le double d'un quelconque des arcs terminés en M ou en M' aura son extrémité en N ou en N', aux deux extrémités du même diamètre. Tous ces arcs ont donc la même tangente.

Calculons maintenant $\tan 3a$. Pour cela, nous ferons d'abord $b = 2a$ dans la formule (5). Nous aurons $\tan 3a = \dfrac{\tan a + \tan 2a}{1 - \tan a \tan 2a}$. Remplaçant $\tan 2a$ par sa valeur et effectuant les calculs, on trouve, après réduction, $\tan 3a = \dfrac{3 \tan a - \tan^3 a}{1 - 3 \tan^2 a}$.

Il est clair que le calcul de $\cot 2a$ et $\cot 3a$ se ferait exactement de la même manière.

42. Connaissant $\cos a$, **calculer** $\sin \dfrac{a}{2}$ **et** $\cos \dfrac{a}{2}$. — Étant donné un arc quelconque que nous désignerons par x, nous savons qu'on a les relations

$$\cos 2x = \cos^2 x - \sin^2 x;$$
$$1 = \cos^2 x + \sin^2 x.$$

Remplaçant x par $\dfrac{a}{2}$, il vient

$$\cos a = \cos^2 \frac{a}{2} - \sin^2 \frac{a}{2} \quad \text{et} \quad 1 = \cos^2 \frac{a}{2} + \sin^2 \frac{a}{2}.$$

La recherche de $\cos \dfrac{a}{2}$ et $\sin \dfrac{a}{2}$ en fonction de $\cos a$, revient donc à la résolution d'un système de deux équations entre deux inconnues :

$$\cos^2 \frac{a}{2} + \sin^2 \frac{a}{2} = 1 \qquad \cos^2 \frac{a}{2} - \sin^2 \frac{a}{2} = \cos a.$$

En ajoutant et en retranchant successivement ces deux équations, membre à membre, on obtient

$$2 \cos^2 \frac{a}{2} = 1 + \cos a \quad \text{et} \quad 2 \sin^2 \frac{a}{2} = 1 - \cos a.$$

On en déduit

$$\cos\frac{a}{2}=\pm\sqrt{\frac{1+\cos a}{2}} \quad \text{et} \quad \sin^2\frac{a}{2}=\pm\sqrt{\frac{1-\cos a}{2}}.$$

On peut arriver directement au même résultat par la géométrie (fig. 28). Soit l'arc $AM=a$, MP son sinus et OP son cosinus. Joignons le point M aux deux points A et A' et menons ON parallèle à A'M. Il est clair qu'on a

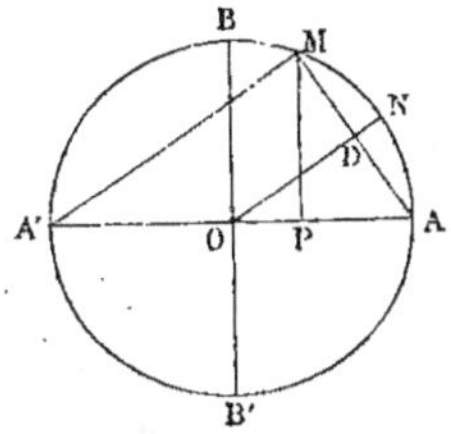

$$AM = 2\sin\frac{a}{2} \quad \text{et} \quad A'M = 2OD = 2\cos\frac{a}{2}.$$

Or, le triangle rectangle MAA' donne

Fig. 28.

$$\overline{A'M}^2 = AA'\times A'P \quad \text{et} \quad \overline{AM}^2 = AA'\times AP;$$

c'est-à-dire $4\cos^2\frac{a}{2}=2(1+\cos a)$, et $4\sin^2\frac{a}{2}=2(1-\cos a)$, d'où l'on déduit $\cos\frac{a}{2}=\pm\sqrt{\frac{1+\cos a}{2}}$ et $\sin\frac{a}{2}=\pm\sqrt{\frac{1-\cos a}{2}}$;

cos a ne pouvant varier qu'entre -1 et $+1$, les valeurs que nous avons obtenues sont toujours réelles; d'ailleurs $1\pm\cos a$ étant moindre que 2, ces valeurs sont plus petites que l'unité. Les résultats trouvés sont donc admissibles, et nous pouvons dire que lorsqu'on donne cos a, on obtient pour $\cos\frac{a}{2}$ et pour $\sin\frac{a}{2}$ deux valeurs égales et de signes contraires.

Rien de plus facile à expliquer que ces résultats. L'arc a étant donné par son cosinus, il y a une infinité d'arcs qui répondent à cos a, et tous ces arcs sont compris dans la formule $2n\pi\pm a$. Donc toutes les valeurs de $\cos\frac{a}{2}$ seront données par la formule $\cos\left(n\pi\pm\frac{a}{2}\right)$ et toutes les valeurs de $\sin\frac{a}{2}$ seront données par la formule $\sin\left(n\pi\pm\frac{a}{2}\right)$.

Supposons d'abord que n soit pair; $n\pi$ sera un nombre entier de circonférences, et nous pourrons le supprimer. Nous aurons donc, pour le cosinus cherché, $\cos\left(\pm\dfrac{a}{2}\right) = \cos\dfrac{a}{2}$, car deux arcs égaux et de signes contraires ont le même cosinus. Nous aurons pour le sinus, $\sin\left(\pm\dfrac{a}{2}\right) = \pm\sin\dfrac{a}{2}$.

Supposons maintenant n impair et représentons-le par $2k+1$. Nous aurons, pour le cosinus, $\cos\left(\pi\pm\dfrac{a}{2}\right) = -\cos\dfrac{a}{2}$, et pour le sinus, $\sin\left(\pi\pm\dfrac{a}{2}\right) = \mp\sin\dfrac{a}{2}$. On n'a donc bien que deux valeurs égales et de signes contraires pour le cosinus, et deux valeurs égales et de signes contraires pour le sinus.

Une construction graphique conduit d'une manière très simple à la même conclusion (fig. 29). Soit OP le cosinus donné. En menant

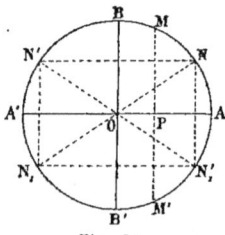

Fig. 29.

par le point P la perpendiculaire à AA', on obtient en M et en M' les extrémités de tous les arcs qui correspondent au cosinus donné. Si nous prenons le milieu de AM et que nous menions le diamètre NN_1, il est évident que l'arc moitié d'un quelconque des arcs terminés en M aura son extrémité soit en N, soit en N_1, ce qui donne deux valeurs égales et de signes contraires pour le cosinus, et deux valeurs égales et de signes contraires pour le sinus. Occupons-nous maintenant des arcs terminés en M'. Le plus petit arc positif terminé en M' a évidemment pour moitié l'arc AN', dont l'extrémité N' est symétrique de N par rapport à BB'. Menons alors le diamètre $N'N'_1$, et nous aurons soit en N', soit en N'_1 l'extrémité de l'un quelconque des arcs qui sera la moitié d'un arc terminé en M'. Or, les arcs terminés en N' ont le même sinus que ceux terminés en N et le même cosinus que ceux terminés en N_1. Quant aux arcs terminés en N'_1, ils ont le même sinus que ceux terminés en N_1 et le même cosinus que ceux terminés en N. En résumé, nous trouvons pour le cosinus et pour le sinus deux valeurs égales et de signes contraires.

Si l'arc lui-même est donné, au lieu d'être donné par son cosinus, toute ambiguïté cesse, car l'arc $\dfrac{a}{2}$ étant connu, on sait d'avance quels signes doivent avoir son cosinus et son sinus.

43. Étant donné $\sin a$, calculer $\sin\dfrac{a}{2}$ et $\cos\dfrac{a}{2}$. — Quel que soit l'arc x, nous savons qu'on a les relations

$$\cos^2 x + \sin^2 x = 1 \quad \text{et} \quad 2 \sin x \cos x = \sin 2x.$$

En faisant $x = \dfrac{a}{2}$ dans ces formules, elles deviennent

$$\cos^2 \frac{a}{2} + \sin^2 \frac{a}{2} = 1 \quad \text{et} \quad 2 \sin \frac{a}{2} \cos \frac{a}{2} = \sin a.$$

Le calcul de $\sin \dfrac{a}{2}$ et de $\cos \dfrac{a}{2}$, en fonction de $\sin a$, revient donc à la résolution d'un système de deux équations à deux inconnues. En ajoutant et retranchant successivement les deux équations, membre à membre, on obtient

$$\left(\cos \frac{a}{2} + \sin \frac{a}{2} \right)^2 = 1 + \sin a \quad \text{et} \quad \left(\cos \frac{a}{2} - \sin \frac{a}{2} \right)^2 = 1 - \sin a.$$

On en déduit

$$\left(\cos \frac{a}{2} + \sin \frac{a}{2} \right) = \pm \sqrt{1 + \sin a} \quad \text{et} \quad \cos \frac{a}{2} - \sin \frac{a}{2} = \pm \sqrt{1 - \sin a},$$

et par suite

$$\cos \frac{a}{2} = \frac{1}{2} \left[\pm \sqrt{1 + \sin a} \pm \sqrt{1 - \sin a} \right]$$

et

$$\sin \frac{a}{2} = \frac{1}{2} \left[\pm \sqrt{1 + \sin a} \mp \sqrt{1 - \sin a} \right].$$

Ces valeurs sont évidemment réelles, car $\sin a$ est toujours moindre que 1 en valeur absolue; elles sont d'ailleurs moindres que l'unité en valeur absolue.

On obtient donc pour $\cos \dfrac{a}{2}$ et pour $\sin \dfrac{a}{2}$ quatre valeurs, égales deux à deux et de signes contraires. On voit aussi que les valeurs de $\sin \dfrac{a}{2}$ sont les mêmes que celles de $\cos \dfrac{a}{2}$; seulement, elles ne se présentent pas dans le même ordre. Nous interpréterons un peu plus loin ces résultats remarquables.

Nous aurions pu obtenir $\cos\frac{a}{2}$ et $\sin\frac{a}{2}$ en fonction de $\sin a$, en partant des formules qui donnent $\cos\frac{a}{2}$ et $\sin\frac{a}{2}$ en fonction de $\cos a$. Il suffit, pour cela, de remplacer $\cos a$ par sa valeur $\pm\sqrt{1-\sin^2 a}$. On arrive ainsi aux résultats suivants :

$$\cos\frac{a}{2}=\pm\sqrt{\frac{1\pm\sqrt{1-\sin^2 a}}{2}} \quad \text{et} \quad \sin\frac{a}{2}=\pm\sqrt{\frac{1\mp\sqrt{1-\sin^2 a}}{2}}$$

Nous avons un radical double au lieu de deux radicaux simples. Mais si nous nous reportons à la formule qui sert à transformer $\sqrt{A\pm\sqrt{B}}$ en une somme de deux radicaux simples, lorsque A^2-B est un carré, ce qui est le cas, puisque $A^2-B=1-(1-\sin^2 a)=\sin^2 a$, nous retrouvons les valeurs de $\cos\frac{a}{2}$ et $\sin\frac{a}{2}$ telles que nous les a données la résolution du système d'équations.

Cherchons maintenant à nous rendre compte des résultats trouvés. Au sinus donné correspondent une infinité d'arcs compris dans les formules $2n\pi+a$ et $(2n+1)\pi-a$. Toutes les valeurs qui conviennent à $\cos\frac{a}{2}$ et à $\sin\frac{a}{2}$ sont donc fournies par les formules

$$\cos\left(n\pi+\frac{a}{2}\right), \cos\left(n\pi+\frac{\pi}{2}-\frac{a}{2}\right) \quad \text{et} \quad \sin\left(n\pi+\frac{a}{2}\right), \sin\left(n\pi+\frac{\pi}{2}-\frac{a}{2}\right).$$

Occupons-nous d'abord du cosinus. Lorsque n est pair, on peut supprimer $n\pi$, de sorte qu'on a pour solution

$$\cos\left(\frac{a}{2}\right)=\cos\frac{a}{2} \quad \text{et} \quad \cos\left(\frac{\pi}{2}-\frac{a}{2}\right)=\sin\frac{a}{2}.$$

Si n est impair, on obtient, après avoir supprimé autant de circonférences qu'on le peut,

$$\cos\left(\pi+\frac{a}{2}\right)=-\cos\frac{a}{2} \quad \text{et} \quad \cos\left(\pi+\frac{\pi}{2}-\frac{a}{2}\right)=-\sin\frac{a}{2}.$$

On n'a donc pour le cosinus que quatre valeurs, savoir

$$\pm\cos\frac{a}{2} \quad \text{et} \quad \pm\sin\frac{a}{2}.$$

Occupons-nous maintenant du sinus. Lorsque n est pair, on peut supprimer $n\pi$, et l'on a pour solutions

$$\sin\left(\frac{a}{2}\right) = \sin\frac{a}{2} \quad \text{et} \quad \sin\left(\frac{\pi}{2} - \frac{a}{2}\right) = \cos\frac{a}{2}.$$

Si n est impair, on obtient, après avoir supprimé autant de circonférences qu'on le peut,

$$\sin\left(\pi + \frac{a}{2}\right) = -\sin\frac{a}{2} \text{ et } \sin\left(\pi + \frac{\pi}{2} - \frac{a}{2}\right) = -\sin\left(\frac{\pi}{2} - \frac{a}{2}\right) = -\cos\frac{a}{2}.$$

On n'a donc pour le sinus que quatre valeurs, savoir

$$\pm\sin\frac{a}{2} \quad \text{et} \quad \pm\cos\frac{a}{2}.$$

Cette discussion montre qu'on devait obtenir pour $\cos\frac{a}{2}$ et pour $\sin\frac{a}{2}$ quatre valeurs, égales deux à deux et de signes contraires. On voit, en même temps, que les valeurs de $\sin\frac{a}{2}$ sont les mêmes que celles de $\cos\frac{a}{2}$, mais dans un autre ordre.

On peut arriver directement aux mêmes conclusions par une construction graphique (fig. 50). Portons sur le diamètre BB', à partir du point O et dans le sens convenable, $OQ = \sin a$. En menant, par le point Q, MM' parallèle à AA', on a en M et en M' les extrémités de tous les arcs qui répondent au sinus donné. Soit N le milieu de l'arc AN; menons le diamètre NN$_t$. Si nous prenons la moitié d'un quelconque des arcs terminés en M, il est évident que cette moitié d'arc aura pour extrémité soit le point N, soit le point N$_t$. On a

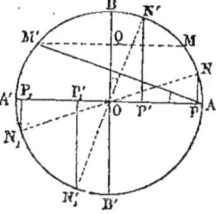

Fig. 50.

donc ainsi deux valeurs égales et de signes contraires pour le cosinus et pour le sinus. Ce sont celles que nous avons désignées plus haut: pour le cosinus par $\pm\cos\frac{a}{2}$ et pour le sinus par $\pm\sin\frac{a}{2}$.

5

Prenons maintenant le milieu de l'arc AM', en menant le diamètre N'N$_1$ perpendiculaire à la corde AM'. Les angles M'AA' et BON' sont égaux comme ayant leurs côtés respectivement perpendiculaires ; donc l'arc BN' est égal à $\frac{a}{2}$. D'un autre côté, il est clair que la moitié d'un quelconque des arcs terminés en M' aura son extrémité soit en N', soit en N'$_1$. D'ailleurs, les triangles ONP et ON'P' sont évidemment égaux ; par conséquent les cosinus des arcs qui ont leur extrémité en N' ou en N'$_1$ sont égaux à $+\sin\frac{a}{2}$ ou à $-\sin\frac{a}{2}$, et les sinus de ces mêmes arcs sont égaux à $+\cos\frac{a}{2}$ ou à $-\cos\frac{a}{2}$. On a donc quatre valeurs pour le cosinus et quatre valeurs pour le sinus :

Pour le cosinus $\pm\cos\frac{a}{2}$ et $\pm\sin\frac{a}{2}$; pour le sinus $\pm\sin\frac{a}{2}$ et $\pm\cos\frac{a}{2}$. C'est bien à cela que nous devions arriver.

Il y a donc ambiguïté quand l'arc est donné par son sinus. Lorsqu'on donne l'arc lui-même, on calcule l'arc $\frac{a}{2}$ et l'on sait ainsi quel est le signe de $\cos\frac{a}{2}$ et celui de $\sin\frac{a}{2}$. Il reste à savoir le signe dont il faut affecter les radicaux $\sqrt{1+\sin a}$ et $\sqrt{1-\sin a}$. Pour cela, on ramène l'arc $\frac{a}{2}$ au premier quadrant, ce qui permet de trouver le signe de $\cos\frac{a}{2}+\sin\frac{a}{2}$ et celui de $\cos\frac{a}{2}-\sin\frac{a}{2}$. On n'a plus alors aucun doute sur le signe qui doit précéder les radicaux.

Prenons un exemple :

Supposons qu'il s'agisse de l'arc de 1648°.

On a $\frac{a}{2}=824=360\times 2+104$. Donc, $\cos\frac{a}{2}$ est négatif et $\sin\frac{a}{2}$ est positif. D'un autre côté, $\sin 104=+\sin 76$ et $\cos 104=-\cos 76$, et comme $\sin 76$ est plus grand que $\cos 76$, il en résulte que $\cos\frac{a}{2}+\sin\frac{a}{2}$ est positif, tandis que $\cos\frac{a}{2}-\sin\frac{a}{2}$ est négatif. Le radical $\sqrt{1+\sin a}$ doit donc être pris avec le signe $+$ et le radical

$\sqrt{1 - \sin a}$ doit être pris avec le signe —. Nous pouvons donc écrire

$$\cos \frac{a}{2} = \frac{1}{2} \left[\sqrt{1 + \sin 1648} - \sqrt{1 - \sin 1648} \right]$$

et

$$\sin \frac{a}{2} = \frac{1}{2} \left[\sqrt{1 + \sin 1648} + \sqrt{1 - \sin 1648} \right].$$

44. Étant donnée tang a, **calculer** tang $\frac{a}{2}$. — Quel que soit l'arc α, on a la relation tang $2\alpha = \dfrac{2 \tan \alpha}{1 - \tan^2 \alpha}$. Pour $\alpha = \dfrac{a}{2}$, elle devient

tang $a = \dfrac{2 \tan \frac{a}{2}}{1 - \tan^2 \frac{a}{2}}$. Posons tang $a = m$ et tang$\frac{a}{2} = x$, les valeurs de

tang $\frac{a}{2}$ sont les racines de l'équation $mx^2 + 2x - m = o$. Les racines sont réelles, car leur produit est —1; d'ailleurs, la tangente pouvant varier de —∞ à +∞, on en conclut que le problème admet toujours deux solutions.

Les deux valeurs de tang $\frac{a}{2}$ sont $\dfrac{-1 + \sqrt{1 + \tan^2 a}}{\tan a}$ et $\dfrac{-1 - \sqrt{1 + \tan^2 a}}{\tan a}$. La somme des deux racines est égale à $-\dfrac{2}{m}$; elle est donc de signe contraire à m. Or, la plus grande des deux racines donne son signe à la somme, d'où il suit que quand tang a est positive, la plus grande des valeurs de tang $\frac{a}{2}$ est négative.

On explique facilement les deux valeurs de tang $\frac{a}{2}$, soit par les formules, soit par la géométrie. Établissons d'abord la discussion en nous servant des formules.

Quand on donne tang a, on donne tous les arcs compris dans la formule $n\pi + a$. Demander tang $\frac{a}{2}$, c'est donc demander toutes les valeurs fournies par la formule tang $\left(\dfrac{n\pi}{2} + \dfrac{a}{2} \right)$. n peut être pair ou impair. S'il est pair, comme on peut retrancher un nombre quelconque de demi-circonférences sans changer la tangente, on aura pour solution tang $\frac{a}{2}$. Si n est impair,

$$\text{tang}\left(\frac{n\pi}{2}+\frac{a}{2}\right) = \text{tang}\left(\frac{\pi}{2}+\frac{a}{2}\right) = -\cot\frac{a}{2}.$$

C'est la seconde valeur. On voit qu'elle est de signe contraire à la première. On a d'ailleurs tang$\frac{a}{2}\times\left(-\cot\frac{a}{2}\right)=-1$. C'est bien ce qu'on devait trouver.

Opérons maintenant par la géométrie. Sur la tangente indéfinie menée au point A, portons dans le sens convenable la longueur AT $=$ tang a (fig. 31). Si nous joignons le point T au centre O, les deux points diamétralement opposés M et M′ représentent les extrémités de tous les arcs qui répondent à la tangente donnée. Soit N le milieu de l'arc AN. En menant le diamètre NN′, nous sommes assurés que pour un arc quelconque ayant son extrémité en M, la moitié aura son extrémité soit en N, soit en N₁. Nous avons ainsi la première solution, celle que nous avons appelée plus haut tang $\frac{a}{2}$.

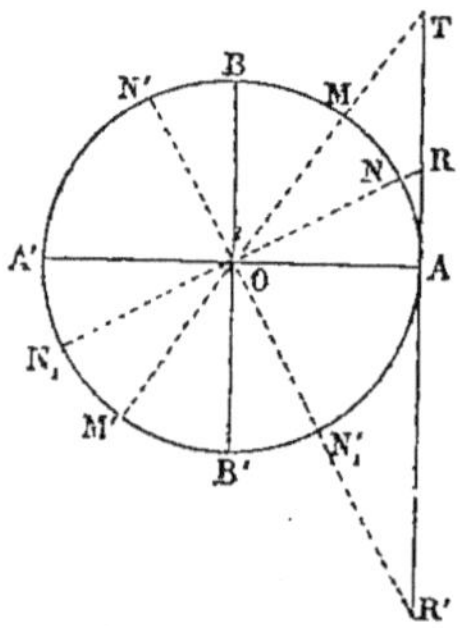

Fig. 51.

Occupons-nous maintenant des arcs terminés en M′. Le plus petit arc positif terminé en M′ a pour valeur $\pi+a$; sa moitié est donc $\frac{\pi}{2}+\frac{a}{2}$. On obtient son extrémité en portant, à partir du point B, la longueur BN′ $=$ AN $=\frac{a}{2}$. Si nous menons le diamètre N′N′₁, nécessairement perpendiculaire à NN₁, il est clair que tout arc qui aboutit en M′ aura sa moitié terminée en N′ ou en N′₁. Nous obtenons ainsi la seconde solution AR′, laquelle est négative. D'ailleurs, puisque BN′ $=$ AN, il est clair que AR′ est égal à cot $\frac{a}{2}$. Enfin, le triangle ROR′ donne AR $\times$ AR′ $=\overline{\text{OA}}^2=1$; et comme AR et AR′ sont de signes contraires, nous retrouvons encore -1 pour le produit des deux valeurs de tang $\frac{a}{2}$.

Lorsque l'arc a est donné lui-même, au lieu de l'être par sa tangente, toute ambiguïté disparaît. En effet, il suffit de calculer l'arc $\frac{a}{2}$ pour savoir quel signe doit avoir la tangente de cet arc.

45. Étant donné $\sin a$, calculer $\sin \frac{a}{3}$. — On voit surabondamment que toutes ces discussions se ressemblent. Si nous nous répétons aussi souvent, c'est afin de bien graver la méthode dans l'esprit des élèves. Nous terminerons par le calcul de $\sin \frac{a}{3}$ en fonction de $\sin a$. Le lecteur fera bien d'appliquer la marche que nous allons suivre à la recherche de $\cos \frac{a}{3}$ en fonction de $\cos a$, et de $\tang \frac{a}{3}$ en fonction de $\tang a$.

On a, quel que soit l'arc α, $\sin 3\alpha = 3 \sin \alpha - 4 \sin^5 \alpha$. Si nous remplaçons α par $\frac{a}{3}$, il vient $\sin a = 3 \sin \frac{a}{3} - 4 \sin^5 \frac{a}{3}$. Posons $\sin a = m$ et $\sin \frac{a}{3} = x$, les valeurs de l'inconnue ne sont autres que les racines de l'équation $m = 3x - 4x^3$ ou $4x^3 - 3x + m = 0$. La résolution de cette équation dépasse les limites de notre programme. Mais nous avons à notre disposition tout ce qui nous est nécessaire pour prouver que les trois racines de cette équation sont réelles et comprises entre -1 et $+1$. Le problème que nous traitons admet donc trois solutions.

Servons-nous d'abord des formules. Donner $\sin a$, c'est donner tous les arcs compris dans les formules $2n\pi + a$ et $(2n+1)\pi - a$. Donc, toutes les solutions du problème sont fournies par les formules :

$$\sin \left(\frac{2n\pi}{3} + \frac{a}{3} \right) \quad \text{et} \quad \sin \left[\frac{2n\pi}{3} + \frac{\pi}{3} - \frac{a}{3} \right].$$

Or, n peut être : où un multiple de 3 ; ou un multiple de 3, plus 1 ; ou un multiple de 3, plus 2. Faisons donc successivement dans nos formules

$$n = 3\mathrm{K}, \qquad n = 3\mathrm{K} + 1, \qquad n = 3\mathrm{K} + 2.$$

La première formule donne les solutions suivantes :

$$\sin\left[\frac{6\,\mathrm{K}\pi + a}{3}\right] = \sin\left[2\,\mathrm{K}\pi + \frac{a}{3}\right] = \sin\frac{a}{3} \,;$$

$$\left[\frac{6\,\mathrm{K}\pi + 2\pi + a}{3}\right] = \sin\left[2\,\mathrm{K}\pi + \frac{a + 2\pi}{3}\right] = \sin\left(\frac{a}{3} + \frac{2\pi}{3}\right);$$

$$\sin\left[\frac{6\mathrm{K}\pi + 4\pi + a}{3}\right] = \sin\left[2\,\mathrm{K}\pi + \frac{a + 4\pi}{3}\right] = \sin\left[\frac{a}{3} + \frac{4\pi}{3}\right].$$

Ces trois solutions sont distinctes.

La seconde formule donne les solutions suivantes :

$$\sin\left[\frac{6\mathrm{K}\pi + \pi - a}{3}\right] = \sin\frac{\pi - a}{3} \,;$$

$$\sin\left[\frac{6\mathrm{K}\pi + 2\pi + \pi - a}{3}\right] = \sin\left[\pi - \frac{a}{3}\right] \,;$$

$$\sin\left[\frac{6\mathrm{K}\pi + 4\pi + \pi - a}{3}\right] = \sin\left(\frac{5\pi - a}{3}\right).$$

La solution $\sin\left(\dfrac{\pi - a}{3}\right)$ est la même que la solution $\sin\left[\dfrac{a}{3} + \dfrac{2\pi}{3}\right]$ fournie par la première formule, les arcs $\dfrac{\pi - a}{3}$ et $\dfrac{a + 2\pi}{3}$ étant supplémentaires.

De même, les solutions $\sin\left(\pi - \dfrac{a}{3}\right)$ et $\sin\dfrac{a}{3}$ sont identiques. Enfin, il en est de même des solutions $\sin\left[\dfrac{5\pi - a}{3}\right]$ et $\sin\left[\dfrac{a + 4\pi}{3}\right]$, les deux arcs $\dfrac{5\pi - a}{3}$ et $\dfrac{a + 4\pi}{3}$ ayant pour somme 3π.

Donc, étant donné $\sin a$, on obtient pour $\sin\dfrac{a}{3}$ trois solutions distinctes, savoir :

$$\sin\frac{a}{3}, \qquad \sin\frac{a + 2\pi}{3}, \qquad \sin\frac{a + 4\pi}{3}$$

Une construction graphique conduit aussi très simplement à la même conclusion (fig. 52). Sur le diamètre BB', portons à partir du point O, et dans le sens convenable, la longueur $OQ = \sin a$, puis menons par le point Q, MM' parallèle à AA'. Tous les arcs terminés en M et M' répondent au sinus donné. Cela posé, prenons $AN = \dfrac{AM}{3}$;

nous avons en NP une première solution,

$\sin \dfrac{a}{3}$. Si nous ajoutons à l'arc AM une cir-

conférence et que nous prenions le tiers de la somme, le nouvel arc aura son ex-

trémité en N_1, si l'on a pris arc $NN_1 = \dfrac{2\pi}{3}$.

Ajoutons une nouvelle circonférence et prenons le tiers de la somme : le nouvel arc aura son extrémité en N_2, tel que arc

$N_1 N_2 = \dfrac{2\pi}{3}$. Les trois points N, N_1 et N_2

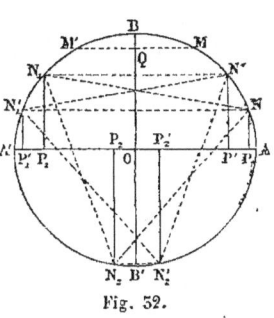

Fig. 52.

sont les sommets d'un triangle équilatéral. Il est évident d'ailleurs que le tiers de tout arc terminé en M aura son extrémité en un des trois points N, N_1, N_2. Nous avons donc les trois solutions

$$\sin \frac{a}{3}, \qquad \sin \frac{a+2\pi}{3}, \qquad \sin \frac{a+4\pi}{3},$$

Occupons-nous maintenant des arcs terminés en M'. Le plus petit arc positif terminé en M' a pour valeur $\pi - a$; le tiers de cet arc est

donc $\dfrac{\pi - a}{3}$. Or, l'arc $A'N_1 = \pi - \dfrac{a+2\pi}{3} = \dfrac{\pi - a}{3}$; donc, pour avoir

le tiers de AM', il suffit de mener $N_1 N'$ parallèle à AA'. On retombe ainsi sur une solution déjà obtenue. Si nous ajoutons maintenant à l'arc AN' $\dfrac{2\pi}{3}$, puis $\dfrac{4\pi}{3}$, les nouveaux arcs auront évidemment leurs extrémités au point N'_1 symétrique de N et N'_2 symétrique de N_2. D'ailleurs, si l'on prend le tiers de l'un quelconque des arcs terminés en M', il est évident qu'on aboutira à l'un des sommets du triangle équilatéral $N'N'_1N'_2$. Il n'y a donc bien en tout que trois solutions.

Nous avons supposé $\sin a$ positif, et nous avons trouvé pour $\sin \dfrac{1}{3}$

deux valeurs positives et une négative. L'inverse aurait lieu en supposant sin a négatif.

Il résulte donc bien de notre discussion que l'équation

$$4\,x^3 - 3x + m = 0$$

a ses trois racines réelles, et que ces trois racines sont comprises
entre -1 et $+1$. Lorsque m est positif, il y a une racine négative,
et les deux autres sont positives; c'est l'inverse qui a lieu lorsque m
est négatif.

**46. Calcul des sinus et cosinus de l'arc $\frac{\pi}{20}$ et de ses multi-
ples.** — Nous avons calculé précédemment le sinus et le cosinus de
l'arc $\frac{\pi}{10}$ ou $\frac{2\pi}{20}$. Nous avons trouvé

$$\sin \frac{2\pi}{20} = \frac{1}{4}\left(\sqrt{5} - 1\right), \qquad \cos \frac{2\pi}{20} = \frac{1}{4}\sqrt{10 + 2\sqrt{5}}.$$

Dans les formules

$$\sin 2\,a = 2\sin a.\cos a \ \text{et} \ \cos 2a = \cos^2 a - \sin^2 a, \text{faisons}\, a = \frac{2\pi}{20},$$

nous aurons

$$\sin \frac{4\pi}{20} = 2\,\sin \frac{2\pi}{20} \cos \frac{2\pi}{20} \ \text{et} \ \cos \frac{4\pi}{20} = \cos^2 \frac{2\pi}{20} - \sin^2 \frac{2\pi}{20}.$$

En remplaçant $\sin \frac{2\pi}{20}$ et $\cos \frac{2\pi}{20}$ par leurs valeurs, on trouve, après
réduction,

$$\sin \frac{4\pi}{20} = \frac{1}{4}\sqrt{10 - 2\sqrt{5}} \ \text{et} \ \cos \frac{4\pi}{20} = \frac{1}{4}\left(1 + \sqrt{5}\right).$$

Prenons maintenant les formules

$$\sin \frac{a}{2} = \frac{1}{2}\left(\pm \sqrt{1+\sin a} \ \mp \sqrt{1-\sin a}\right)$$

et

$$\cos \frac{a}{2} = \frac{1}{2}\left(\pm \sqrt{1+\sin a} \ \pm \sqrt{1-\sin a}\right),$$

et faisons dans ces formules $a = \frac{2\pi}{20}$; nous obtiendrons, après avoir remplacé $\sin\frac{2\pi}{20}$ par sa valeur,

$$\sin \frac{\pi}{20} = \frac{1}{4}\left(\sqrt{3+\sqrt{5}} \ - \ \sqrt{5-\sqrt{5}}\right)$$

et

$$\cos\frac{\pi}{20} = \frac{1}{4}\left(\sqrt{3+\sqrt{5}} \ + \ \sqrt{5-\sqrt{5}}\right)$$

Faisons, dans les mêmes formules, $a = \frac{6\pi}{20}$. $\Big($ Remarquons, en passant, que $\sin\frac{6\pi}{20} = \cos\frac{4\pi}{20}\Big)$. Nous obtiendrons, tous calculs faits,

$$\sin \frac{3\pi}{20} = \frac{1}{4}\left(\sqrt{5+\sqrt{5}} \ - \ \sqrt{3-\sqrt{5}}\right)$$

et

$$\cos\frac{3\pi}{20} = \frac{1}{4}\left(\sqrt{5+\sqrt{5}} \ + \ \sqrt{3-\sqrt{3}}\right).$$

Enfin, l'arc $\frac{5\pi}{20} = \frac{\pi}{4}$. On a donc $\sin\frac{5\pi}{20} = \cos\frac{5\pi}{20} = \frac{1}{2}\sqrt{2}$. Il ne nous reste plus maintenant aucun calcul nouveau à faire. En effet, pour l'arc $\frac{6\pi}{20}$, le sinus et le cosinus ne sont autres que les cosinus et sinus de l'arc $\frac{4\pi}{20}$; de même, pour l'arc $\frac{7\pi}{20}$, le sinus et le cosinus sont respectivement les cosinus et sinus de l'arc $\frac{3\pi}{20}$, et ainsi de suite. Le tableau des sinus et cosinus de l'arc $\frac{\pi}{20}$ et de ses multiples est donc facile à former.

$$\sin\frac{\pi}{20} = \cos\frac{9\pi}{20} = \frac{1}{4}\left(\sqrt{3+\sqrt{5}} - \sqrt{5-\sqrt{5}}\right)$$

$$\sin\frac{2\pi}{20} = \cos\frac{8\pi}{20} = \frac{1}{4}\left(\sqrt{5}-1\right)$$

$$\sin\frac{3\pi}{20} = \cos\frac{7\pi}{20} = \frac{1}{4}\left(\sqrt{5+\sqrt{5}} - \sqrt{3-\sqrt{5}}\right)$$

$$\sin\frac{4\pi}{20} = \cos\frac{6\pi}{20} = \frac{1}{4}\sqrt{10-2\sqrt{5}}$$

$$\sin\frac{5\pi}{20} = \cos\frac{5\pi}{20} = \frac{1}{2}\sqrt{2}$$

$$\sin\frac{6\pi}{20} = \cos\frac{4\pi}{20} = \frac{1}{4}\left(1+\sqrt{5}\right)$$

$$\sin\frac{7\pi}{20} = \cos\frac{3\pi}{20} = \frac{1}{4}\left(\sqrt{5+\sqrt{5}} + \sqrt{3-\sqrt{5}}\right)$$

$$\sin\frac{8\pi}{20} = \cos\frac{2\pi}{20} = \frac{1}{4}\left(\sqrt{10+2\sqrt{5}}\right)$$

$$\sin\frac{9\pi}{20} = \cos\frac{\pi}{20} = \frac{1}{4}\left(\sqrt{3+\sqrt{5}} + \sqrt{5-\sqrt{5}}\right).$$

47. Exercices. —1° *Résoudre l'équation* $\sin 3x - \sin x = 2$. — On a $\sin 3x = 3\sin x - 4\sin^3 x$. Remplaçant $\sin 3x$ par sa valeur dans l'équation donnée, il vient, après réduction

$$2\sin^3 x - \sin x + 1 = 0.$$

C'est une équation du 3° degré, mais on voit de suite que -1 est une racine de cette équation. En divisant le premier membre par $\sin x + 1$, on a pour quotient $2\sin^2 x - 2\sin x + 1$; l'équation peut donc se mettre sous la forme

$$(\sin x + 1)(2\sin^2 x - 2\sin x + 1) = 0.$$

Les racines de l'équation $2\sin^2 x - 2\sin x + 1 = 0$ étant imaginaires, on en conclut que l'équation proposée n'admet que la solution

$$\sin x = -1,$$

ce qui donne $x = \frac{3\pi}{2}$ ou plus généralement $x = (4n-1)\frac{\pi}{2}$.

2° *Démontrer la formule* $\tan\left(\dfrac{\pi}{4}-\dfrac{a}{2}\right)=\pm\sqrt{\dfrac{1-\sin a}{1+\sin a}}$. — En développant $\tan\left(\dfrac{\pi}{4}-\dfrac{a}{2}\right)$ d'après la formule qui donne la valeur de $\tan(a-b)$, et en remarquant que $\tan\dfrac{\pi}{4}=1$, on obtient

$$\tan\left(\frac{\pi}{4}-\frac{a}{2}\right)=\frac{1-\tan\dfrac{a}{2}}{1+\tan\dfrac{a}{2}}=\frac{1-\dfrac{\sin\dfrac{a}{2}}{\cos\dfrac{a}{2}}}{1+\dfrac{\sin\dfrac{a}{2}}{\cos\dfrac{a}{2}}}=\frac{\cos\dfrac{a}{2}-\sin\dfrac{a}{2}}{\cos\dfrac{a}{2}+\sin\dfrac{a}{2}}$$

$$=\pm\sqrt{\frac{\left(\cos\dfrac{a}{2}-\sin\dfrac{a}{2}\right)^2}{\left(\cos\dfrac{a}{2}+\sin\dfrac{a}{2}\right)^2}}=\pm\sqrt{\frac{1-\sin a}{1+\sin a}}$$

(Voir **43**.)

3° *Démontrer la formule*

$$\tan\left(\frac{\pi}{4}+a\right)-\tan\left(\frac{\pi}{4}-a\right)=2\tan 2a.$$

On a

$$\tan\left(\frac{\pi}{4}+a\right)=\frac{1+\tan a}{1-\tan a}\quad\text{et}\quad\tan\left(\frac{\pi}{4}-a\right)=\frac{1-\tan a}{1+\tan a}.$$

Le premier membre peut donc être remplacé par

$$\frac{1+\tan a}{1-\tan a}-\frac{1-\tan a}{1+\tan a}=\frac{(1+\tan a)^2-(1-\tan a)^2}{1-\tan^2 a}=\frac{4\tan a}{1-\tan^2 a}$$

Or, cette dernière expression est précisément le double de $\tan 2a$.

4° *Démontrer la formule* $\qquad\tan\dfrac{a}{2}=\sqrt{\dfrac{1-\cos a}{1+\cos a}}.$

Nous savons qu'on a $\qquad\qquad\tan\dfrac{a}{2}=\dfrac{\sin\dfrac{a}{2}}{\cos\dfrac{a}{2}}.$

Mais

$$\sin \frac{a}{2} = \sqrt{\frac{1-\cos a}{2}} \quad \text{et} \quad \cos \frac{a}{2} = \sqrt{\frac{1+\cos a}{2}}.$$

Donc

$$\operatorname{tang} \frac{a}{2} = \sqrt{\frac{1-\cos a}{1+\cos a}}.$$

Si, dans cette formule, on remplace a par $\frac{\pi}{2} - a$, on retrouve très simplement la relation du paragraphe 2.

5° *Étant donné* $\cos v = \dfrac{\cos u - e}{1 - e \cdot \cos u}$, *exprimer* $\operatorname{tang} \dfrac{v}{2}$ *en fonction de* $\operatorname{tang} \dfrac{u}{2}$.

De la relation donnée, on tire

$$1 + \cos v = \frac{(1-e)(1+\cos u)}{1 - e \cos u} \quad \text{et} \quad 1 - \cos v = \frac{(1+e)(1-\cos u)}{1 - e \cdot \cos u}.$$

On en déduit

$$\frac{1 - \cos v}{1 + \cos v} = \frac{1+e}{1-e} \times \frac{1-\cos u}{1+\cos u}.$$

Par suite

$$\operatorname{tang} \frac{v}{2} = \operatorname{tang} \frac{u}{2} \sqrt{\frac{1+e}{1-e}}.$$

6° *Vérifier la relation* $\operatorname{arc tang} \dfrac{1}{7} + 2 \operatorname{arc tang} \dfrac{1}{3} = \dfrac{\pi}{4}$.

Posons

$$\operatorname{arc\ tang} \frac{1}{7} = x \quad \text{et} \quad \operatorname{arc tang} \frac{1}{3} = y.$$

On en déduit

$$\operatorname{tang} x = \frac{1}{7} \quad \text{et} \quad \operatorname{tang} y = \frac{1}{3},$$

et il faut démontrer que $x + 2y = \dfrac{\pi}{4}$ ou, ce qui revient au même, que

$$\operatorname{tang}(x + 2y) = 1.$$

Or

$$\text{tang } 2y = \frac{2\,\text{tang } y}{1 - \text{tang}^2 y} = \frac{3}{4}.$$

Par suite,

$$\text{tang } (x + 2y) = \frac{\text{tang } x + \text{tang } 2y}{1 - \text{tang } x \, \text{tang } 2y} = \frac{\frac{1}{7} + \frac{3}{4}}{1 - \frac{3}{7 \times 4}} = 1.$$

C. Q. F. D.

7° *Étant donné* $a + b + c = \pi$, *démontrer qu'on a*

$$\sin a + \sin b + \sin c = 4 \cos \frac{a}{2} \cos \frac{b}{2} \cos \frac{c}{2}.$$

Nous avons

$$a = \pi - (b + c).$$

Donc

$$\sin a = \sin (b + c) = \sin b \cos c + \cos b \, \sin c.$$

On en déduit

$$\sin a + \sin b + \sin c = \sin b \, (1 + \cos c) + \sin c \, (1 + \cos b);$$

mais

$$\sin b = 2 \sin \frac{b}{2} \cos \frac{b}{2}; \quad \sin c = 2 \, \sin \frac{c}{2} \cos \frac{c}{2};$$

$$1 + \cos c = 2 \cos^2 \frac{c}{2}; \quad 1 + \cos b = 2 \cos^2 \frac{b}{2}.$$

Donc

$$\sin a + \sin b + \sin c = 4 \cos \frac{b}{2} \cos \frac{2}{c} \left[\sin \frac{b}{2} . \cos \frac{c}{2} + \cos \frac{b}{2} \sin \frac{c}{2} \right].$$

La quantité entre parenthèses n'est autre que

$$\sin \left(\frac{b + c}{2} \right) = \sin \left(\frac{\pi}{2} - \frac{a}{2} \right) = \cos \frac{a}{2}.$$

Donc

$$\sin a + \sin b + \sin c = 4 \cos \frac{a}{2} \cos \frac{b}{2} \cos \frac{c}{2}.$$

C. Q. F. D.

8° *Étant donné* a + b + c = π, *démontrer qu'on a*

$$\sin a + \sin b - \sin c = 4 \sin \frac{a}{2} \sin \frac{b}{2} . \cos \frac{c}{2}.$$

Nous avons

$$a = \pi - (b + c).$$

Donc

$$\sin a = \sin (b + c) = \sin b \cos c + \cos b \sin c.$$

On en déduit

$$\sin a + \sin b - \sin c = \sin b \, (1 + \cos c) - \sin c \, (1 - \cos b);$$

mais

$$\sin b = 2 \sin \frac{b}{2} \cos \frac{b}{2}; \qquad 1 + \cos c = 2 \cos^2 \frac{c}{2};$$

$$\sin c = 2 \sin \frac{c}{2} \cos \frac{c}{2}; \qquad 1 - \cos b = 2 \sin^2 \frac{b}{2}.$$

Donc

$$\sin a + \sin b - \sin c = 4 . \sin \frac{b}{2} \cos \frac{b}{2} \cos^2 \frac{c}{2} - 4 \sin \frac{c}{2} \cos \frac{c}{2} \sin^2 \frac{b}{2}$$

$$= 4 \sin \frac{b}{2} \cos \frac{c}{2} \left[\cos \frac{b}{2} \cos \frac{c}{2} - \sin \frac{b}{2} \sin \frac{c}{2} \right].$$

La quantité entre parenthèses n'est autre que

$$\cos \left(\frac{b + c}{2} \right) = \cos \left(\frac{\pi}{2} - \frac{a}{2} \right) = \sin \frac{a}{2}.$$

Donc

$$\sin a + \sin b - \sin c = 4 \sin \frac{a}{2} \sin \frac{b}{2} \cos \frac{c}{2}.$$

CHAPITRE V

48. Formules qui servent à transformer en un produit la somme ou la différence de deux sinus. — Nous connaissons les formules

$$\sin (a + b) = \sin a \cos b + \cos a \sin b;$$
$$\sin (a - b) = \sin a \cos b - \cos a \sin b.$$

Si nous les ajoutons et si nous les retranchons successivement, membre à membre, nous aurons

$$\sin (a + b) + \sin (a - b) = 2 \sin a \cos b$$
$$\sin (a + b) - \sin (a - b) = 2 \cos a \sin b$$

Posons $a + b = p$ et $a - b = q$.

On en déduit

$$a = \frac{1}{2} (p + q) \text{ et } b = \frac{1}{2} (p - q).$$

Nous obtenons alors

$$\sin p + \sin q = 2 \sin \frac{1}{2} (p + q) . \cos \frac{1}{2} (p - q); \qquad (1)$$

$$\sin p - \sin q = 2 \cos \frac{1}{2} (p + q) . \sin \frac{1}{2} (p - q). \qquad (2)$$

Donc : 1° *La somme des sinus de deux arcs est égale à deux fois le produit du sinus de la demi-somme de ces arcs par le cosinus de la demi-différence;*

2° *La différence des sinus de deux arcs est égale à deux fois le pro-*

duil du cosinus de la demi-somme de ces arcs par le sinus de la demi-différence.

49. Le rapport de la somme des sinus de deux arcs à la différence de ces sinus est égale au rapport de la tangente de la demi-somme à la tangente de la demi-différence. — En divisant membre à membre les formules (1) et (2) que nous venons d'établir, il vient

$$\frac{\sin p + \sin q}{\sin p - \sin q} = \frac{\sin \frac{1}{2}(p+q)}{\cos \frac{1}{2}(p+q)} \times \frac{\cos \frac{1}{2}(p-q)}{\sin \frac{1}{2}(p-q)}.$$

Or

$$\frac{\sin \frac{1}{2}(p+q)}{\cos \frac{1}{2}(p+q)} = \operatorname{tang} \frac{1}{2}(p+q),$$

et

$$\frac{\cos \frac{1}{2}(p-q)}{\sin \frac{1}{2}(p-q)} = \frac{1}{\operatorname{tang} \frac{1}{2}(p-q)}.$$

Donc

$$\frac{\sin p + \sin q}{\sin p - \sin q} = \frac{\operatorname{tang} \frac{1}{2}(p+q)}{\operatorname{tang} \frac{1}{2}(p-q)}.$$

C. Q. F. D.

50. Formules qui servent à transformer en un produit la somme ou la différence de deux cosinus. — Nous connaissons les formules.

$$\cos(a+b) = \cos a \cos b - \sin a \sin b;$$
$$\cos(a-b) = \cos a \cos b + \sin a \sin b.$$

Si nous les ajoutons et si nous les retranchons successivement, membre à membre, nous aurons

$$\cos(a+b) + \cos(a-b) = 2\cos a \cos b$$
$$\text{et} \quad \cos(a-b) - \cos(a+b) = 2\sin a \sin b.$$

En posant encore $a + b = p$ et $a - b = q$, il vient

$$\cos p + \cos q = 2 \cos \frac{1}{2}(p+q) \cos \frac{1}{2}(p-q) : \qquad (3)$$

$$\cos q - \cos p = 2 \sin \frac{1}{2}(p+q) \sin \frac{1}{2}(p-q). \qquad (4)$$

Donc : 1° *La somme des cosinus de deux arcs est égale à deux fois le produit du cosinus de la demi-somme par le cosinus de la demi-dif-férence; 2° la différence des cosinus de deux arcs est égale à deux fois le produit du sinus de la demi-somme par le sinus de la demi-diffé-rence.*

51. La tangente de la demi-somme de deux arcs est égale au rapport de la somme des sinus des deux arcs à la somme de leurs cosinus. — On établit cette nouvelle formule en divisant, membre à membre, les formules (1) et (3). Il vient en effet

$$\frac{\sin p + \sin q}{\cos v + \cos q} = \frac{\sin \frac{1}{2}(p+q)}{\cos \frac{1}{2}(p+q)} = \operatorname{tang} \frac{1}{2}(p+q).$$

52. Démonstration géométrique des formules précédentes. — Soient arc $MA = p$ et arc $AN = q$ (fig. 33). Le point D étant le milieu de l'arc MN, nous aurons arc $AD = \frac{1}{2}(p+q)$: arc $DM = DN = \frac{1}{2}(p-q)$.

Contruisons les sinus et cosinus des arcs p, q, $\frac{1}{2}(p+q)$; en me-nant la corde MN et le rayon OD, nous aurons $MN = 2 \sin \frac{1}{2}(p-q)$ et $OC = \cos \frac{1}{2}(p-q)$. En menant au point D la tangente DT, nous aurons

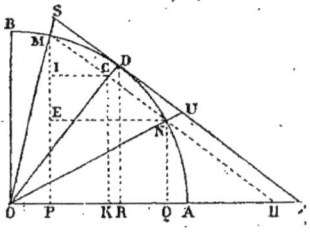

Fig. 33.

$$DT = \operatorname{tang} \frac{1}{2}(p+q) \text{ et } DS = DU = \operatorname{tang} \frac{1}{2}(p-q).$$

Cela posé, menons par le point C la perpendiculaire CK à OA et par les points C et N les parallèles CI, NE à OA.

6

Nous aurons.

$$CK = \frac{MP + NQ}{2} = \frac{\sin p + \sin q}{2}; MI = \frac{ME}{2} = \frac{MP - NQ}{2} = \frac{\sin p - \sin q}{2};$$

$$OK = \frac{OP + OQ}{2} = \frac{\cos p + \cos q}{2}; IC = \frac{NE}{2} = \frac{OQ - OP}{2} = \frac{\cos q - \cos p}{2}.$$

Les triangles semblables OCK, ODR donnent $\dfrac{CK}{DR} = \dfrac{OK}{OR} = \dfrac{OC}{OD},$

c'est-à-dire

$$\frac{\sin p + \sin q}{2 \sin \frac{1}{2}(p + q)} = \frac{\cos p + \cos q}{2 \cos \frac{1}{2}(p + q)} = \frac{\cos \frac{1}{2}(p - q)}{1}.$$

On en déduit $\quad \sin p + \sin q = 2 \sin \dfrac{1}{2}(p + q) \cos \dfrac{1}{2}(p - q),$

et $\quad\quad\quad\quad \cos p + \cos q = 2 \cos \dfrac{1}{2}(p + q) \cos \dfrac{1}{2}(p - q)$

Ce sont les formules (1) et (3) des n⁰ˢ 48 et 50.
Les triangles semblables MIC, ORD donnent

$$\frac{MI}{OR} = \frac{IC}{DR} = \frac{MC}{OD},$$

c'est-à-dire

$$\frac{\sin p - \sin q}{2 \cos \frac{1}{2}(p + q)} = \frac{\cos q - \cos p}{2 \sin \frac{1}{2}(p + q)} = \frac{\sin \frac{1}{2}(p - q)}{1}.$$

On en déduit $\quad \sin p - \sin q = 2 \cos \dfrac{1}{2}(p + q) \sin \dfrac{1}{2}(p - q)$

et $\quad\quad\quad\quad \cos q - \cos p = 2 \sin \dfrac{1}{2}(p + q) \sin \dfrac{1}{2}(p - q).$

Ce sont les formules (2) et (4) des n⁰ˢ 48 et 50.
Les triangles semblables SOT, MOH donnent $\dfrac{DT}{DS} = \dfrac{CH}{CM}$; mais, par suite de la similitude des triangles CKH, MIC, on a aussi $\dfrac{CH}{CM} = \dfrac{CK}{MI}.$ Donc $\dfrac{DT}{DS} = \dfrac{CK}{MI}$, c'est-à-dire $\dfrac{\tan g \frac{1}{2}(p + q)}{\tan g \frac{1}{2}(p - q)} = \dfrac{\sin p + \sin q}{\sin p - \sin q}.$
C'est la formule du n⁰ 49.
Enfin, les triangles semblables OKC, ODT donnent

$$\frac{DT}{CK} = \frac{OD}{OK}, \text{ d'où } DT = \frac{CK}{OK},$$

c'est-à-dire

$$\tan \frac{1}{2}(p+q) = \frac{\sin p + \sin q}{\cos p + \cos q}.$$

C'est la formule du n° 51.

53. Formules qui servent à transformer en un produit la somme ou la différence de deux tangentes ou de deux cotangentes.

On a

$$\tan p + \tan q = \frac{\sin p}{\cos p} + \frac{\sin q}{\cos q} = \frac{\sin p \cos q + \cos p \sin q}{\cos p \cos q} = \frac{\sin(p+q)}{\cos p \cos q}$$

$$\tan p - \tan q = \frac{\sin p}{\cos p} - \frac{\sin q}{\cos q} = \frac{\sin p \cos q - \cos p \sin q}{\cos p \cos q} = \frac{\sin(p-q)}{\cos p \cos q}.$$

COROLLAIRE.
$$\frac{\tan(a+b) + \tan(a-b)}{\tan(a+b) - \tan(a-b)} = \frac{\sin 2a}{\sin 2b}.$$

Transformons maintenant la somme ou la différence de deux cotangentes.

On a

$$\cot p + \cot q = \frac{\cos p}{\sin p} + \frac{\cos q}{\sin q} = \frac{\cos p \sin q + \sin p \cos q}{\sin p \sin q} = \frac{\sin(p+q)}{\sin p . \sin q}$$

$$\cot q - \cot p = \frac{\cos q}{\sin q} - \frac{\cos p}{\sin p} = \frac{\sin p \cos q - \cos p \sin q}{\sin p \sin q} = \frac{\sin(p-q)}{\sin p \sin q}$$

COROLLAIRE.
$$\frac{\cot(a+b) + \cot(a-b)}{\cot(a-b) - \cot(a+b)} = \frac{\sin 2a}{\sin 2b}.$$

54. Applications des formules précédentes. — Les diverses formules que nous venons d'établir rendent faciles certaines transformations très utiles dans la pratique. Nous examinerons les plus usuelles.

1° *Transformer en un produit la somme et la différence d'un sinus et d'un cosinus.*

On a

$$\sin a + \cos b = \sin a + \sin\left(\frac{\pi}{2} - b\right) = 2 \sin\left(\frac{\pi}{4} + \frac{a-b}{2}\right) \cos\left[\frac{\pi}{4} - \frac{a+b}{2}\right]$$

Si l'on fait $b = a$, il vient

$$\sin a + \cos a = 2 \sin \frac{\pi}{4} \cos \left(\frac{\pi}{4} - a \right) = \sqrt{2} \, \cos \left(\frac{\pi}{4} - a \right).$$

$$\sin a - \cos b = \sin a - \sin \left(\frac{\pi}{4} - b \right) = 2 \sin \left[\frac{a+b}{2} - \frac{\pi}{4} \right] \cos \left[\frac{\pi}{4} + \frac{a-b}{2} \right]$$

Si l'on fait $b = a$, il vient

$$\sin a - \cos a = 2 \sin \left(a - \frac{\pi}{4} \right) \cos \frac{\pi}{4} = \sqrt{2} \, \sin \left(a - \frac{\pi}{4} \right).$$

2° *Transformer en un produit* $1 + \sin a$ *ou* $1 - \sin a$.
On a

$$1 + \sin a = \sin \frac{\pi}{2} + \sin a = 2 \sin \left[\frac{\pi}{4} + \frac{a}{2} \right] \cos \left[\frac{a}{2} - \frac{\pi}{4} \right];$$

$$1 - \sin a = \sin \frac{\pi}{2} - \sin a = 2 \sin \left[\frac{\pi}{4} - \frac{a}{2} \right] \cos \left[\frac{\pi}{4} + \frac{a}{2} \right].$$

3° *Transformer en un produit* $1 + \cos a$ *ou* $1 - \cos a$.
En vertu de formules connues, on peut écrire immédiatement

$$1 + \cos a = 2 \cos^2 \frac{a}{2} \text{ et } 1 - \cos a = 2 \sin^2 \frac{a}{2}.$$

4° *Transformer en un produit* $1 + \tang a$ *ou* $1 - \tang a$.
On a

$$1 + \tang a = \tang \frac{\pi}{4} + \tang a = \frac{\sin \left(\frac{\pi}{4} + a \right)}{\cos \frac{\pi}{4} \cos a} = \frac{\sqrt{2} . \operatorname{Sin} \left(\frac{\pi}{4} + a \right)}{\cos a};$$

$$1 - \tang a = \tang \frac{\pi}{4} - \tang a = \frac{\sin \left(\frac{\pi}{4} - a \right)}{\cos \frac{\pi}{4} \cos a} = \frac{\sqrt{2} \sin \left(\frac{\pi}{4} - a \right)}{\cos a}.$$

5° *Transformer en un produit* $\sin^2 a - \sin^2 b$.

$$\sin^2 a - \sin^2 b = (\sin a + \sin b)(\sin a - \sin b)$$

$$= 2 \sin \frac{1}{2}(a+b) \cos \frac{1}{2}(a-b) \times 2 \sin \frac{1}{2}(a-b) \cos \frac{1}{2}(a+b)$$

$$= 2 \sin \frac{1}{2}(a+b) \cos \frac{1}{2}(a+b) \times 2 \sin \frac{1}{2}(a-b) \cos \frac{1}{2}(a-b)$$

$$= \sin (a+b) \times \sin (a-b).$$

On trouverait aussi $\cos^2 b - \cos^2 a = \sin(a+b) \times \sin(a-b)$.

6° *Transformer en un produit* $1 - \tan g^2 a$.

On a

$$1 - \tan g^2 a = 1 - \frac{\sin^2 a}{\cos^2 a} = \frac{\cos^2 a - \sin^2 a}{\cos^2 a} = \frac{(\cos a + \sin a)(\cos a - \sin a)}{\cos^2 a}$$

$$= \frac{2\sin\left(\frac{\pi}{4} - a\right)\cos\left(\frac{\pi}{4} - a\right)}{\cos^2 a} = \frac{\sin\left(\frac{\pi}{2} - 2a\right)}{\cos^2 a}.$$

55. Exercices. — 1° *Transformer l'expression* $\dfrac{\sin a + \sin 3a}{\cos a + \cos 3a}$.

En appliquant les formules (1) et (3) des numéros 48 et 50, on trouve

$$\sin a + \sin 3a = 2\sin 2a \cos a$$

et

$$\cos a + \cos 3a = 2\cos 2a \cos a,$$

Donc

$$\frac{\sin a + \sin 3a}{\cos a + \cos 3a} = \frac{2\sin 2a \cos a}{2\cos 2a \cos a} = \tan g\, 2a.$$

2° *Transformer l'expression* $\dfrac{\sin a + \sin 3a + \sin 5a}{\cos a + \cos 3a + \cos 5a}$.

Prenons les deux termes extrêmes, au numérateur et au dénominateur.

On a

$$\sin a + \sin 5a = 2\sin 3a \cos 2a \text{ et } \cos a + \cos 5a = 2\cos 3a \cos 2a$$

Nous pouvons donc écrire

$$\frac{\sin a + \sin 3a + \sin 5a}{\cos a + \cos 3a + \cos 5a} = \frac{\sin 3a + 2\sin 3a \cos 2a}{\cos 3a + 2\cos 3a \cos 2a}$$

$$= \frac{\sin 3a\,[1 + 2\cos 2a]}{\cos 3a\,[1 + 2\cos 2a]} = \tan g\, 3a.$$

3° *Transformer l'expression* $1 \pm \sin a$.

Nous avons trouvé précédemment

$$1 + \sin a = 2 \sin \left[\frac{\pi}{4} + \frac{a}{2} \right] \cos \left[\frac{a}{2} - \frac{\pi}{4} \right]$$

$$1 - \sin a = 2 \sin \left[\frac{\pi}{4} - \frac{a}{2} \right] \cos \left[\frac{\pi}{4} + \frac{a}{2} \right]$$

Cette formule peut être appliquée à l'arc $2a$ aussi bien qu'à l'arc a. Nous aurons donc, en y substituant $2a$ à a,

$$1 + \sin 2a = 2 \sin \left[\frac{\pi}{4} + a \right] \cos \left[a - \frac{\pi}{4} \right]$$

et

$$1 - \sin 2a = 2 \sin \left[\frac{\pi}{4} - a \right] \cos \left[\frac{\pi}{4} + a \right].$$

4° *Étant donnés* $a + b + c = \pi$, *transformer* $\sin 2a + \sin 2b + \sin 2c$. En appliquant la formule (1) du n° 48, on a

$$\sin 2a + \sin 2b = 2 \sin (a + b) \cos (a - b).$$

Mais, par hypothèse, $a + b = \pi - c$ et $\sin (a + b) = \sin c$; d'ailleurs $\sin 2c = 2 \sin c \cos c$. Donc

$$\sin 2a + \sin 2b + \sin 2c = 2 \sin c \cos (a - b) + 2 \sin c . \cos c$$

$$= 2 \sin c \left[\cos (a - b) + \cos c \right].$$

Mais $\cos c = - \cos (a + b)$; la quantité entre parenthèses est donc égale à $\cos (a - b) - \cos (a + b)$. C'est la différence de deux cosinus, et la formule (4) du n° 50 nous donne

$$\cos (a - b) - \cos (a + b) = 2 \sin a \sin b.$$

Nous aurons donc enfin

$$\sin 2a + \sin 2b + \sin 2c = 4 \sin a \sin b \sin c.$$

5° *Résoudre l'équation*

$$\sin (x + \alpha) + \cos (x + \alpha) = \sin (x - \alpha) + \cos (x - \alpha).$$

Par une simple transposition de termes on met cette équation sous la forme $\sin (x + \alpha) - \sin (x - \alpha) = \cos (x - \alpha) - \cos (x + \alpha)$. Par l'application des formules (2) et (4) des n°s 48 et 50, on remplace cette équation par l'équation équivalente

$$2 \sin \alpha \cos x = 2 \sin x \sin \alpha \quad \text{ou} \sin x = \cos x.$$

On en déduit $x = n\pi + \dfrac{\pi}{4}$, n étant un nombre entier quelconque positif ou négatif.

6° *Résoudre l'équation* $\sin x + \sin 2 x + \sin 3 x = 1 + \cos x + \cos 2 x$.

Nous avons $\sin x + \sin 3 x = 2 \sin 2 x \cos x$. D'un autre côté, $1 + \cos 2 x = 2 \cos^2 x$. L'équation proposée peut donc être remplacée par celle-ci : $\sin 2 x [1 + 2 \cos x] = \cos x [1 + 2 \cos x]$ ou encore :

$$[1 + 2 \cos x] [2 \sin x \cos x - \cos x] = 0,$$

c'est-à-dire

$$(1 + 2 \cos x) (2 \sin x - 1) \cos x = 0.$$

Pour que l'équation soit satisfaite, il faut et il suffit qu'un des facteurs soit nul. Nous aurons donc les solutions en égalant successivement chaque facteur à zéro. En égalant le premier facteur à zéro, on a $\cos x = -\dfrac{1}{2}$. Le cosinus de l'arc $\dfrac{2\pi}{3}$ étant égal à $-\dfrac{1}{2}$, on en conclut $x = 2 n \pi \pm \dfrac{2\pi}{3}$.

En égalant le deuxième facteur à zéro, on a $\sin x = \dfrac{1}{2}$. L'arc $\dfrac{\pi}{6}$, ayant pour sinus $\dfrac{1}{2}$, on en conclut $n = 2 n \pi + \dfrac{\pi}{6}$ et $x = (2 n + 1) \pi - \dfrac{\pi}{6}$.

Enfin, en égalant le troisième facteur à zéro, on trouve $\cos x = 0$. L'arc $\dfrac{\pi}{2}$ ayant pour cosinus zéro, on en conclut $x = 2 n \pi \pm \dfrac{\pi}{2}$.

7° *Résoudre l'équation* $\sin x = \sin 3 x$.

Nous savons qu'on a $\sin 3 x = 3 \sin x - 4 \sin^3 x$. L'équation proposée peut donc se mettre sous la forme $2 \sin x [2 \sin^2 x - 1] = 0$. Cette dernière équation donne pour solutions

$$\sin x = 0 \quad \text{et} \sin x = \pm \frac{\sqrt{2}}{2}.$$

À la solution $\sin x = 0$, correspond $x = n\pi$, n représentant un nombre entier quelconque positif ou négatif.

A la solution $\sin x = \frac{\sqrt{2}}{2}$ correspondent $x = 2n\pi + \frac{\pi}{4}$ et

$x = (2n + 1)\pi - \frac{\pi}{4}$. Enfin, à la solution $\sin x = -\frac{\sqrt{2}}{2}$, correspondent $x = (2n+1)\pi + \frac{\pi}{4}$ et $x = 2n\pi - \frac{\pi}{4}$.

Les solutions de l'équation proposée sont donc fournies par les formules suivantes.

$$x = n\pi; \quad x = 2n\pi \pm \frac{\pi}{4}; \quad x = (2n + 1)\pi \pm \frac{\pi}{4}.$$

Dans ces formules, n représente un nombre entier quelconque positif ou négatif.

Autre solution. — Deux arcs ne peuvent avoir le même sinus qu'à la condition que leurs extrémités coïncident ou que leurs extrémités soient symétriques par rapport au diamètre BB'.

Dans le premier cas, les arcs x et $5x$ sont liés par la relation $5x = 2n\pi + x$, qui donne $x = n\pi$.

Dans le deuxième cas, les arcs x et $5x$ sont liés par la relation

$$5x = (2n + 1)\pi - x,$$

qui donne

$$x = \frac{2n\pi}{4} + \frac{\pi}{4}.$$

En faisant successivement $n = o, 1, 2, 3$, on trouve

$$x = \frac{\pi}{4}, \ x = \frac{3\pi}{4}, \ x = \frac{5\pi}{4}, \ x = \frac{7\pi}{4},$$

c'est-à-dire

$$x = 2n\pi \pm \frac{\pi}{4} \text{ et } x = (2n + 1)\pi \pm \frac{\pi}{4}.$$

C'est bien le même résultat que par la première méthode.

8° *Résoudre le système* $x + y = 2a$; *et* $\sin x + \sin y = b$.

$$\sin x + \sin y = 2 \sin \frac{1}{2}(x + y) \cos \frac{1}{2}(x - y);$$

mais

$$\sin \frac{1}{2}(x + y) = \sin a. \text{ Donc } \cos \frac{1}{2}(x - y) = \frac{b}{2 \sin a}.$$

Cette dernière équation fera connaître $\frac{1}{2}(x-y)$, et comme on connaît déjà $\frac{1}{2}(x+y)$, le problème sera résolu.

9° *Résoudre le système* x + y = 2 a ; $\sin^2 x - \sin^2 y = b$.
La seconde équation peut être remplacée par celle-ci :

$$(\sin x + \sin y)(\sin x - \sin y) = b.$$

Mais

$$\sin x + \sin y = 2 \sin \frac{1}{2}(x+y) \cos \frac{1}{2}(x-y) = 2 \sin a \cos \frac{1}{2}(x-y)$$

$$\sin x - \sin y = 2 \sin \frac{1}{2}(x-y) \cos \frac{1}{2}(x+y) = 2 \cos a \sin \frac{1}{2}(x-y)$$

La seconde équation devient donc

$$2 \sin a \cos a \times 2 \sin \frac{1}{2}(x-y) \cos \frac{1}{2}(x-y) = b$$

ou $\sin 2 a \times \sin (x-y) = b,$ d'où $\sin (x-y) = \dfrac{b}{\sin 2 a}.$ Cette dernière équation fera connaître $x - y$, et comme on connaît déjà $x + y$, le problème sera résolu.

CHAPITRE VI

56. Nécessité de construire des tables donnant les valeurs des fonctions circulaires directes ou inverses, correspondant à des valeurs convenablement choisies de la variable indépendante. — Un arc étant donné, il est impossible d'exprimer les valeurs des lignes trigonométriques de cet arc au moyen d'un nombre limité d'opérations élémentaires. La même impossibilité existe pour le calcul des arcs qui répondent à des lignes trigonométriques données. Il a donc fallu construire des tables, analogues aux tables de logarithmes, renfermant les valeurs de la fonction correspondant à une série de valeurs de la variable. Lorsque celle-ci reçoit une valeur qui ne fait pas partie de la table, on procède par *voie d'interpolation*. On prend les deux valeurs de la variable qui comprennent la valeur qu'on lui a attribuée, et l'on admet que, dans l'intervalle, les variations de la fonction sont proportionnelles à celles de la variable.

Regardons l'arc comme la variable indépendante et donnons-lui une série de valeurs en progression arithmétique depuis 0 jusqu'à $\frac{\pi}{2}$; puis calculons les sinus et les cosinus de ces arcs, sinon exactement, du moins avec une approximation suffisante pour les applications. Nous en déduirons facilement les valeurs des autres lignes trigonométriques. Il est inutile d'aller au delà de $\frac{\pi}{2}$, car nous savons que les lignes trigonométriques d'un arc quelconque sont égales, en valeur absolue, à celles d'un arc compris dans le premier quadrant. D'ailleurs, si nous construisons à la fois une table des sinus et des cosinus, nous pourrons nous arrêter à $\frac{\pi}{4}$. En effet, de $\frac{\pi}{4}$ à $\frac{\pi}{2}$, le sinus d'un arc est égal au cosinus de son complément, lequel est inférieur à $\frac{\pi}{4}$; de même, le cosinus d'un arc est égal au sinus de son complément, lequel est inférieur à $\frac{\pi}{4}$.

La construction des tables trigonométriques repose sur quelques principes que nous allons établir.

57. De 0 à $\frac{\pi}{2}$, l'arc est plus grand que le sinus et plus petit que sa tangente. — (Fig. 34). Soit AM un arc inférieur à $\frac{\pi}{2}$, MP son sinus et MT sa tangente. Pro-

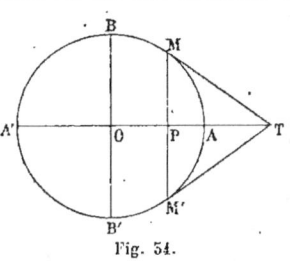

longeons MP jusqu'à la rencontre de la circonférence en M', et menons en M' la tangente à la circonférence qui rencontre le diamètre OA au point T. On a évidemment : MPM'<arc MAM'<MTM'; c'est-à-dire, en désignant l'arc AM par a,

$$2 \sin a < 2a < 2 \tan g a,$$

ou encore $\quad \sin a < a < \tan g a.$ C. Q. F. D.

Fig. 34.

58. Lorsque l'arc diminue de $\frac{\pi}{2}$ à 0, le rapport du sinus à l'arc tend vers une limite égale à l'unité. — Pour un arc a infé-rieur à $\frac{\pi}{2}$, nous savons qu'on a $\sin a < a < \tan g a$, ou en divisant par $\sin a$, ce qui est permis puisque $\sin a$ est positif, $1 < \dfrac{a}{\sin a} < \dfrac{1}{\cos a}$.

Faisons maintenant tendre l'arc a vers zéro ; $\cos a$ tendra vers l'unité, et par suite le rapport $\dfrac{1}{\cos a}$ aura pour limite l'unité. Il en résulte que le rapport $\dfrac{a}{\sin a}$, lorsqu'on fait tendre l'arc vers zéro, est compris entre l'unité et une quantité qui a pour limite l'unité; ce rapport à donc aussi l'unité pour limite.

59. Lorsque l'arc est compris entre 0 et $\frac{\pi}{2}$, la différence qui existe entre le sinus et l'arc est moindre que le quart du cube de l'arc. — Nous venons de voir que lorsque l'arc a une valeur très petite, le rapport du sinus à l'arc diffère très peu de l'unité. On peut donc dire que le sinus est égal à l'arc diminué d'une quantité très petite, qui dépend d'ailleurs de la valeur de l'arc. Nous allons nous proposer d'évaluer la différence.

On a, quelque soit l'arc a,

$$\sin a = 2 \sin \frac{a}{2} \cos \frac{a}{2}; \text{ mais } \sin \frac{a}{2} = \cos \frac{a}{2} \, \text{tang} \frac{a}{2}.$$

Donc $\sin a = 2 \, \text{tang} \frac{a}{2} \cos^2 \frac{a}{2}$, ou encore $\sin a = 2 \, \text{tang} \frac{a}{2} \left(1 - \sin^2 \frac{a}{2}\right)$.

L'arc étant supposé compris entre 0 et $\frac{\pi}{2}$, l'arc $\frac{a}{2}$ est compris entre son sinus et sa tangente. Substituons $\frac{a}{2}$ à $\text{tang} \frac{a}{2}$ et à $\sin \frac{a}{2}$; nous diminuerons ainsi chacun des facteurs $\text{tang} \frac{a}{2}$ et $1 - \sin^2 \frac{a}{2}$. Nous aurons donc, pour deux raisons, $\sin a > 2 \frac{a}{2} \left(1 - \frac{a^2}{4}\right)$, ou $\sin a > a - \frac{a^3}{4}$. Donc, pour tout arc a compris entre 0 et $\frac{\pi}{2}$, on peut dire que $\sin a$ est compris entre a et $a - \frac{a^3}{4}$. *La différence entre l'arc et son sinus est donc moindre que le quart du cube de l'arc.*

Donc, quand il s'agit d'un arc a très petit, on peut prendre la valeur de l'arc pour celle du sinus, et l'on sait que l'erreur commise est moindre que $\frac{a^3}{4}$.

60. Si l'arc a est compris entre 0 et $\frac{\pi}{2}$, $\cos a$ est compris entre $1 - \frac{a^2}{2}$ et $1 - \frac{a^2}{2} + \frac{a^4}{16}$. — Quel que soit l'arc a, on a la relation

$$\cos a = 1 - 2 \sin^2 \frac{a}{2}.$$

Si l'arc a est compris entre 0 et $\frac{\pi}{2}$, on a $\sin \frac{a}{2} < \frac{a}{2}$; en substituant $\frac{a}{2}$ à $\sin \frac{a}{2}$ dans la valeur de $\cos a$, nous allons augmenter la partie soustractive, et par suite diminuer le second membre. Nous aurons donc

$$\cos a > 1 - 2 \frac{a^2}{4} \text{ ou } \cos a > 1 - \frac{a^2}{2}.$$

D'un autre côté, de la relation $\sin a > a - \dfrac{a^3}{4}$ on déduit, en remplaçant l'arc a par l'arc $\dfrac{a}{2}$, $\sin \dfrac{a}{2} > \dfrac{a}{2} - \dfrac{a^3}{32}$, et, par suite, $\sin^2 \dfrac{a}{2} > \dfrac{a^2}{4} - \dfrac{a^4}{32} + \dfrac{a^6}{32^2}$. Si, dans la valeur de $\cos a$ nous remplaçons $\sin^2 \dfrac{a}{2}$ par $\dfrac{a^2}{4} - \dfrac{a^4}{32} + \dfrac{a^6}{32^2}$, nous mettrons une quantité trop petite à la place de $\sin^2 \dfrac{a}{2}$; nous augmenterons donc ainsi le second membre, et nous aurons

$$\cos a < 1 - \frac{a^2}{2} + \frac{a^4}{16} - \frac{2a^6}{32^2}, \text{ et, } a \text{ fortiori, } \cos a < 1 - \frac{a^2}{2} + \frac{a^4}{16};$$

$\cos a$ est donc compris entre $1 - \dfrac{a^2}{2}$ et $1 - \dfrac{a^2}{2} + \dfrac{a^4}{16}$.

S'il s'agit d'un arc très petit, on peut donc prendre $1 - \dfrac{a^2}{2}$ pour la valeur de $\cos a$, et l'on sait que l'erreur commise est moindre que $\dfrac{a^4}{16}$.

61. Calcul du sinus 10″ et du cosinus 10″. — Évaluation des erreurs commises. — L'arc de 10″ étant un arc très petit, nous pouvons prendre la valeur de cet arc pour celle du sinus; mais il faut évaluer l'erreur commise. L'arc de 180° ou de 648000″ a pour valeur π. Il en résulte que l'arc de 10″ a pour valeur

$$\frac{\pi}{64800} = 0,00004\ 84813\ 68110\ldots..$$

(Remarquons, en passant, qu'il suffit de connaître π avec 11 décimales exactes, pour avoir la valeur de l'arc de 10″ avec 15 décimales exactes. En effet, e désignant l'erreur qu'on peut commettre sur le dividende, il faut qu'on ait $\dfrac{e}{64800} < \dfrac{1}{10^{15}}$, ou $e < \dfrac{64800}{10^{15}}$, c'est-à-dire $e < \dfrac{648}{10^{13}}$. On satisfait a fortiori à cette inégalité en prenant $e < \dfrac{100}{10^{13}}$ ou $e < \dfrac{1}{10^{11}}$.)

L'arc de 10 secondes est donc moindre que $0,00005$ ou $\dfrac{1}{2.10^4}$. On en déduit $(\text{arc } 10'')^3 < \dfrac{1}{2^3 \cdot 10^{12}}$ et $\dfrac{(\text{arc } 10'')^3}{4} < \dfrac{1}{2^5 \cdot 10^{12}}$, et, *a fortiori*,

$\dfrac{(\text{arc } 10'')^3}{4} < \dfrac{1}{2 \cdot 10^{15}}$ ou $\dfrac{(\text{arc } 10'')^3}{4} < \dfrac{5}{10^{14}}$.

Nous pouvons donc écrire

$$\sin 10'' \quad < 0{,}00004\ 84813\ 68110$$

et $\quad \sin 10'' \quad > 0{,}00004\ 84813\ 68110 - 0{,}00000\ 00000\ 0005$

ou $\quad \sin 10'' \quad > 0{,}00004\ 84813\ 68060.$

Puisque $\sin 10''$ est compris entre les deux nombres

$$0{,}00004\ 84813\ 68110,$$
$$0{,}00004\ 84813\ 68060,$$

la partie commune à ces deux nombres appartient à la valeur de $\sin 10''$, et nous pouvons affirmer qu'en prenant $0{,}00004\ 84813\ 681$ pour la valeur de $\sin 10''$, nous commettons une erreur moindre qu'une demi-unité du 13e ordre décimal.

Passons maintenant au calcul du cosinus de l'arc de 10 secondes et à l'évaluation de l'erreur commise. Si nous prenons $1 - \dfrac{(\text{arc } 10'')^2}{2}$ pour la valeur de $\cos 10''$, nous savons que l'erreur commise est moindre que $\dfrac{(\text{arc } 10'')^4}{16}$. Or, arc $10''$ est moindre que $\dfrac{1}{2 \cdot 10^4}$; il en résulte que $\dfrac{(\text{arc } 10'')^4}{16}$ est $< \dfrac{1}{256 \cdot 10^{16}}$ et, *a fortiori*, $< \dfrac{1}{200 \cdot 10^{16}}$ ou $\dfrac{1}{2 \cdot 10^{18}}$. Nous pouvons donc ainsi calculer $\cos 10''$ avec une erreur moindre qu'une demi-unité du 18e ordre décimal. Si nous nous contentons, comme pour le sinus, des 13 premiers chiffres, nous aurons

$$\cos 10'' = 0{,}99999\ 99988\ 248.$$

62. Application de la règle du n° 40 à la formation d'une table de sinus et de cosinus des arcs de 10″ en 10″. — En remarquant que les arcs $0''$, $10''$, $20''$ forment une progression arithmétique dont la raison est $10''$, qu'il en est de même des arcs $10''$, $20''$, $30''$, puis des arcs $20''$, $30''$, $40''$.... etc., nous aurons, en appliquant la règle du n° 40,

$$\sin 20'' + \sin \ 0'' = \sin 10'' \times 2 \cos 10''$$
$$\sin 30'' + \sin 10'' = \sin 20'' \times 2 \cos 10''$$
$$\sin 40'' + \sin 20'' = \sin 30'' \times 2 \cos 10''$$

et

$$\cos 20'' + \cos \ 0'' = \cos 10'' \times 2 \cos 10''$$
$$\cos 30'' + \cos 10'' = \cos 20'' \times 2 \cos 10''$$
$$\cos 40'' + \cos 20'' = \cos 30'' \times 2 \cos 10''$$

Puisque nous connaissons $\sin 10''$ et $\cos 10''$, il nous serait facile, à l'aide de ces formules, de calculer les sinus et cosinus des arcs, de $10''$ en $10''$, jusqu'à $\frac{\pi}{4}$. Mais on peut simplifier les calculs.

Cos $10''$ différant très peu de l'unité, $2 \cos 10''$ diffère peu de 2. Posons $2 \cos 10'' = 2 - \varepsilon$; cette quantité ε est facile à calculer. On a, en effet, $\varepsilon = 2 - 2 \cos 10'' = 0,00000\ 00025\ 504$.

En introduisant la quantité ε dans les formules qui précèdent, elles deviennent

$$\sin 20'' - \sin 10'' = \sin 10'' - \varepsilon \sin 10''$$
$$\sin 30'' - \sin 20'' = (\sin 20'' - \sin 10'') - \varepsilon \sin 20''$$
$$\sin 40'' - \sin 30'' = (\sin 30'' - \sin 20'') - \varepsilon \sin 30''$$

et

$$\cos 20'' - \cos 10'' = (\cos 10'' - 1) - \varepsilon \cos 10''$$
$$\cos 30'' - \cos 20'' = (\cos 20'' - \cos 10'') - \varepsilon \cos 20''$$
$$\cos 40'' - \cos 30'' = (\cos 30'' - \cos 20'') - \varepsilon \cos 30''$$

Avec ces nouvelles formules, nous pouvons donc calculer les différences de deux sinus ou de deux cosinus consécutifs.

Il n'y a donc plus que des additions à faire pour trouver les sinus et cosinus de tous les arcs, de $10''$ en $10''$, depuis 0 jusqu'à 45°.

63. Vérification des résultats précédents. — Le procédé que nous venons d'indiquer n'est pas celui qu'on emploie effectivement dans la construction des tables trigonométriques. En l'exposant, nous n'avons pas eu d'autre but que de faire comprendre la possibilité de la construction des tables. Les calculs à faire, par notre méthode, sont longs et compliqués. Indépendamment des erreurs matérielles qui peuvent se glisser dans les opérations, on peut faire remarquer que les valeurs de $\sin 10''$ et de $\cos 10''$, qui servent de points de départ, ne sont connues qu'avec une certaine approximation, très grande, il est vrai. Dans les calculs successifs, l'erreur se répétant sans cesse augmente nécessairement, de sorte qu'on pourrait craindre que les valeurs trouvées pour les sinus et les cosinus, à la fin des tables, ne fussent défectueuses. Mais on a un moyen bien simple de vérifier les calculs et d'obtenir des points de repère. C'est de calculer directement un certain nombre de sinus et cosinus dont on a l'expression exacte. Le tableau du n° 46 où sont inscrites les valeurs des sinus et cosinus des arcs de 9° en 9°, depuis 0° jusqu'à 45°, nous donne précisément le contrôle dont nous avons besoin.

64. Exercices.—*1° x étant compris entre 0 et $\frac{\pi}{2}$, démontrer l'inégalité*

$x - \sin x < \frac{x^3}{6}$. — De la formule $\sin 3x = 3\sin x - 4\sin^3 x$, on tire, par une simple transposition de termes, $3\sin x = \sin 3x + 4\sin^3 x$. Dans cette formule, remplaçons x successivement par $\frac{x}{3}, \frac{x}{3^2}, \frac{x}{3^3} \cdots \frac{x}{3^n}$, nous aurons la série d'égalités

$$3\sin\frac{x}{3} = \sin x + 4\sin^3\frac{x}{3}$$

$$3\sin\frac{x}{3^2} = \sin\frac{x}{3} + 4\sin^3\frac{x}{3^2}$$

$$3\sin\frac{x}{3^3} = \sin\frac{x}{3^2} + 4\sin^3\frac{x}{3^3}$$

. . . .

$$3\sin\frac{x}{3^n} = \sin\frac{x}{3^{n-1}} + 4\sin^3\frac{x}{3^n}$$

Multiplions les deux membres de la 1ʳᵉ égalité par 3^0 ou 1, les deux membres de la 2ᵉ égalité par 3^1, les deux membres de la 3ᵉ par 3^2. ...., et les deux membres de la dernière par 3^{n-1}; puis ajoutons, membre à membre, les nouvelles égalités; nous aurons, par la suppression des termes communs et la transposition du terme $\sin x$,

$$3^n\sin\frac{x}{3^n} - \sin x = 4\left[\sin^3\frac{x}{3} + 3\sin^3\frac{x}{3^2} + 3^2\sin^3\frac{x}{3^3} + \cdots + 3^{n-1}\sin^3\frac{x}{3^n}\right]$$

Remarquons maintenant qu'on peut mettre le premier membre

sous la forme suivante :

$$x \frac{\sin\left(\dfrac{x}{3^n}\right)}{\left(\dfrac{x}{3^n}\right)} - \sin x.$$

Si nous faisons tendre n vers l'infini, le rapport

$$\frac{\sin\left(\dfrac{x}{3^n}\right)}{\left(\dfrac{x}{3^n}\right)}$$

tend vers l'unité. Le premier membre de la précédente égalité a donc pour limite $x - \sin x$. Telle doit donc être aussi la limite du second membre.

Or, le sinus étant moindre que l'arc (nous avons supposé x compris entre 0 et $\dfrac{\pi}{2}$), la limite du second membre est, le facteur 4 excepté, évidemment inférieure à celle de la somme des termes de la progression géométrique décroissante

$$\frac{x^5}{3^5} + \frac{x^5}{3^5} + \frac{x^5}{3^7} + \cdots + \frac{x^5}{5^{2n+1}}.$$

La limite du second membre de notre égalité, et par conséquent celle du premier membre est donc inférieure à $\dfrac{x^3}{6}$. Nous aurons donc

$$x - \sin x < \frac{x^5}{6}. \quad \text{C. Q. F. D.}$$

COROLLAIRE. — Nous avons établi précédemment l'égalité $\cos x < 1 - \dfrac{x^2}{2} + \dfrac{x^4}{16}$. On peut démontrer maintenant qu'on a $\cos x < 1 - \dfrac{x}{2} + \dfrac{x^4}{24}$. En effet, nous savons qu'on a $\cos x = 1 - 2\sin^2 \dfrac{x}{2}$. Mais, à cause de l'inégalité $\sin x > x - \dfrac{x^5}{6}$, nous aurons, en remplaçant x par $\dfrac{x}{2}$, $\sin \dfrac{x}{2} > \dfrac{x}{2} - \dfrac{x^5}{48}$,

7

et par suite

$$\sin^2 \frac{x}{2} > \frac{x^2}{4} - \frac{x^4}{48} + \frac{x^6}{48^2}.$$

Dans la valeur de $\cos x$, mettons, à la place de $\sin^2 \frac{x}{2}$,

$$\frac{x^2}{4} - \frac{x^4}{48} + \frac{x^6}{48^2} ;$$

nous augmenterons ainsi le second membre et nous aurons

$$\cos x < 1 - \frac{x^2}{2} + \frac{x^4}{24} - \frac{x^6}{48^2} ;$$

d'où il résulte *a fortiori*

$$\cos x < 1 - \frac{x^2}{2} + \frac{x^4}{24}. \quad \text{C. Q. F. D.}$$

2° x *étant compris entre 0 et* $\frac{\pi}{2}$, *démontrer l'inégalité*

$$\tan x - x > \frac{x^3}{3}.$$

Nous avons les deux inégalités

$$\sin x > x - \frac{x^3}{6} \quad \text{et} \quad \cos x < 1 - \frac{x^2}{2} + \frac{x^4}{24}.$$

En divisant ces deux inégalités, membre à membre, nous obtenons

$$\tan x > \frac{x - \dfrac{x^3}{6}}{1 - \dfrac{x^2}{2} + \dfrac{x^4}{24}}.$$

En effectuant la division et en nous arrêtant au second terme, nous trouvons

$$\frac{x - \dfrac{x^3}{6}}{1 - \dfrac{x^2}{2} + \dfrac{x^4}{24}} = x + \frac{x^3}{3} + \frac{\dfrac{x^5}{8}\left(1 - \dfrac{x^2}{9}\right)}{1 - \dfrac{x^2}{2} + \dfrac{x^4}{24}} ;$$

x étant inférieur à $\dfrac{\pi}{2}$, on a $\dfrac{x^2}{9} < 1$.

Par suite

$$\frac{x - \dfrac{x^3}{6}}{1 - \dfrac{x^2}{2} + \dfrac{x^4}{24}} > x + \frac{x^5}{3}.$$

Donc, on a

$$\tan x > x + \frac{x}{3} \text{ ou } \tan x - x > \frac{x^3}{3}. \text{ c. q. f. d.}$$

3° *Démontrer que le produit* $\cos\dfrac{x}{2}\cos\dfrac{x}{4}\cos\dfrac{x}{8}\ldots\cos\dfrac{x}{2^n}$ *tend vers* $\dfrac{\sin x}{x}$, *lorsque n tend vers l'infini.*

Partons de l'égalité $\sin x = 2\sin\dfrac{x}{2}\cos\dfrac{x}{2}$, qui nous donne

$$\cos\frac{x}{2} = \frac{\sin x}{2\sin\dfrac{x}{2}};$$

puis, dans cette dernière égalité, remplaçons successivement x par $\dfrac{x}{2^1}, \dfrac{x}{2^2}, \dfrac{x}{2^3}, \ldots, \dfrac{x}{2^{n-1}}$; nous aurons ainsi la série d'égalités

$$\cos\frac{x}{2} = \frac{\sin x}{2\sin\dfrac{x}{2}}, \quad \cos\frac{x}{2^2} = \frac{\sin\dfrac{x}{2}}{2\sin\dfrac{x}{2^2}}, \quad \cos\frac{x}{2^3} = \frac{\sin\dfrac{x}{2^2}}{2\sin\dfrac{x}{2^3}} \ldots \cos\frac{x}{2^n} = \frac{\sin\dfrac{x}{2^{n-1}}}{2\sin\dfrac{x}{2^n}}$$

Multipliant ces égalités, membre à membre, et supprimant les facteurs communs, on obtient

$$\cos\frac{x}{2}\cos\frac{x}{2^2}\cos\frac{x}{2^3}\ldots\cos\frac{x}{2^n} = \frac{\sin x}{2^n\sin\dfrac{x}{2^n}} = \frac{\sin x}{x}\cdot\frac{\left(\dfrac{x}{2^n}\right)}{\sin\left(\dfrac{x}{2}\right)}.$$

Or, quand n tend vers l'infini, le rapport ‖

$$\frac{\left(\dfrac{x}{2^n}\right)}{\sin\left(\dfrac{x}{2^n}\right)}$$

tend vers l'unité. Le second membre de l'égalité a donc pour limite $\dfrac{\sin x}{x}$; c'est donc aussi la limite du premier membre.

4° *Quel doit être le rayon d'un cercle pour que la différence entre un arc de longueur donnée et sa corde soit moindre que* $\dfrac{1}{10^n}$?

Soient a et c les nombres qui expriment l'arc et la corde rapportés à la même unité de longueur, au mètre par exemple. R désignant le rayon, si nous prenons celui-ci pour unité, l'arc et la corde seront exprimés par les nombres $\dfrac{a}{R}$ et $\dfrac{c}{R}$. Or, on sait que le sinus d'un arc est la moitié de la corde qui sous-tend l'arc double; nous aurons donc $\sin\dfrac{a}{2R} = \dfrac{1}{2}\cdot\dfrac{c}{R}$. D'un autre côté, la différence entre un arc et son sinus est moindre que le quart du cube de l'arc. Donc

$$\frac{a}{2R} - \frac{c}{2R} < \frac{1}{4}\frac{a^3}{8\,R^3}\ \text{ou}\ a - c < \frac{a^3}{16\,R^2}.$$

Si nous voulons que la différence $a - c$ soit inférieure à $\dfrac{1}{10^n}$, nous satisferons *a fortiori* à la condition de l'énoncé, en prenant $\dfrac{a^3}{16\,R^2} < \dfrac{1}{10^n}$ ou $R^2 > \dfrac{a^3 10^n}{16}$. Cette inégalité donne une limite inférieure du rayon.

5° *Trouver la limite de* $\dfrac{x\sin x}{1 - \cos x}$ *pour* $x = 0$.

Remarquons d'abord que le rapport d'un arc à sa tangente a pour limite l'unité lorsque l'arc tend vers zéro. En effet, puisqu'on a :

$$\sin x < x < \tang x,$$

on en déduit, en divisant par $\tang x$,

$$\cos x < \frac{x}{\tang x} < 1.$$

Si l'on fait tendre x vers zéro, le rapport $\dfrac{x}{\tan x}$ se trouve compris entre l'unité et une quantité qui a pour limite l'unité ; donc le rapport a pour limite l'unité.

Cela posé,

$$\frac{x \sin x}{1 - \cos x} = \frac{2x . \sin \frac{x}{2} \cos \frac{x}{2}}{2 \sin^2 \frac{x}{2}} = \frac{x}{\tan \frac{x}{2}} = 2 . \frac{\frac{(x)}{2}}{\tan \left(\frac{x}{2}\right)}.$$

Si l'on fait tendre x vers zéro, le second membre a 2 pour limite.

Nous aurons donc aussi :

$$\lim \left(\frac{x \sin x}{1 - \cos x} \right) = 2, \text{ pour } x = 0.$$

CHAPITRE VII

65. Tables trigonométriques. — L'emploi des logarithmes rendant les calculs beaucoup plus rapides, on a inscrit dans les *tables trigonométriques* non pas les valeurs des sinus et des cosinus des arcs, mais bien leurs logarithmes. De simples différences donnaient ensuite les logarithmes des tangentes et des cotangentes ; en effet, des deux formules

$$\tan g\, a = \frac{\sin a}{\cos a} \text{ et } \cot a = \frac{\cos a}{\sin a}$$

on déduit

$$\log. \tan g\, a = \log. \sin a - \log. \cos a, \text{ et } \log. \cot a = \log. \cos a - \log. \sin a$$

La sécante et la cosécante étant les inverses du cosinus et du sinus, il eût été facile d'avoir les logarithmes de la sécante et de la cosécante, mais on ne les a pas introduits dans le calcul.

Donc, dans les tables trigonométriques, on trouve pour tous les arcs, de 10″ en 10″ depuis 0° jusqu'à 90°, les logarithmes du sinus, du cosinus, de la tangente et de la cotangente.

66. Disposition des tables de Callet, édition J. Dupuis (*). — Les tables trigonométriques de Callet revues par M. Dupuis se composent de 270 tableaux, formant ce qu'on appelle la 3ᵉ table dans les tables générales des logarithmes à sept décimales. Quelle que soit la disposition qu'on adopte, il faut toujours qu'on trouve : d'une part, tous les arcs, de 10″ en 10″ depuis 0° jusqu'à 90°; d'autre part, les logarithmes du sinus, du cosinus, de la tangente et de la cotangente. Afin de diminuer le volume des tables, on aurait pu se

(*) Paris, Hachette et Cⁱᵉ.

contenter d'inscrire les arcs jusqu'à 45°, en laissant à l'opérateur le soin de calculer le complément de tout arc supérieur à 45°. Les logarithmes du sinus et de la tangente du complément auraient fourni les logarithmes du cosinus et de la cotangente de l'arc donné, et réciproquement. Mais, sans augmenter le volume des tables, on a trouvé le moyen d'éviter à l'opérateur le calcul des compléments des arcs supérieurs à 45°. Voici comment on procède à la lecture de l'arc :

S'il s'agit d'un arc moindre que 45°, on lit le nombre de degrés au haut de la page, en dehors du cadre. Le nombre des minutes se trouve dans la 1re colonne à gauche, et le nombre des dizaines de seconde dans la 2e colonne. Les signes ' et " se trouvent en tête de ces colonnes. Quatre autres colonnes portent en tête les notations sin, tang, cotang et cos, pour log. sinus, log. tangente, log. cotangente, log. cosinus. C'est dans ces colonnes qu'il faut aller chercher, vis-à-vis de l'arc, le logarithme dont on a besoin.

S'il s'agit d'un arc plus grand que 45°, on lit le nombre de degrés au bas de la page, en dehors du cadre. Le nombre des minutes se trouve dans la première colonne à droite, et le nombre des dizaines de seconde dans la deuxième colonne, à droite. Dans le premier cas, les nombres de minutes et de secondes se cherchent en parcourant le tableau de haut en bas; dans le second cas, il faut les chercher en remontant de bas en haut. Les graduations de deux arcs complémentaires se trouvent ainsi inscrites sur une même ligne horizontale. Si l'on consulte, par exemple, le 174e tableau (voir page 463), on trouve à la 11e ligne, en procédant de haut en bas, l'arc de 28° 51 40″; sur la même ligne horizontale, en procédant de bas en haut, on trouve l'arc complémentaire, savoir 61° 8′ 20″. Il résulte tout naturellement de cette disposition que les colonnes intitulées *en haut* sin, tang, cotang et cos, portent *en bas* respectivement les titres : cos., cotang., tang., sin.

A la droite de la colonne intitulée : sin, se trouve une colonne qui a pour titre la lettre D. Les nombres inscrits dans cette colonne sont les différences des logarithmes des sinus de deux arcs consécutifs. De même on trouve, à la droite de la colonne intitulée cos, les différences entre les logarithmes des cosinus de deux arcs consécutifs.

Entre les colonnes intitulées tang et cotang, se trouve une colonne ayant pour titre D C, ce qui signifie *différences communes*. On y trouve les différences communes entre les logarithmes des tangentes ou les logarithmes des cotangentes de deux arcs consécutifs. Une seule colonne suffit pour ces deux lignes trigonométriques. En effet, la cotangente étant l'inverse de la tangente, nous aurons, en désignant par a et b deux arcs consécutifs,

$$\log \tan a = - \log \cot a, \text{ et } \log \tan b = - \log \cot b.$$

On en déduit, en retranchant ces deux égalités membre à membre

$$\log \tan a - \log \tan b = \log \cot b - \log \cot a.$$

Les deux différences sont donc les mêmes.

Nous verrons plus tard comment on utilise ces différences; nous aurons aussi à appeler plus loin l'attention sur la colonne qui se trouve dans chaque tableau en dehors du cadre, et qui contient ce qu'on appelle les *tables des parties proportionnelles*.

Maintenant que nous avons indiqué la disposition des tables, il nous reste à énoncer les deux problèmes qu'elles servent à résoudre :

1° Étant donné un arc, trouver le logarithme d'une de ses lignes trigonométriques ;

2° Étant donné le logarithme de l'une des lignes trigonométriques d'un arc, trouver cet arc.

67. 1ᵉʳ Problème. — Étant donné un arc, trouver le logarithme d'une de ses lignes trigonométriques. — 1ᵉʳ Cas. — Nous examinerons d'abord le cas où l'arc fait partie des tables. Supposons qu'on ait à trouver le logarithme du sinus de l'arc de 34°12'20″. On cherchera l'arc dans la table, comme nous l'avons indiqué plus haut ; puis, vis-à-vis, dans la colonne intitulée sin, on trouvera le logarithme demandé $\overline{1},749\,8627$. On écrira donc :

$$\log \sin 34° 12' 20″ = \overline{1},749\,8627.$$

(Voyez le 206ᵉ tableau.)

On trouvera de même, immédiatement, par de simples lectures,

$$\log \tan \quad 55° 43' 10″ = 0,166\,4344 ;$$
$$\log \cos \quad 55° 41' 20″ = \overline{1},751\,0574 ;$$
$$\log \cot 34° 18' 40″ = 0,165\,9368. \quad .$$

2ᵉ Cas. — L'arc ne fait pas partie des tables. Afin de lever toutes les difficultés qui pourraient se présenter, nous chercherons successivement les logarithmes d'un sinus, d'une tangente, d'un co-sinus et d'une cotangente.

1° *Trouver le logarithme du sinus de l'arc de* 54° 12′ 26″,84. — Prenons l'arc tabulaire immédiatement inférieur 34° 12′ 20″. Le logarithme de son sinus est $\overline{1}$,749 8627. Le logarithme du sinus de l'arc tabulaire immédiatement supérieur est $\overline{1}$,7498957; la différence des deux logarithmes consécutifs est donc de 310 unités du septième ordre décimal.

Cette différence est inscrite dans la colonne D, entre les deux logarithmes.

Cela posé, nous *interpolerons* en admettant, pour l'intervalle de 10″, le principe suivant: *Les variations d'un arc sont proportionnelles aux variations des logarithmes de ses lignes trigonométriques.* Or, puisque pour 10″ de différence entre les arcs il y a 310 unités du 7° ordre décimal de différence entre les logarithmes-sinus, pour 6″,84, il y aura : $\dfrac{310 \times 6,84}{10} = 212$. Donc, pour avoir le logarithme cherché, il faut ajouter au logarithme tabulaire 212 unités du 7° ordre décimal, ce qui donne

$$\overline{1},749\ 8627 + 0,000212 = \overline{1},749\ 8839.$$

On dispose habituellement le calcul de la manière suivante :

$$
\begin{array}{lll}
\log\ \sin 34°\ 12'\ 20'' & = \overline{1},749\ 8627 & \text{D. 310} \\
\text{Pour} \quad\quad\quad 6'',84 & \quad\quad\quad 212 & 31,0 \times 6,84 = 212 \\
\hline
\log\ \sin 34°\ 12'\ 26'',84 & = \overline{1},749\ 8839 &
\end{array}
$$

L'emploi des tables des parties proportionnelles dispense l'opérateur de multiplier le dixième de la différence tabulaire par le nombre des secondes et des fractions de seconde qu'on a négligées. En effet, pour chaque différence tabulaire, les nombres qui se trouvent à droite du trait vertical représentent, en unités décimales du 7° ordre, le produit du dixième de la différence tabulaire par le chiffre vis-à-vis duquel ils sont placés. D'après cela, on voit immédiatement que pour 6″, il faut ajouter 186 unités du 7° ordre décimal ; que pour 0″,8, il faut ajouter 24,8 et que pour 0″,04, il faut ajouter 1,24. Le logarithme cherché sera donc

$$\overline{1},7498627 + 0,0000186 + 0,00000248 + 0,000000124 = \overline{1},7498839$$

Le calcul est ordinairement disposé comme il suit :

```
log  sin  34° 12' 20"    = 1,7498627
Pour              6"              186
Pour              0",8           24,8
Pour              0",04           1,24
```
log sin 34° 12' 26",84 = 1,7498839

Nous avons supprimé les chiffres qui suivent le 7e, parce que leur ensemble représente moins d'une demi-unité du 7e ordre; si le chiffre qui suit le 7e était supérieur à 5, on augmenterait le 7e d'une unité.

2° *Trouver le logarithme de la tangente de l'arc* 55° 43' 14",39. — Cherchons dans la table l'arc immédiatement inférieur. Au 206e tableau, en remontant de bas en haut et en lisant de droite à gauche, nous trouvons l'arc 55° 43' 10". Vis-à-vis, dans la colonne portant au bas le titre tang, nous trouvons le logarithme de sa tangente, soit : 0,1664344. La différence tabulaire est 452. En la divisant par 10 et en multipliant le résultat par 4,39, nous trouvons 198 unités décimales du 7e ordre qui, ajoutées au logarithme tabulaire, nous donnent le logarithme cherché.

Voici la disposition du calcul :

```
log  tang  55° 43' 10"    = 0,1664344   D. 452
Pour              4",39              198   45,2×4,39=198
```
log tang 55° 43' 14",39 = 0,1664542

Si nous nous servons des tables des parties proportionnelles, nous aurons

```
log  tang  55° 43' 10"        0,1664344
Pour              4"              180,8
Pour              0",3            13,56
Pour              0",09           4,068
```
log tang 55° 43' 14",39 = 0,1664542

3° *Trouver le logarithme du cosinus de l'arc* 55° 41' 18",7. — Le cosinus décroît quand l'arc augmente. Aussi, contrairement à ce que nous avons fait pour le sinus et la tangente, nous chercherons dans la table l'arc immédiatement supérieur à l'arc donné, soit l'arc de 55° 41' 20", lequel dépasse l'arc donné de 1",3.

Au 206e tableau, en remontant de bas en haut et en lisant de droite à gauche, nous trouvons l'arc 55° 41′ 20″. Vis-à-vis, dans la colonne portant en bas le titre cos, nous trouvons le logarithme de son cosinus, soit $\overline{1}$,7510374. La différence tabulaire est 309. En la divisant par 10 et en multipliant le résultat par 1,3, nous obtenons 40 unités du 7e ordre décimal qui, ajoutées au logarithme tabulaire, nous donnent le logarithme cherché.

Voici la disposition du calcul :

```
log. cos  55° 41′ 20″   = ̄1,7510374   D. 309
Pour              1″,3           40   30,9×1,5=40,17
           ──────────────────────
log cos  55° 41′ 20″,7 = ̄1,7510414
```

Si nous nous servons des tables de parties proportionnelles, nous aurons :

```
log cos  55° 41′ 20″   = ̄1,7510374
Pour           — 1″            30,9
Pour           — 0″,3           9,27
           ──────────────────────
log cos  55° 41′ 18″,7 = ̄1,2710414
```

4° *Trouver le logarithme de la cotangente de l'arc de 34° 18′ 32″25.* — La cotangente décroît quand l'arc augmente ; nous opérerons donc comme pour le cosinus, et nous prendrons l'arc immédiatement supérieur à l'arc donné. Nous nous contenterons de donner le calcul sans ajouter aucune explication :

```
log cotang  34° 18′ 40″   = 0,1659368   D. 452
Pour              7″,75          350   45,2×7,75=350
          ──────────────────────
log cotang  34° 18′ 32″,25 = 0,1659718
```

En employant les tables de parties proportionnelles, on a

```
log cotang  34° 18′ 40″   = 0,1659368
Pour              7″             316,4
Pour              0″,7            31,64
Pour              0″,05            2,26
          ──────────────────────
log cotang  34° 18′ 32″,25 = 0,1659718
```

RÈGLE PRATIQUE. — *Pour trouver le logarithme du sinus et de la tangente d'un arc, lisez dans la table l'arc immédiatement inférieur et prenez le logarithme du sinus ou de la tangente de cet arc; puis multipliez le dixième de la différence tabulaire par les nombres de secondes et fractions de seconde négligées et ajoutez le résultat au logarithme tabulaire.*

Pour trouver le logarithme du cosinus et de la cotangente d'un arc, lisez dans la table l'arc immédiatement supérieur et prenez le logarithme du cosinus et de la cotangente de cet arc; puis multipliez le dixième de la différence tabulaire par la différence entre les nombres de secondes de l'arc tabulaire et de l'arc donné, et ajoutez le résultat au logarithme tabulaire.

68. Remarque sur le 1er Problème. — Le principe sur lequel repose notre méthode d'interpolation n'est pas exact; mais on démontre que l'erreur qui résulte de son application est moindre qu'une demi-unité du 7e ordre décimal, pour tous les arcs compris entre 5° et 85°. La même chose a lieu pour les logarithmes des cosinus inférieurs à 5° et pour les logarithmes des sinus des arcs supérieurs à 85°. Voilà pourquoi M. Dupuis a fait précéder la table générale, dont nous venons d'apprendre à nous servir, de deux autres tables portant les nos 6 et 7.

La sixième table donne à la fois les logarithmes des sinus de tous les arcs compris entre 0° et 5°, de seconde en seconde, et les logarithmes des cosinus de tous les arcs compris entre 85° et 90°, de seconde en seconde.

La septième table donne à la fois les logarithmes des tangentes de tous les arcs compris entre 0° et 5°, de seconde en seconde, et les logarithmes des cotangentes de tous les arcs compris entre 85° et 90°, de seconde en seconde.

Avec ces tables, l'interpolation par parties proportionnelles se fait dans un intervalle *dix* fois plus petit qu'avec les tables ordinaires, et l'erreur se trouve ainsi notablement diminuée.

Dans tout ce qui précède, nous avons admis implicitement que l'arc était connu exactement. Or, les instruments de mesure ne peuvent donner qu'une évaluation approximative. Mais si nous désignons par e l'erreur provenant de la lecture, erreur exprimée en secondes, il résulte évidemment de la règle établie pour la recherche des logarithmes que l'erreur du logarithme sera exprimée par $\frac{D \times e}{10}$, D représentant la différence tabulaire. En désignant par n

le plus grand nombre entier contenu dans cette fraction, l'erreur
du logarithme sera donc moindre que $n + 1$ unités du septième
ordre décimal.

**69. 2me Problème. — Étant donné le logarithme de l'une des
lignes trigonométriques d'un arc, trouver cet arc. — 1er Cas. —**
Nous examinerons d'abord le cas où le logarithme donné se trouve
dans la table. Supposons qu'on donne $\log \sin x = \bar{1},9419126$;
il s'agit de trouver l'arc x.

Le logarithme donné se trouve au 174e tableau dans la colonne
qui porte en bas le titre sinus ; l'arc cherché est donc supérieur à
45°, et la lecture doit se faire en remontant de bas en haut, et de
droite à gauche. L'arc qui se trouve vis-à-vis du logarithme donné
est l'arc de 61° 1′ 20″. Donc $x = 61°$ 1′ 20″.

On trouvera de même, immédiatement, par de simples lectures,

Pour $\log \tan g\, x = \bar{1},7412156$, $x = 28°$ 51′ 30″;

Pour $\log \cos\, x = \bar{1},9423199$, $x = 28°$ 52′ 50″;

Pour $\log \cot g\, x = \bar{1},7432553$, $x = 61°$ 1′ 40″.

2me Cas. — Le logarithme donné ne fait pas partie des tables.

1° Soit donné $\log \sin x = \bar{1},9419216$. Cherchons dans la table,
dans la colonne des log sinus, le logarithme immédiatement inférieur au logarithme donné, c'est-à-dire celui qui s'en approche le
plus par défaut. Nous trouvons $\bar{1},9419126$, lequel correspond à l'arc
de 61° 1′ 20″. La différence entre les deux logarithmes tabulaires
qui comprennent le logarithme donné est de 116 unités du 7e ordre
décimal; ce qui signifie que, lorsque le logarithme augmente de
116 unités du 7e ordre décimal, l'arc augmente de 10″. Or, entre le
logarithme donné et le logarithme tabulaire immédiatement inférieur, la différence est de 90 unités du 7e ordre décimal. Admettons,
comme nous l'avons fait dans le premier problème, que la variation
des arcs soit proportionnelle à celle des logarithmes; il est clair
que nous devrons ajouter à l'arc tabulaire un nombre de secondes
égal à $\dfrac{10 \times 90}{116} = 7,76$. Nous aurons donc pour l'arc cherché

$$x = 61°\ 1′\ 27″76.$$

Voici la disposition qu'on donne ordinairement au calcul :

log donné	$\overline{1},9419216$	
log tab.	$\overline{1},9419126$	arc correspondant 61° 1′ 20″
		pour 90. . . . . . 7″,76

$$\text{différence} \quad 90 \;\Big\}\; \frac{10 \times 90}{116} = 7,76.$$

$$\text{diff. tabulaire} \quad 116$$

$$x = 61° \ 1′ \ 27″,76.$$

On peut éviter le calcul du quotient $\dfrac{10 \times 90}{76}$ en ayant recours aux tables des parties proportionnelles. Prenons celle qui porte en tête la différence 116 des deux logarithmes tabulaires qui comprennent le logarithme donné; parmi les nombres situés à droite du trait vertical, celui qui se rapproche le plus par défaut du nombre 90, différence entre le logarithme donné et le logarithme tabulaire immédiatement inférieur, est le nombre 81,2, lequel correspond à une augmentation de 7″ pour l'arc. La différence entre 90 et 81,2 est 8,8. Multiplions cette différence par 10, ce qui donne 88, et prenons, à droite du trait vertical, le nombre qui s'en rapproche le plus par défaut, soit 81,2, lequel correspond à une augmentation de 7″ pour l'arc. On en conclut que 8,12 correspond à une augmentation de 0″,7. Faisons enfin la différence entre 8,8 et 8,12, ce qui donne 0,68. Multiplions cette différence par 100 et nous trouvons 68, qui diffère très peu du nombre 69,6 qui fait partie de la table et qui correspond à une augmentation de 6″ pour l'arc. On en conclut que 0,68 correspond à une augmentation de 0″,06 pour l'arc. Il faut donc ajouter à l'arc 7″ + 0″,7 + 0″,06, c'est-à-dire 7″,76. Par suite,

$$x = 61° \ 1′ \ 27″,76.$$

On dispose le calcul de la manière suivante :

log donné	$\overline{1},9419216$.		
log tabulaire	$\overline{1},9419126$	arc correspondant.	61° 1′ 20″
		pour 81,2.	7″
différence	90	pour 8,12.	0, 7
diff. tabulaire	116	pour 0,68.	0, 06

$$x = 61° \ 1′ \ 27″,76.$$

2° Soit donné log tang $x = \overline{1},7412357$. La marche à suivre est la même que pour le sinus; aussi, nous contenterons-nous d'indiquer les calculs, sans entrer dans aucun détail.

log donné $\overline{1},7412357$

log tabulaire $\overline{1},7412156$ arc correspondant. 28° 51′ 30″

                                                   pour 201. . . . .   4, 04

différence   201 ⎱ $\dfrac{10 \times 201}{498} = 4,04.$

diff. tabulaire   498 ⎰

                                                       $x = 28° \ 51′ \ 34″,04.$

Si nous nous servons des tables des parties proportionnelles, nous aurons

log donné $\overline{1},7412357$

log tabulaire $\overline{1},7412156$ arc correspondant.   28° 51′ 30″

                                                   pour 199,2   4

différence   201   pour 1,8   0

diff. tabulaire   498   pour 0,180 . . . .   0, 04

                                                   $x = 28° \ 51′ \ 34″,04.$

3° Soit donné log cos $x = \overline{1},9423142$. Le cosinus et l'arc variant en sens inverse, nous chercherons dans la table, dans la colonne intitulée cosinus, le logarithme qui se rapproche le plus, *par excès*, du logarithme donné. De cette façon, nous devrons ajouter à l'arc qui correspond à ce logarithme un certain nombre de secondes qu'on calcule comme dans les exemples précédents.

log donné $\overline{1},9423142$

log tabulaire $\overline{1},9423199$ arc correspondant.   28° 52′ 50″

                                                   pour — 57. . . . .   4, 91

différence   57   ⎱ $\dfrac{10 \times 57}{116} = 4,91.$

diff. tabulaire   116   ⎰

                                                   $x = 28° \ 52′ \ 54″,91.$

Si nous nous servons des tables de parties proportionnelles, nous aurons

log donné	$\overline{1}$,9423142		
log tabulaire	$\overline{1}$,9423199		
différence	57	arc correspondant.	28° 52′ 50″
diff. tabulaire	116	pour — 46,4. . . .	4
		pour — 10,44. . .	0, 9
		pour — 0,116. . .	0, 01

$$x = 28° \; 52′ \; 54″,91.$$

4° Soit donné log cotg $x = \overline{1}$,7452385. Nous opérerons comme pour le cosinus, puisque la cotangente et l'arc varient en sens inverse. Nous nous contentons de donner les calculs.

log donné	$\overline{1}$,7432385		
log tabulaire	$\overline{1}$,7432555	arc correspondant.	61° 1′ 40″
		pour — 168.. . . .	3, 58
différence	168	$\dfrac{10 \times 168}{497} = 3,58.$	
diff. tabulaire	497		

$$x = 61° \; 1′ \; 43″,38.$$

Si nous nous servons des tables de parties proportionnelles, nous aurons

log donné	$\overline{1}$,7452385		
log tabulaire	$\overline{1}$,7432555	arc correspondant..	60° 1′ 40″
		pour — 149,1. . . .	3
différence	168	pour — 14,91.. . .	0, 3
diff. tabulaire	497	pour — 3,976. . . .	0, 08

$$x = 61° \; 1′ \; 43″,38.$$

RÈGLE PRATIQUE. — *Cherchez dans la table le logarithme immédiatement inférieur au logarithme donné s'il s'agit d'un sinus ou d'une tangente, et le logarithme immédiatement supérieur au logarithme donné, s'il s'agit d'un cosinus ou d'une cotangente, puis lisez l'arc correspondant au logarithme tabulaire. Multipliez par 10 la différence entre le logarithme donné et le logarithme tabulaire, et divisez le produit par la différence entre les deux logarithmes tabulaires qui comprennent le logarithme donné. Le quotient exprime le nombre de secondes, entier ou décimal, qu'il faut ajouter à l'arc tabulaire.*

70. Remarque sur le 2ᵐᵉ Problème. — Un arc ne peut être calculé exactement au moyen du logarithme d'une de ses lignes trigonométriques. Nous avons donc maintenant à chercher avec quelle approximation on peut obtenir un arc, lorsqu'on connaît le logarithme d'une de ses lignes trigonométriques, à moins de n unités du 7ᵉ ordre décimal.

Soit D la différence tabulaire. Quand la variation du logarithme est égale à D, la variation de l'arc est de 10 secondes. Par conséquent, si le logarithme varie de n unités décimales du 7ᵉ ordre, la variation de l'arc est exprimée en secondes par la fraction $\dfrac{10 \times n}{D}$, cette fraction exprime donc la limite de l'erreur que nous pouvons commettre sur l'arc.

En général, le logarithme est connu avec 7 décimales exactes, de sorte que $n = 1$; la limite de l'erreur devient alors $\dfrac{10}{D}$. Elle est donc d'autant plus petite que D est plus grand. Or, on constate que les différences tabulaires vont constamment en décroissant pour les logarithmes du sinus, quand l'arc croît de 0 à 90°, et c'est le contraire qui a lieu pour les logarithmes des cosinus. Donc, un arc est d'autant mieux déterminé par le logarithme de son sinus qu'il est plus voisin de 0°, et un arc est d'autant mieux déterminé par son cosinus qu'il est plus voisin de 90°.

On voit, à l'inspection des tables, que les différences D sont plus grandes pour les tangentes et les cotangentes que pour les sinus et les cosinus. Donc, toutes les fois que cela est possible, il faut déterminer un arc par sa tangente ou par sa cotangente, de préférence au sinus ou au cosinus. D'ailleurs, il résulte de la variation de D qu'un arc est d'autant mieux déterminé par sa tangente ou par sa cotangente qu'il est plus éloigné de 45°; mais dans le cas le plus défavorable, l'erreur n'atteint pas 0″,03.

Il est facile de prouver *a priori* que les différences D doivent être plus grandes pour les tangentes et les cotangentes que pour les sinus et les cosinus.

En effet,

$$\tan (a+b) = \frac{\sin (a+b)}{\cos (a+b)} \text{ et } \tan a = \frac{\sin a}{\cos a}.$$

8

Donc

$$\log \text{tang} \, (a+b) = \log \sin \, (a+b) - \log \cos \, (a+b)$$

$$\log \text{tang} \, a = \log \sin a - \log \cos a.$$

En retranchant ces deux égalités, membre à membre, on obtient

$$\log \text{tang} \, (a+b) - \log \text{tang} \, a = [\log \sin \, (a+b) - \log \sin a]$$
$$+ [\log \cos a - \log \cos \, (a+b)].$$

La différence entre les logarithmes des tangentes de deux arcs est donc la somme des différences entre les logarithmes des sinus de ces arcs et les logarithmes de leurs cosinus.

CHAPITRE VIII

71. Des expressions propres au calcul logarithmique. —
Une expression, pour être *calculable par logarithmes*, ne doit renfer-
mer que des facteurs entiers ou fractionnaires. Les longueurs a, b, c,
et les lignes trigonométriques des divers angles A, B, C peuvent
être combinées d'une manière quelconque; mais la condition es-
sentielle, c'est que l'expression ne contienne ni le signe $+$,
ni le signe $-$. Ajoutons cependant que lorsque les signes $+$ et $-$
n'unissent que des longueurs ou des angles, l'expression est encore
calculable par logarithmes. Ainsi, les expressions $a - b + c$,
$(a - b) \times \tan(A + B - C)$ sont calculables par logarithmes; mais
les expressions $1 - \sin A$, $\tan A + \tan B - \tan C$ ne le sont pas.

Nous avons, au chapitre V, appris à transformer en produits des
sommes ou des différences de lignes trigonométriques, dans certains
cas particuliers. Nous allons faire voir maintenant qu'on peut toujours rendre calculable par logarithmes un polynôme de la
forme $M \pm N \mp P \ldots$, dans lequel les quantités M, N, P, prises séparé-
ment, ne renferment que des facteurs entiers ou fractionnaires. Il
suffit pour cela d'introduire dans le calcul un ou plusieurs *angles
auxiliaires*.

Remarquons d'abord que lorsque nous aurons opéré cette transformation pour un binôme $M \pm N$, la démonstration sera faite. En
effet, en remplaçant le binôme $M \pm N$ par son équivalent X, on
pourra opérer sur le binôme $X \mp P$ comme sur le binôme $M \pm N$, et
ainsi de suite.

72. Transformation du binôme $M \pm N$ en un produit. —
Nous supposons les signes mis en évidence, de sorte que les valeurs
numériques de M et N sont positives; de plus, on sait trouver ces
valeurs par logarithmes. Posons $X = M \pm N$.

On a $X = M \left[1 \pm \dfrac{N}{M} \right]$. La tangente pouvant passer par tous les états de grandeur possibles, il est permis de déterminer l'angle φ par la condition suivante : $\tan \varphi = \dfrac{N}{M}$.

D'où $\log \tan \varphi = \log N + C^t \log M$ (*) ; on pourra ainsi calculer l'angle φ par le logarithme de sa tangente.

Cela posé, on aura

$$X = M \left[1 \pm \tan \varphi \right] = \frac{M \sqrt{2} \sin \left(\dfrac{\pi}{4} \pm \varphi \right)}{\cos \varphi},$$

expression calculable par logarithmes :

$$\log X = \log M + \frac{1}{2} \log 2 + \log \sin \left(\frac{\pi}{4} \pm \varphi \right) + C^t \log \cos \varphi.$$

S'il arrivait que N fût plus grand que M, l'angle φ serait plus grand que $\dfrac{\pi}{4}$. Dans ce cas, si les deux monômes M et N sont unis par le signe —, X est négatif. Mais on peut écrire

$$-X = \frac{M \sqrt{2} \sin \left(\varphi - \dfrac{\pi}{4} \right)}{\cos \varphi},$$

d'où

$$\log (-X) = \log M + \frac{1}{2} \log 2 + \log \sin \left(\varphi - \frac{\pi}{4} \right) + C^t \log \cos \varphi.$$

On aura donc ainsi la valeur de — X, et par suite celle de X.

Lorsque M est plus grand que N, on peut avoir recours à d'autres procédés pour transformer en un produit l'expression $M \pm N$. Posons, par exemple, $\dfrac{N}{M} = \cos \varphi$. L'angle auxiliaire φ se déterminera par le logarithme de son cosinus au moyen de la formule

$$\log \cos \varphi = \log N + C^t \log M.$$

Mais on aura alors

$$X = M (1 \pm \cos \varphi).$$

(*) Ct log M veut dire complément du logarithme ou cologarithme de M. Voir l'*Algèbre* de M. Bos. — Paris, Hachette et Cie.

Si les deux monômes sont unis par le signe +, on remplacera $1 + \cos \varphi$ par $2 \cos^2 \frac{\varphi}{2}$, ce qui donnera pour la valeur de X

$$X = 2M \cos^2 \frac{\varphi}{2};$$

d'où

$$\log X = \log 2 + \log M + 2 \log \cos \frac{\varphi}{2}.$$

Si les deux monômes sont unis par le signe —, on remplacera $1 - \cos \varphi$ par $2 \sin^2 \frac{\varphi}{2}$, ce qui donnera pour la valeur de X

$$X = 2M \sin^2 \frac{\varphi}{2};$$

d'où

$$\log X = \log 2 + \log M + 2 \log \sin \frac{\varphi}{2}.$$

Dans le cas où M et N sont unis par le signe +, on peut, puisqu'ils sont tous les deux positifs, poser $\frac{N}{M}$ égal au carré d'une tangente. Soit $\frac{N}{M} = \tan^2 \varphi$; d'où $\log \tan \varphi = \frac{1}{2} (\log N + C^t \log M)$. Mais $X = M (1 + \tan^2 \varphi) = \frac{M}{\cos^2 \varphi}$;
d'où

$$\log X = \log M + C^t 2 \log \cos \varphi.$$

Si l'on veut transformer le binôme M—N et que M soit plus grand que N, on peut poser $\frac{N}{M} = \sin^2 \varphi$. On détermine alors l'angle φ par le logarithme de son sinus, au moyen de la formule

$$\log \sin \varphi = \frac{1}{2} (\log N + C^t \log M).$$

Mais $X = M (1 - \sin^2 \varphi) = M \cos^2 \varphi$;
d'où

$$\log X = \log M + 2 \log \cos \varphi.$$

On voit, par ce qui précède, que la transformation du binôme

$M \pm N$ est possible de plusieurs manières, à l'aide d'un angle auxiliaire. Il est bon de ne pas oublier, dans la pratique, qu'il y a tout intérêt à déterminer l'angle auxiliaire par le logarithme de sa tangente.

Nous pouvons donc regarder comme démontré le principe énoncé plus haut, savoir : tout polynôme composé de termes calculables par logarithmes peut être, à l'aide d'angles auxiliaires, transformé en une expression propre au calcul logarithmique. Maintenant que nous avons exposé la méthode générale, nous allons passer en revue quelques expressions particulières pour lesquelles on peut simplifier la marche ordinaire du calcul.

73. Transformation d'une expression de la forme $m \sin a + n \cos a$.

— Nous pouvons écrire $\quad m \sin a + n \cos a = m \left(\sin a + \dfrac{n}{m} \cos a \right)$.

Posons $\dfrac{n}{m} = \operatorname{tang} \varphi$, ce qui nous permettra de déterminer l'angle φ par le logarithme de sa tangente. L'expression donnée devient alors

$$m \left(\sin a + \frac{\sin \varphi}{\cos \varphi} \cos a \right) = m \left(\frac{\sin a \cos \varphi + \sin \varphi \cos a}{\cos \varphi} \right) = \frac{m \sin (a + \varphi)}{\cos \varphi},$$

expression calculable par logarithmes.

Si l'on avait $m \sin a - n \cos a$, on trouverait, par le même procédé,

$$\frac{m \sin (a - \varphi)}{\cos \varphi},$$

74. Transformation d'une expression de la forme $\dfrac{M + N}{M - N}$.

— En divisant les deux termes de l'expression par M, on la met sous la forme $\dfrac{1 + \dfrac{N}{M}}{1 - \dfrac{N}{M}}$. Posons $\dfrac{N}{M} = \operatorname{tang} \varphi$. L'expression devient alors

$$\frac{1 + \operatorname{tang} \varphi}{1 - \operatorname{tang} \varphi} = \operatorname{tang} (45 + \varphi).$$

75. Résoudre l'équation $a \sin x + b \cos x = c$. — Si nous divisons les deux membres de l'équation par a, elle devient

$$\sin x + \frac{b}{a} \cos x = \frac{c}{a}.$$

Posons $\frac{b}{a} = \tan \varphi$, de manière à pouvoir déterminer l'angle φ par le logarithme de sa tangente. Nous aurons alors à résoudre l'équation $\sin x + \tan \varphi \cos x = \frac{c}{a}$ ou $\sin(x+\varphi) = \frac{c \cos \varphi}{a}$. Il sera donc facile de déterminer l'angle $x+\varphi$ par le logarithme de son sinus; on en déduira facilement l'angle x, puisque l'angle φ est connu. Soit ψ la valeur absolue du plus petit arc qui satisfait à cette équation. Toutes les valeurs possibles de x seront données par les deux formules : $x+\varphi = 2k\pi + \psi$; $x+\varphi = (2k+1)\pi - \psi$.

Pour que le problème soit possible, il faut que la valeur absolue de $\sin(x+\varphi)$ soit inférieure à l'unité, ou au plus égale à l'unité. La condition de possibilité s'exprime donc ainsi : $c^2 \cos^2 \varphi \lessgtr a^2$. Mais puisque $\tan \varphi = \frac{b}{a}$, $\cos^2 \varphi = \frac{a^2}{a^2+b^2}$. Donc, pour que le problème soit possible, il faut qu'on ait

$$\frac{a^2 c^2}{a^2 + b^2} \lessgtr a^2, \quad \text{ou} \quad c^2 \lessgtr a^2 + b^2.$$

76. Résoudre l'équation $n \sin(a-x) - m \sin(b-x) = 0$. — L'équation peut d'abord se mettre sous la forme suivante :

$$\frac{\sin(a-x)}{\sin(b-x)} = \frac{m}{n},$$

d'où

$$\frac{\sin(a-x) - \sin(b-x)}{\sin(a-x) + \sin(b-x)} = \frac{m-n}{m+n}.$$

(Nous supposons ici $a > b$, et par suite $m > n$. Si le contraire avait lieu, on ferait la différence en sens inverse.)

Mais

$$\frac{\sin(a-x) - \sin(b-x)}{\sin(a-x) + \sin(b-x)} = \frac{\tan \frac{1}{2}(a-b)}{\tan \frac{1}{2}(a+b-2x)}.$$

L'équation proposée revient donc à celle-ci :

$$\tan\left[\frac{a+b}{2} - x\right] = \tan\left(\frac{a-b}{2}\right) \times \frac{m+n}{m-n}.$$

Si m et n sont des nombres donnés, le second membre est calculable par logarithmes. Nous aurons donc l'angle $\frac{a+b}{2} - x$ par le logarithme de sa tangente ; il sera ensuite facile d'avoir l'angle x.

Mais il pourrait arriver qu'on connût seulement les logarithmes de m et n, et non pas les nombres eux-mêmes. Dans ce cas, il faudrait opérer comme il suit.

On peut écrire $\tan\left[\frac{a+b}{2} - x\right] = \tan\left(\frac{a+b}{2}\right) \times \dfrac{1 + \frac{n}{m}}{1 - \frac{n}{m}}.$

Posons $\dfrac{n}{m} = \tan\varphi$; l'angle φ se calculera très simplement par le logarithme de sa tangente, puisqu'on connaît déjà $\log n$ et $\log m$. On aura alors :

$$[\tan\left(\frac{a+b}{2} - x\right) = \tan\left(\frac{a-b}{2}\right) \times \frac{1 + \tan\varphi}{1 - \tan\varphi}$$

$$= \tan\left(\frac{a-b}{2}\right) \times \tan(45 + \varphi).$$

Le calcul n'offre plus aucune difficulté.

77. Résolution de l'équation du second degré au moyen des tables trigonométriques. — Nous pouvons toujours supposer l'équation ramenée à la forme $x^2 + px + q = 0$. On en tire

$$x = -\frac{p}{2} \pm \sqrt{\frac{p^2}{4} - q}.$$

Le seul cas que nous ayons à examiner ici est celui où les racines sont réelles. Nous admettrons donc qu'on ait $p^2 > 4q$.

La valeur de x peut se mettre sous la forme

$$x = -\frac{p}{2}\left[1 \pm \sqrt{1 - \frac{4q}{p^2}}\right].$$

Cela posé, nous examinerons successivement le cas où l'on aurait $q > 0$ et le cas où l'on aurait $q < 0$.

1° $q > 0$. La quantité $\dfrac{4q}{p^2}$ étant positive et moindre que l'unité, nous pouvons l'égaler au carré d'un sinus et déterminer l'angle auxiliaire φ par la condition

$$\sin^2 \varphi = \frac{4q}{p^2}, \text{ d'où } \sin \varphi = \pm \frac{2\sqrt{q}}{p}.$$

Nous prendrons le signe $+$ ou le signe $-$, suivant que p sera positif ou négatif.

Si p est positif, nous aurons $\log \sin \varphi = \log 2 + \frac{1}{2} \log q + C^t \log p$;

si p est négatif, nous aurons $\log \sin \varphi = \log 2 + \frac{1}{2} \log q + C^t \log(-p)$.

L'angle φ sera positif dans l'un et l'autre cas.

Cela posé, dans l'hypothèse de $p > o$, nous aurons pour x

$$x = -\frac{p}{2}(1 \pm \cos \varphi) = -p \cos^2 \frac{\varphi}{2} \text{ ou } -p \sin^2 \frac{\varphi}{2};$$

mais

$$p = \frac{2\sqrt{q}}{\sin \varphi} = \frac{\sqrt{q}}{\sin \frac{\varphi}{2} \cos \frac{\varphi}{2}};$$

par suite, on a pour les racines de l'équation, qui sont toutes les deux négatives,

$$x' = -\sqrt{q} \cot \frac{\varphi}{2} \quad \text{et} \quad x'' = -\sqrt{q} \tang \frac{\varphi}{2}. \quad \text{On calculera alors}$$

$\log(-x')$ et $\log(-x'')$, à l'aide des formules

$$\log(-x') = \frac{1}{2} \log q + \log \cotg \frac{\varphi}{2}, \quad \log(-x'') = \frac{1}{2} \log q + \log \tang \frac{\varphi}{2}.$$

Connaissant les logarithmes de $-x'$ et de $-x''$, on cherchera les nombres correspondants; ces nombres changés de signes fourniront les racines de l'équation.

Dans l'hypothèse de $p < o$, on a $x' = -p \cos^2 \frac{\varphi}{2}$ et $x'' = -p \sin^2 \frac{\varphi}{2}$;

d'où l'on déduit, en remplaçant p par sa valeur $-\dfrac{2\sqrt{q}}{\sin \varphi}$,

$$x' = \sqrt{q} \ \cotg \ \frac{\overline{\varphi}}{2} \ \text{et} \ x'' = \sqrt{q} . \tang \frac{\varphi}{2}.$$

Le calcul de x' et x'' par logarithmes n'offre plus aucune difficulté.

2° $q < o$. La quantité $-\dfrac{4q}{p^2}$ est positive ; nous pouvons donc l'égaler au carré d'une tangente et déterminer l'angle φ par cette condition : $\tang^2 \varphi = -\dfrac{4q}{p^2}$; d'où $\tang \varphi = \pm \dfrac{2\sqrt{-q}}{p}$.

Ici encore nous prendrons le signe $+$ ou le signe $-$, suivant que p sera positif ou négatif.

Si p est positif, nous aurons

$$\log \tang \varphi = \log 2 + \frac{1}{2} \log (-q) + C^t \log p ;$$

si p est négatif, nous aurons

$$\log \tang \varphi = \log 2 + \frac{1}{2} \log (-q) + C^t \log (-p).$$

L'angle φ sera positif dans l'un et l'autre cas.

Cela posé, dans l'hypothèse de $p > o$, nous aurons pour x

$$x = -\frac{p}{2}\left[1 \pm \frac{1}{\cos \varphi}\right] = -\frac{p}{2}\left[\frac{\cos \varphi \pm 1}{\cos \varphi}\right];$$

mais

$$p = \frac{2\sqrt{-q}}{\tang \varphi};$$

par suite, on a pour les racines de l'équation qui sont de signes conraires, et dont la plus grande est négative,

$$x' = -\frac{2\sqrt{-q} \cos^2 \frac{\varphi}{2}}{\cos \varphi \tang \varphi} = -\sqrt{-q} \ \cotg\frac{\varphi}{2} \quad \text{et} \quad x'' = \sqrt{-q} \ \tang\frac{\varphi}{2}.$$

On calculera alors $\log(-x')$ et $\log(x'')$, à l'aide des formules

$$\log(-x') = \frac{1}{2}\log(-q) + \log \cotg\frac{\varphi}{2},$$
$$\log x'' = \frac{1}{2}\log(-q) + \log \tang\frac{\varphi}{2},$$

ce qui permettra ensuite d'obtenir $-x'$, et par conséquent x' et x''.

Dans l'hypothèse de $p < o$, on a

$$x' = \sqrt{-q} \; \cot \frac{\varphi}{2} \; \text{ et } \; x'' = -\sqrt{-q} \; \tang \frac{\varphi}{2}.$$

Ce que nous avons dit plus haut suffit pour montrer comment il faut achever le calcul.

78. Application des méthodes exposées dans les chapitres VII et VIII.

1° *Résoudre l'équation* $\sin x - \cos x = \frac{1}{4}$. — Nous avons trouvé précédemment la relation $\sin a - \cos a = \sqrt{2} \cos \left(a - \frac{\pi}{4} \right)$ (n° 54). Nous pouvons donc mettre l'équation donnée sous la forme suivante :

$$\sin (x - 45^o) = \frac{1}{4 \sqrt{2}}.$$

On en déduit $\quad \log \sin (x - 45) = C^t \log 4 + C^t \log \sqrt{2}.$

Or $\qquad C^t \log \; 4 = \overline{1}, 5979400.$
$\qquad\qquad C^t \log \sqrt{2} = \overline{1}, 8494850.$

$\rule{4cm}{0.4pt}$

$\log \sin \; (x - 45^o) = \overline{1}, 2474250.$

$\log \quad$ tabulaire $\qquad 1, 2475612. \quad$ arc correspondant $10^o \; 10' \; 50''$
différence $\qquad\qquad\qquad 658$
différence tabulaire $\qquad\;\; 1172$ $\left. \right\} \dfrac{10 \times 658}{1172} = 5,44$ pour $658.....5,44$

$\rule{5cm}{0.4pt}$

$\qquad\qquad\qquad\qquad\qquad x - 45^o = 10^o \; 10' \; 55''44$

Par suite, $x = 55^o \; 10' \; 55''44$. En représentant par α l'arc de $10^o \; 10' \; 55''44$, toutes les valeurs de x seront données par les formules : $x - 45 = 2K\pi + \alpha$; $\quad x - 45 = (2k + 1) \pi - \alpha$.

2° *Calculer tous les arcs compris entre* 0° *et* 180° *satisfaisant à l'équation* $\sin^4 x + \cos^4 x = \frac{2}{3}$. — Nous avons identiquement .

$$\sin^4 x + \cos^4 x = (\sin^2 x + \cos^2 x)^2 - 2 \sin^2 x . \cos^2 x.$$

Or

$$\sin^4 x + \cos^4 x = \frac{2}{3} \; \text{ et } \; \sin^2 x + \cos^2 x = 1.$$

D'un autre côté, $\quad \sin^2 2\,x = 4\sin^2 x \ \cos^3 x$;

donc

$$\sin^2 2\,x = \frac{2}{3}.$$

On en déduit $\quad \log \sin 2\,x = \frac{1}{2}\ (\log 2 + C^t \log 3) = \overline{1},9119544$

$\log \sin 2\,x = \qquad\quad \overline{1},9119544.$
$\log$ tabulaire $\qquad\quad \overline{1},9119422.$ arc correspondant $\quad 54^o\ 44'\ 0''$
différence $\qquad\qquad\quad 122$
différence tabulaire $\qquad 149$ $\left.\begin{array}{c}\\\\\end{array}\right\}\ \dfrac{10\times 122}{149}=8,19.$ $\qquad\qquad\quad 8,18$

$$2\,x = 54^o\ 44'\ 8'',18$$
$$x = 27^o\ 22'\ 4'',09$$

Or, l'équation proposée ne change pas lorsqu'on substitue à x
$\frac{\pi}{2} - x$ ou $\pi - x$. Par conséquent, si une valeur α satisfait à l'équation, les valeurs $\frac{\pi}{2} - \alpha$, $\pi - \alpha$ et $\frac{\pi}{2} + \alpha$ satisfont aussi à l'équation.

Il y a donc quatre solutions du problème, savoir :

$$x = 27^o,\ 22'\ 4'',09 ; \quad x = 62^o\ 37'\ 55'',91 ;$$
$$x = 117^o\ 22'\ 4'',09 ; \quad x = 152^o\ 37'\ 55'',91.$$

5° *Les cordes de deux arcs complémentaires sont respectivement*

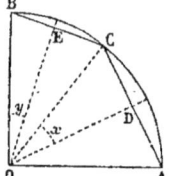

égales à $\sqrt{12}$ et à $\sqrt{6}$. Quel est le rayon de la cir-
conférence dont ces arcs font partie et quelles sont
les valeurs de ces arcs en degrés ? — Soient OA le
rayon cherché, AC et CB les deux arcs complémentaires qui remplissent les conditions de l'é-
noncé (fig. 35).

Fig. 35.

Désignons le rayon par z, et les graduations des
arcs par $2x$ et $2y$. Si nous nous reportons à la définition des lignes trigonométriques, nous aurons

$$\frac{\text{CD}}{z} = \sin x ; \quad \frac{\text{BE}}{Z} = \sin y.$$

L'énoncé se trouve donc traduit par les trois équations suivantes :

$$(1)\quad \sin x = \frac{\sqrt{12}}{2z}; \quad (2)\ \sin y = \frac{\sqrt{6}}{2z}; \quad (3)\ x + y = 45.$$

En divisant membre à membre les équations (1) et (2), on obtient

$$\frac{\sin x}{\sin y} = \frac{\sqrt{12}}{\sqrt{6}} = \sqrt{\frac{12}{6}} = \sqrt{2}.$$

On en déduit

$$\frac{\sin x - \sin y}{\sin x + \sin y} = \frac{\tang \frac{1}{2}(x-y)}{\tang \frac{1}{2}(x+y)} = \frac{\sqrt{2}-1}{\sqrt{2}+1} = \frac{1-\frac{1}{\sqrt{2}}}{1+\frac{1}{\sqrt{2}}}.$$

Posons $\cos \varphi = \frac{1}{\sqrt{2}}$, ce qui nous permettrait de calculer l'angle φ par le logarithme de son cosinus. Mais ici nous n'avons pas besoin d'avoir recours aux tables. Nous savons que l'angle φ est égal à 45°.

Nous aurons donc

$$\frac{\tang \frac{1}{2}(x-y)}{\tang \frac{1}{2}(x+y)} = \frac{1-\cos \varphi}{1+\cos \varphi} = \tang^2 \frac{\varphi}{2}.$$

Par suite, $\tang \frac{1}{2}(x-y) = \tang \frac{1}{2}(x+y) \times \tang^2 \frac{\varphi}{2} = \tang^3 (22° 30')$,

équation qui va nous permettre de calculer l'angle $\frac{1}{2}(x-y)$ par le logarithme de sa tangente :

$$\log \tang \frac{1}{2}(x-y) = 3. \log. \tang (22° 30').$$

3. log tang(22° 30') = $\bar{2}$, 8516729
logar. tabulaire $\bar{2}$, 8515843   arc correspondant   4° 5′ 50″
différence   1246 $\Big\}$ $\dfrac{12460}{2978} = 4,18$ pour 1246 4,18
différence tabulaire   2978 $\Big\}$

$$\frac{1}{2}(x-y) = 4° 5′ 54″18$$

Nous avons donc

$$x + y = 44° 59′ 60″$$
$$x - y = 8° 7′ 48″36$$

En ajoutant et en retranchant successivement ces deux dernières équations, membre à membre, nous obtenons

$$2\,x = 55^{\circ}\ \ 7'\ 48'',36;$$
$$2\,y = 36^{\circ}\ 52'\ 11'',64.$$

Telles sont les graduations des arcs AC et BC. Pour calculer le rayon z, nous nous servirons, soit de l'équation (1), soit de l'équation (2). L'équation (1) donne

$$z = \frac{\sqrt{12}}{2\sin x} = \frac{\sqrt{3}}{\sin x}.$$

On en déduit

$$\log z = \frac{1}{2}\log 3 + C^{t}\log\sin x$$

$$\frac{1}{2}\log 3 \quad = 0,2385606$$

$$C^{t}\log\sin x = 0,3494850$$

$$\overline{\hspace{4cm}}$$

$$\log z = \quad\ \ 0,5880456 \quad z = 3,875,$$

4° Calculer la surface S donnée par la formule

$$S = 2\,\pi R^{2}\,(\cos\varphi - \sin\varphi),$$

dans laquelle $R = 79^{m},575$ *et* $\varphi = 25^{\circ}\ 27'\ 22''$. (Nota. *La valeur de S représente la surface de la zone tempérée, à l'échelle de la carte de France.*)

La formule donnée n'est pas immédiatement calculable par logarithmes. Mais si l'on remarque que $\cos\varphi - \sin\varphi = \sqrt{2}\sin(45^{\circ} - \varphi)$, on obtient $\ \ S = 2\pi R^{2}\sqrt{2}\sin(45 - \varphi)$, formule propre au calcul logarithmique.

$$\log S = \log 2 + \log\pi + 2\log R + \frac{1}{2}\log 2 + \log\sin(45 - \varphi).$$

$$\log 2 \qquad\qquad = 0,3010300$$
$$\log\pi \qquad\qquad = 0,4971499$$
$$2\log R \qquad\qquad = 3,8015532$$
$$\frac{1}{2}\log 2 \qquad\qquad = 0,1505150$$

$$\log\sin(45 - \varphi) = \overline{1},5649190$$
$$\overline{\hspace{6cm}}$$
$$\log S \qquad\quad = 4,3151671 \qquad\qquad S = 20661^{mq},75.$$

5° Résoudre le système $\qquad x\sin(\alpha - y) = a \qquad (1)$
$$x\sin(\mathcal{C} - y) = b \qquad (2)$$

En divisant ces deux équations, membre à membre, on obtient

$$\frac{\sin(\alpha-y)}{\sin(\mathfrak{b}-y)}=\frac{a}{b},$$

d'où

$$\frac{\sin(\alpha-y)+\sin(\mathfrak{b}-y)}{\sin(\alpha-y)-\sin(\mathfrak{b}-y)}=\frac{\tan\left(\frac{\alpha+\mathfrak{b}}{2}-y\right)}{\tan\left(\frac{\alpha-\mathfrak{b}}{2}\right)}=\frac{a+b}{a-b}.$$

On tire de cette dernière équation

$$\tan\left(\frac{\alpha+\mathfrak{b}}{2}-y\right)=\frac{a+b}{a-b}\tan\left(\frac{\alpha-\mathfrak{b}}{2}\right),$$

Si les nombres a et b sont donnés, cette dernière formule est directement calculable par logarithmes. On aura donc l'angle $\left(\frac{\alpha+\mathfrak{b}}{2}-y\right)$ par le logarithme de sa tangente. On en déduira facilement l'angle y. Celui-ci connu, on calculera x au moyen de la formule $x=\dfrac{a}{\sin(\alpha-y)}$, qui permettra de calculer le logarithme de x et par suite x.

6° *Résoudre l'équation* $24\sin x+51\cos x=-16$.— Si nous nous reportons à la solution générale donnée au n° 75, nous voyons que l'angle auxiliaire φ est déterminé par le logarithme de sa tangente :

$$\tan\varphi=\frac{51}{24};\ \log\tan\varphi=\log 51+\mathrm{C^t}\log 24.$$

Calcul de l'angle auxiliaire φ :

log 51	$=1,7075702$	
$\mathrm{C^t}\log 24$	$=\bar{2},6197888$	

log tang φ $=0,3273590$ arc correspondant   64° 47′ 50″
logari. tabulaire   0,3273264

pour 326.....   5,97

différence   326) 3260 $=5,97$
différence tabulaire   546) 546 $\varphi=64°$ 47′ 55″97

Pour déterminer l'angle x, nous nous servirons de la formule générale :

$$\sin(x+\varphi)=\frac{c\cos\varphi}{a},\qquad\text{qui nous donne, dans le cas présent,}$$

$\sin (x + \varphi) = -\dfrac{16 \cos \varphi}{24}$. Or, soit A' le plus petit angle positif ayant

pour sinus $\dfrac{16 \cos \varphi}{24}$, l'angle A' sera facile à calculer, et il est clair

qu'on aura $x + \varphi = -A'$, ou $x + \varphi = 180^0 + A'$.

Posons donc $\sin A' = \dfrac{16 \cos \varphi}{24}$, et calculons A' par la formule

$$\log \sin A' = \log 16 + \log \cos \varphi + C^t \log 24.$$

$\log 16 \quad = 1, 2041200$

$\log \cos \varphi \quad = \overline{1}, 6292026$

$C^t \log 24 \quad = \overline{2}, 6197888$

$\overline{\phantom{C^t \log 24 \quad = \overline{2}, 6197888}}$

$\log \sin A' = \overline{1}, 4531114 \qquad\qquad A' = 16^0 \, 29' \, 27'',59.$

On obtient ainsi pour x deux valeurs, l'une :

$$x = -A' - \varphi = -81^0 \, 17' \, 23'',56,$$

l'autre :

$$x = 180 + A' - \varphi = 131^0 \, 41' \, 31'',59.$$

Si l'on veut n'admettre que les angles positifs inférieurs à 180°, l'équation n'aura donc qu'une seule solution :

$$x = 131^0 \, 41' \, 31'',59.$$

7° *Résoudre, au moyen des tables trigonométriques, l'équation*

$$x^2 - 2,736 \; x - 5,812 = 0.$$

En nous reportant à la solution générale (n° 77), nous voyons que l'angle auxiliaire φ est donné par la formule $\tan \varphi = \dfrac{2\sqrt{-q}}{p}$; les racines x' et x'' sont fournies par les formules

$$x' = \sqrt{-q} \; \cotan \frac{\varphi}{2}, \quad (-x'') = \sqrt{-q} \; \tan \frac{\varphi}{2}.$$

En remplaçant p et q par leur valeur, on a

$$\tan \varphi = \frac{2\sqrt{5,812}}{2,736}, \quad x^t = \sqrt{5,812} \cotan \frac{\varphi}{2}, \quad (-x'') = \sqrt{5,812} \tan \frac{\varphi}{2}.$$

CALCUL DE L'ANGLE φ.

—

$$\log \operatorname{tang} \varphi = \log 2 + \frac{1}{2} \log 5{,}812 + C^l \log 2{,}736.$$

—

$$\begin{aligned}
\log 2 &= 0,3010300 \\
\tfrac{1}{2} \log 5{,}812 &= 0,3821628 \\
C^l \log 2{,}736 &= \overline{1},5628839 \\
\hline
\log \operatorname{tang} \varphi &= 0,2460767
\end{aligned}$$

$$\begin{aligned}
\log \text{tabulaire} &= 0,2460326 \qquad \text{angle correspondant} \quad 60^\circ \ 25' \ 30 \\
\text{différence} & 441 \Big\} = \frac{4410}{490} = 9 \ \text{pour } 441\ldots\ldots \qquad \qquad 9'' \\
\text{différence tabulaire} & 490
\end{aligned}$$

$$\varphi = 60^\circ \ 25' \ 39''$$

CALCUL DES RACINES

—

$$\frac{\varphi}{2} = 30^\circ \ 12' \ 49'',5$$

$$\log x' = \frac{1}{2} \log 5{,}812 + \log \operatorname{cotg} \frac{\varphi}{2} \qquad \Big| \qquad \log(-x'') = \frac{1}{2} \log 5{,}812 + \log \operatorname{tang} \frac{\varphi}{2}$$

—

$$\begin{aligned}
\tfrac{1}{2} \log 5{,}812 &= 0,3821628 \\
\log \operatorname{cotg} \tfrac{\varphi}{2} &= 0,2348269 \\
\hline
\log x' &= 0,6169897 \\
x' &= 4,1399
\end{aligned}
\qquad \Big| \qquad
\begin{aligned}
\tfrac{1}{2} \log 5{,}812 &= 0,3821628 \\
\log \operatorname{tang} \tfrac{\varphi}{2} &= \overline{1},7651731 \\
\hline
\log(-x'') &= 0,1473359 \\
x'' &= -1,4039
\end{aligned}$$

CHAPITRE IX

PROPRIÉTÉS DES TRIANGLES RECTILIGNES

79. Objet de ce chapitre. — La *résolution des triangles* est fondée sur l'emploi d'un certain nombre de formules qui lient entre eux les angles et les côtés d'un triangle. Les données comprennent *trois* des éléments du triangle à résoudre, et les inconnues comprennent les trois autres. Il faut donc que chaque formule renferme quatre éléments, de manière à permettre de dégager l'un d'eux au moyen des trois autres.

Nous conviendrons et nous resterons fidèles à cette convention, dans tout ce qui va suivre, de représenter par A, B et C les nombres de degrés que contiennent les trois angles d'un triangle; les nombres qui mesurent les longueurs des côtés respectivement opposés seront désignés par a, b et c. Si le triangle est rectangle, A représentera toujours l'angle droit; par conséquent, l'hypoténuse sera désignée par a.

Nous établirons d'abord les formules relatives aux triangles rectangles. Les angles aigus étant désignés par B et C, ces deux angles sont liés par la relation (1) $B+C=90°$, qui permet, lorsqu'on donne l'un quelconque des angles aigus, de calculer immédiatement l'autre.

80. Théorème. — Dans tout triangle rectangle, un côté de l'angle droit est égal à l'hypoténuse multipliée par le sinus de l'angle opposé au premier côté, ou le cosinus de l'angle adjacent.

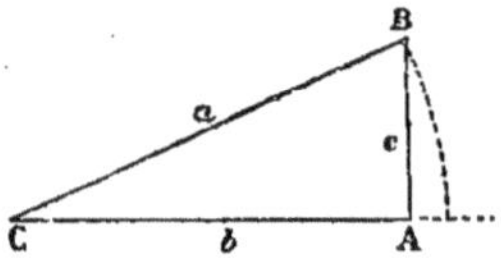

Fig. 36.

Soit ABC un triangle rectangle (fig. 36). Du sommet C comme centre, avec un rayon égal à l'hypoténuse, décrivons un arc de cercle. En nous reportant à la définition du sinus et du cosinus, nous pourrons écrire immédiatement

$$\frac{BA}{CB}=\sin C \text{ et } \frac{CA}{CB}=\cos C;$$

c'est-à-dire

$$c = a \sin C , \; (2) ; \; \text{et } b = a \cos C, \; (3)$$

c'est bien là la traduction de notre énoncé.

En décrivant la circonférence du point B comme centre, avec BC pour rayon, nous aurions, par définition,

$$\frac{CA}{BC} = \sin B \; \text{et} \; \frac{BA}{BC} = \cos B,$$

c'est-à-dire

$$b = a \sin B \; \text{et } c = a \cos B.$$

Ces deux formules se déduisent immédiatement des deux premières, en remarquant que les angles B et C sont complémentaires. Une nouvelle construction est donc inutile pour les établir.

Les formules (2) et (3) renferment implicitement le théorème de Pythagore. En effet, si l'on élève les deux membres au carré et qu'on ajoute, il vient

$$c^2 + b^2 = a^2 (\sin^2 C + \cos^2 C) = a^2. \quad (4)$$

81. — Théorème. — Dans tout triangle rectangle, un côté de l'angle droit est égal à l'autre côté multiplié par la tangente de l'angle opposé au premier côté, ou par la cotangente de l'angle adjacent.

Soit ABC un triangle rectangle (fig. 37). Du sommet C comme centre, avec un rayon égal à CA, décrivons un arc de cercle. Nous avons, par définition,

$$\frac{AB}{AC} = \text{tang } C, \; \text{d'où } c = b \text{ tang } C \quad (5).$$

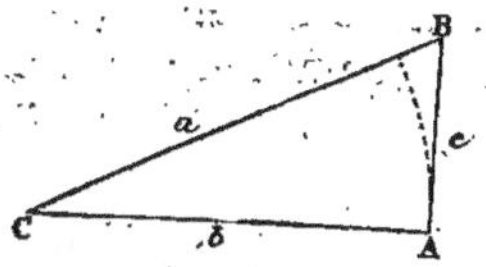

Fig. 37.

D'ailleurs, l'angle B étant le complément de l'angle C, on a

$$\text{cotang } B = \text{tang } C, \text{ et par suite ; } c = b \text{ cotang } B, \quad (6)$$

ce qui démontre le théorème énoncé. On trouverait de même

$$b = c \text{ tang } B \text{ et } b = c \cot C.$$

La formule $c = b$ tang C peut se déduire des formules (2) et (3).

En effet, si l'on divise, membre à membre, ces deux équations, on obtient

$$\frac{c}{b} = \frac{\sin C}{\cos C} = \tan g\, C,\ \text{d'où}\ c = b\, \tan g\, C.$$

Remarque importante sur les formules qui précèdent. — Nous venons de trouver un certain nombre de formules qui lient entre elles les angles et les côtés d'un triangle rectangle. Toutes ces formules rentrent évidemment dans les six types suivants :

$$B + C = 90°,\ (1)\ ;\ c = a\sin C,\ (2)\ ;\ b = a\cos C,\ (3)\ ;$$
$$c^2 + b^2 = a^2,\ !(4)\ ;\ c = b\tan g\, C,\ (5)\ ;\ b = c\cot C,\ (6).$$

Ces six équations ne sont évidemment pas distinctes, puisque les trois dernières peuvent se déduire des équations (1), (2) et (3).

Cela pouvait être prévu d'avance. En effet, il ne peut exister plus de trois relations distinctes entre les éléments d'un triangle rectangle. Supposons que cela puisse être et qu'il y ait une relation distincte des équations

$$B + C = 90,\ (1)\ ;\ c = a\sin C,\ (2)\ ;\ b = a\cos C,\ (3).$$

En remplaçant dans cette nouvelle relation c et b par leur valeur tirée des équations (2) et (3), et B par sa valeur tirée de l'équation (1), nous aurions une relation entre a et C, ce qui est évidemment absurde, puisqu'on pourrait alors trouver l'hypoténuse d'un triangle rectangle dont on ne connaîtrait que les angles.

Il n'y a donc que trois relations distinctes entre les éléments d'un triangle rectangle. Mais cela ne veut pas dire que les autres formules soient inutiles ; au contraire, elles sont d'un usage fréquent dans la pratique.

82. Théorème. — **La projection d'une ligne sur une autre est égale à la longueur de la ligne projetée multipliée par le cosinus de l'angle formé par les deux lignes.**

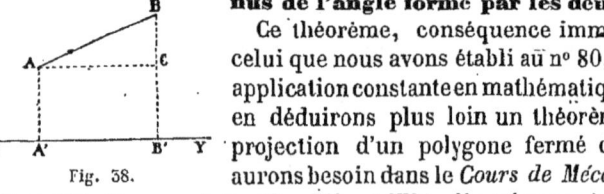

Fig. 38.

Ce théorème, conséquence immédiate de celui que nous avons établi au n° 80, est d'une application constante en mathématiques ; nous en déduirons plus loin un théorème sur la projection d'un polygone fermé dont nous aurons besoin dans le *Cours de Mécanique* (*).

Soit AB la ligne projetée (fig. 38), et XY la direction sur laquelle on

(*) *Cours de Mécanique,* par MM. Pichot et de Trenquelléon. — Paris, Hachette et Cie.

projette AB ; A′ B′ est la projection de AB sur XY. Menons, par le point A, AC parallèle à XY. Le triangle ACB, rectangle en C, nous donne

$$AC = AB \times \cos BAC, \text{ ou en remplaçant AC par A′B′,}$$
$$A'B' = AB \times \cos BAC. \quad \text{c. q. f. d.}$$

83. Théorème. — Dans tout triangle, les côtés sont proportionnels aux sinus des angles opposés.

Dans le triangle BAC (fig. 39) menons la hauteur CD relative au côté c. Les deux triangles rectangles CDA et CDB nous donnent

$$CD = b \sin A \text{ et } CD = a \sin B.$$

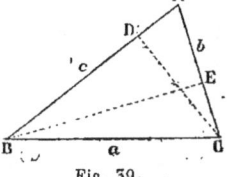

En égalant les deux valeurs de CD, nous obtenons

Fig. 39.

$$b \sin A = a \sin B, \text{ ou } \frac{a}{\sin A} = \frac{b}{\sin B}.$$

En menant la hauteur relative au côté b, on démontrerait de la même manière qu'on a

$$\frac{a}{\sin A} = \frac{c}{\sin C}.$$

On en conclut ce qu'on appelle la *relation des sinus*, c'est-à-dire

$$\frac{a}{\sin A} = \frac{b}{\sin B} = \frac{c}{\sin C}.$$

Si la hauteur relative au côté c tombe en dehors du triangle, la relation $\frac{a}{\sin A} = \frac{b}{\sin B}$ n'en subsiste pas moins. En effet, les deux triangles rectangles CDA et CDB (fig. 40) donnent encore

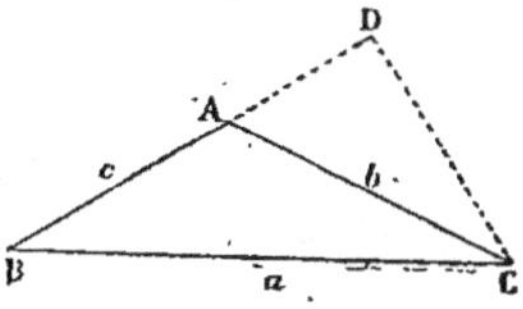

$$CD = b \sin CAD \text{ et } CD = a \sin B.$$

Fig. 40.

Or, les angles A et CAD étant supplémentaires, on peut remplacer sin CAD par sin A, et l'on arrive au même résultat que précédemment.

La proportionnalité des côtés aux sinus des angles opposés nous fournit deux équations entre les six éléments du triangle ; en y joignant la relation $A + B + C = 180°$, on a ainsi un système de trois équations distinctes entre les six éléments du triangle.

84. Théorème. — Le rapport constant d'un côté au sinus de l'angle opposé est égal au diamètre du cercle circonscrit.

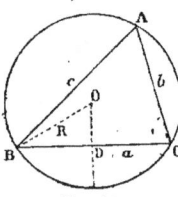

Fig. 41.

On peut, pour établir le théorème précédent, avoir recours à une autre démonstration tout aussi simple, que la première, et qui de plus a l'avantage de fournir la valeur du rapport constant d'un côté au sinus de l'angle opposé.

Soit ABC un triangle et O le cercle circonscrit (fig. 41). Menons le rayon OB et la perpendiculaire OD sur le côté BC. Les angles O et A sont évidemment égaux. Or, le triangle rectangle BOD nous donne

$$BD = OB \sin BOD.$$

Donc

$$\frac{a}{2} = R \sin A \text{ ou } \frac{a}{\sin A} = 2R.$$

Le rapport d'un côté quelconque au sinus de l'angle opposé est donc constant et égal au diamètre du cercle circonscrit.

85. Théorème. — Dans tout triangle, le carré d'un côté est égal à la somme des carrés des deux autres, moins deux fois le produit de ces deux côtés par le cosinus de l'angle qu'ils comprennent.

Dans le triangle ABC (fig. 42) menons une des hauteurs, celle relative au côté c, par exemple. Un théorème connu de géométrie nous donne

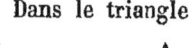

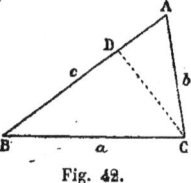

Fig. 42.

$$\overline{BC}^2 = \overline{AC}^2 + AB - 2AB \times AD.$$

Mais dans le triangle rectangle CAD, on a : $AD = AC \cos A$. De ces deux égalités on conclut

$$a^2 = b^2 + c^2 - 2bc \cos A$$

Il pourrait arriver que la perpendiculaire CD tombât en dehors du triangle (fig. 43).

On aurait alors les deux égalités

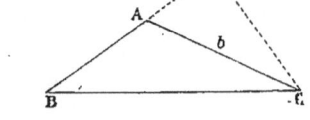

$$\overline{BC}^2 = \overline{AB}^2 + \overline{AC}^2 + 2AB \times AD$$
et AD = AC cos CAD.

Fig. 45.

Mais l'angle A du triangle étant le supplément de l'angle CAD, les cosinus de ces deux angles sont égaux et de signes contraires.

On a donc, comme dans le premier cas,

$$a^2 = b^2 + c^2 - 2bc \cos A.$$

Nous trouverions de la même manière

$$b^2 = c^2 + a^2 - 2ca \cos B \text{ et } c^2 = a^2 + b^2 - 2ab \cos C.$$

C'est encore un système de trois équations distinctes entre les six éléments du triangle.

86. Théorème. — Dans tout triangle, un côté est égal à la somme des deux autres respectivement multipliés par le cosinus de l'angle que chacun d'eux forme avec le premier côté.

Dans le triangle BAC (fig. 44) menons l'une des hauteurs, celle relative au côté a, par exemple. Nous avons les deux égalités

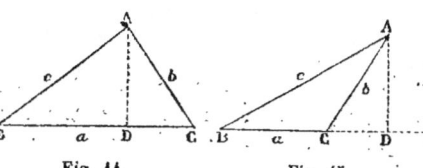

Fig. 44.   Fig. 45.

BD = c cos B

CD = b cos C ;

donc $a = c \cos B + b \cos C.$

Si la perpendiculaire AD tombe en dehors du triangle, comme dans la figure 45, on a

$$BD = c \cos B \text{ et } CD = b \cos ACD = - b \cos C.$$

Par suite, $a = c \cos B + b \cos C$; c'est le même résultat que précédemment. On trouverait de la même manière

$$b = a \cos C + c \cos A \text{ et } c = b \cos A + a \cos B.$$

Nous obtenons donc encore un système de trois équations distinctes entre les six éléments du triangle.

87. Théorème. — **Il ne peut y avoir plus de trois équations distinctes entre les six éléments d'un triangle.** — Chacun des trois systèmes d'équations que nous venons d'établir se compose de trois équations distinctes; mais on peut être certain d'avance que ces trois systèmes sont équivalents et que toute relation entre les six éléments d'un triangle peut se déduire du système (1), formé par les trois équations

$$A + B + C = 180° ; \quad \frac{a}{\sin A} = \frac{b}{\sin B} = \frac{c}{\sin C}.$$

En effet, supposons qu'on puisse avoir une autre équation entre les six éléments du triangle. Dans celle-ci nous pouvons remplacer a, b et C par leurs valeurs en fonction de c, de B et de A tirées des équations (1). On arriverait ainsi à une relation entre c, B et A, non identique, qui permettrait de calculer les côtés d'un triangle rectiligne dont on ne connaîtrait que les angles, ce qui est absurde. Il faut donc que les trois systèmes soient équivalents.

88. Vérification directe de l'équivalence des trois systèmes d'équations. — La remarque que nous venons de faire prouve suffisamment que les trois systèmes d'équations établis dans les paragraphes précédents sont équivalents. Cependant, nous allons donner, comme exercices de calcul, la vérification directe de l'équivalence de ces systèmes.

$$\left.\begin{array}{l} A + B + C = 180° \\ \dfrac{a}{\sin A} = \dfrac{b}{\sin B} = \dfrac{c}{\sin C} \end{array}\right\} (1); \quad \left.\begin{array}{l} a^2 = b^2 + c^2 - 2bc\cos A \\ b^2 = c^2 + a^2 - 2ca\cos B \\ c^2 = a^2 + b^2 - 2ab\cos C \end{array}\right\} (2); \quad \left.\begin{array}{l} a = c\cos B + b\cos C \\ b = a\cos C + c\cos A \\ c = b\cos A + a\cos B \end{array}\right\} (3).$$

Nous établirons d'abord l'équivalence des systèmes (1) et (3). Pour cela, nous ferons voir qu'on peut passer du système (1) au système (3), et réciproquement, par des transformations permises.

Les deux dernières équations du système (1) peuvent être mises sous la forme suivante :

$$\frac{a}{\sin A} = \frac{b\cos C}{\sin B \cos C} = \frac{c\cos B}{\sin C \cos B}.$$

On en déduit, à l'aide d'un théorème connu sur les rapports,

$$\frac{a}{\sin A} = \frac{c \cos B + b \cos C}{\sin C \cos B + \sin B \cos C} = \frac{c \cos B + b \cos C}{\sin (B + C)}.$$

Mais la première équation du système (1) nous donne

$$B + C = 180 - A.$$

Donc

$$\sin (B + C) = \sin A,$$

et, par suite,

$$a = c \cos B + b \cos C.$$

C'est la première équation du système (3). Un calcul analogue à celui que nous venons de faire permettrait de retrouver les deux autres tout aussi facilement.

Revenons maintenant du système (3) au système (1). Pour cela, nous multiplierons les deux membres de la première équation par a, les deux membres de la seconde par b, et nous retrancherons, membre à mmebre, ce qui nous permettra d'éliminer $\cos C$. Nous aurons ainsi

$$a^2 - b^2 = c \, (a \cos B - b \cos A).$$

Remplaçant maintenant c par la valeur tirée de la troisième équation, nous arriverons ainsi à une relation entre a, b et les angles opposés A et B :

$$a^2 - b^2 = (a \cos B + b \cos A) \, (a \cos B - b \cos A)$$
$$= a^2 \cos^2 B - b^2 \cos^2 A.$$

On en déduit

$$a^2 \sin^2 B = b^2 \sin^2 A.$$

En prenant les racines carrées des deux membres, et en remarquant qu'il s'agit ici de quantités essentiellement positives, nous aurons

$$a . \sin B = b . \sin A, \quad \text{ou} \quad \frac{a}{\sin A} = \frac{b}{\sin B}.$$

En éliminant a et $\cos A$ entre les deux dernières équations du système (3), on trouverait de même

$$\frac{b}{\sin B} = \frac{c}{\sin C}.$$

Cela posé, désignons par K le rapport constant d'un côté au sinus de l'angle opposé. Nous aurons

$$a = \text{K} \sin \text{A} ; \quad b = \text{K} \sin \text{C} ; \quad c = \text{K} \sin \text{C}.$$

En portant ces valeurs dans la première équation du système (3), nous aurons

$$\sin \text{A} = \sin \text{C} \cos \text{B} + \sin \text{B} \cos \text{C} = \sin (\text{B} + \text{C}).$$

Chacun des angles étant inférieur à 180°, l'angle A et l'angle B + C ne peuvent avoir le même sinus que si l'on a

$$\text{B} + \text{C} = \text{A} \quad \text{ou} \quad \text{B} + \text{C} = 180° - \text{A}.$$

La première hypothèse est inadmissible, car A désigne l'un quelconque des angles du triangle, le plus petit aussi bien que les autres.

On ne saurait donc avoir A = B + C.

Il faut donc qu'on ait

$$\text{B} + \text{C} = 180° - \text{A} \quad \text{ou} \quad \text{A} + \text{B} + \text{C} = 180 ;$$

c'est la première équation du système (1). L'équivalence des systèmes (1) et (3) se trouve ainsi établie.

Nous allons maintenant faire voir que les systèmes (2) et (3) sont équivalents. Montrons d'abord qu'on peut passer du système (2) au système (3) par des transformations permises.

Si l'on ajoute, membre à membre, les deux premières équations, on obtient, après réduction,

$$0 = 2c^2 - 2c (b \cos \text{A} + a \cos \text{B}).$$

En divisant les deux membres par c, on en déduit

$$c = b \cos \text{A} + a \cos \text{B} ;$$

c'est la troisième équation du système (3). Un calcul analogue ferait facilement retrouver les deux autres.

Pour remonter du système (3) au système (2), il suffira de multiplier les deux membres des trois équations respectivement par

$$a, \, b \, \text{et} \, c$$

et d'ajouter membre à membre. On trouve, après réduction,

$$a^2 - b^2 - c^2 = -2bc \cos A \quad \text{ou} \quad a^2 = b^2 + c^2 - 2bc \cos A.$$

C'est la première équation du système (2). Nous obtiendrions tout aussi facilement les deux autres.

Puisque les systèmes (1) et (3) sont équivalents et qu'il en est de même pour les systèmes (2) et (3), on en conclut l'équivalence des deux premiers systèmes.

Il est encore possible de déduire les équations (1) des équations (2). Nous nous contenterons de faire voir que la relation des sinus est une conséquence du système (2).

On tire de la première équation de ce système

$$\cos A = \frac{b^2 + c^2 - a^2}{2bc} \; ;$$

par suite,

$$\sin^2 A = 1 - \cos^2 A = \frac{4b^2c^2 - (b^2 + c^2 - a^2)^2}{4b^2c^2}$$

et

$$\frac{\sin^2 A}{a^2} = \frac{2a^2b^2 + 2a^2c^2 + 2b^2c^2 - a^4 - b^4 - c^4}{4a^2b^2c^2}.$$

L'expression qui forme le second membre est symétrique par rapport à a, b et c. On en conclut que si l'on calculait

$$\frac{\sin^2 B}{b^2} \quad \text{et} \quad \frac{\sin^2 C}{c^2},$$

à l'aide de la 2ᵉ et de la 3ᵉ équation du système (2), on trouverait la même valeur que pour

$$\frac{\sin^2 A}{a^2}.$$

Donc

$$\frac{\sin^2 A}{a^2} = \frac{\sin^2 B}{b^2} = \frac{\sin^2 C}{c^2}.$$

Les angles A, B et C étant supposés moindres que 180°, les sinus de ces angles sont positifs. Par conséquent, nous aurons, en extrayant les racines carrées,

$$\frac{\sin A}{a} = \frac{\sin B}{b} = \frac{\sin C}{c}.$$

89. Lorsque trois longueurs a, b, c **et trois angles** A, B, C, **chacun plus petit que 180°, vérifient l'un des systèmes précédents, ces quantités sont les six éléments d'un triangle.**

Les trois équations du système (2) peuvent être mises sous les formes suivantes :

$$a^2 = (b+c)^2 - 4\,bc\cos^2\frac{A}{2};$$

$$b^2 = (c+a)^2 - 4\,ca\cos^2\frac{B}{2};$$

$$c^2 = (a+b)^2 - 4\,ab\cos^2\frac{C}{2}.$$

On en déduit

$$a < b+c; \quad b < c+a; \quad c < a+b.$$

On peut donc faire un triangle avec les trois longueurs a, b, c, puisque chacune d'elles est plus petite que la somme des deux autres.

Cela posé, appelons A', B' et C' les angles du triangle qui aurait pour côtés a, b et c. Nous aurons, entre les côtés et les angles de ce triangle, les trois relations

$$a^2 = b^2 + c^2 - 2\,bc\cos A'; \quad b^2 = c^2 + a^2 - 2\,ca\cos B';$$
$$c^2 = a^2 + b^2 - 2\,ab\cos C';$$

Mais nous avons déjà, par hypothèse,

$$a^2 = b^2 + c^2 - 2\,bc\cos A; \quad b^2 = c^2 + a^2 - 2\,ca\cos B;$$
$$c^2 = a^2 + b^2 - 2\,ab\cos C.$$

donc

$$A = A', \quad B = B' \quad \text{et} \quad C = C',$$

puisqu'il s'agit ici d'angles moindres que 180°.

90. Expression de l'aire d'un triangle en fonction de deux cotés et de l'angle qu'ils comprennent.

L'expression de l'aire du triangle ABC est $\frac{1}{2}$ BC $\times$ AD. Or, le triangle rectangle ADC (fig. 46) nous donne

$$AD = AC \times \sin ACD.$$

Nous aurons donc, en désignant par S l'aire du triangle ABC,

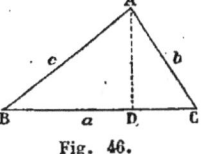

Fig. 46.

$$S = \frac{1}{2} BC \times AC.\ \sin ACD = \frac{a\,b \sin C}{2}.$$

Donc *l'aire d'un triangle a pour expression la moitié du produit de deux des côtés multipliés par le sinus de l'angle qu'ils comprennent.*

91. EXERCICES. — *1° Prouver que si α, β et γ désignent les trois angles plans d'un trièdre et A l'angle dièdre opposé à la face α, on a la formule*

$$\cos \alpha = \cos \beta \cos \gamma + \sin \beta \sin \gamma \cos A.$$

Reportons-nous à la solution géométrique du problème[*]. La fi-

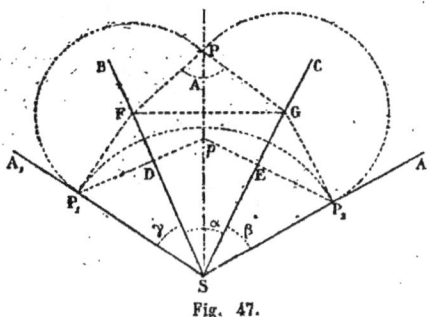

Fig. 47.

gure 47 indique suffisamment les constructions à l'aide desquelles on a déterminé l'angle dièdre A opposé à la face α. Les deux trian-

[*] *Compléments de Géométrie descriptive*, de MM. Pichot et de Trenquelléon. — Paris, Hachette et Cⁱᵉ.

gles SFG et PFG nous donnent

$$\overline{FG}^2 = \overline{SF}^2 + \overline{SG}^2 - 2\,SF \times SG \cos \alpha;$$
$$\overline{FG}^2 = \overline{PF}^2 + \overline{PG}^2 - 2\,PF \times PG \cos A.$$

En retranchant ces deux égalités membre à membre, nous obtenons

$$2\,SF.\,SG \cos \alpha = \overline{SF}^2 - \overline{PF}^2 + \overline{SG}^2 - \overline{PG}^2 + 2\,PF.PG.\cos A. \quad (1)$$

En remarquant que $PF = P_1 F$ et que $PG = P_2 G$, on peut remplacer

$$\overline{SF}^2 - \overline{PF}^2 \text{ par } \overline{P_1 S}^2, \text{ et } \overline{SG}^2 - \overline{PG}^2 \text{ par } \overline{P_2 S}^2;$$

de sorte que, aux quatre premiers termes de la précédente égalité, on peut substituer $\overline{P_1 S}^2 + \overline{P_2 S}^2$ ou $2 P_1 S \times P_2 S$.

On a d'ailleurs

$$P_1 S = SF \cos \gamma\,; \;\; P_2 S = SG \cos \beta\,; \;\; PF = P_1 F = SF \sin \gamma\,;$$
$$PG = P_2 G = SG \sin \beta.$$

Si nous portons ces valeurs dans la relation (1) et si nous divisons les deux membres par 2 SF. SG, nous aurons

$$\cos \alpha = \cos \beta \cos \gamma + \sin \beta \sin \gamma \cos A.$$

C'est précisément la formule qu'il s'agissait d'établir.

2° *Étant donnés deux droites rectangulaires OX et OY et deux points A et B situés sur OY, déterminer sur OX le point d'où l'on verrait la longueur AB sous un angle donné* (fig. 48).

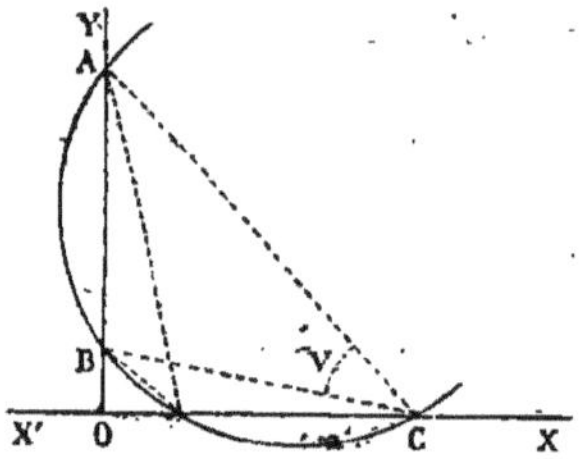

Fig. 48.

Soient a et b les distances des deux points A et B au point O, ce qui détermine la position de ces deux points et la longueur AB. Prenons pour inconnue la distance du point cherché au point O, et soit x cette distance.

Si nous désignons par V l'angle donné, nous aurons

$$V = OCA - OCB,$$

et, par suite,

$$\tan g\, V = \tan g\, (OCA - OCB) = \frac{\tan g\, OCA - \tan g\, OCB}{1 + \tan g\, OCA.\, \tan g\, OCB}.$$

D'un autre côté, les triangles rectangles OCA et OCB nous donnent

$$\tan g\, OCA = \frac{a}{x} \text{ et } \tan g\, OCB = \frac{b}{x}.$$

L'angle V étant donné, nous connaissons sa tangente ; en désignant cette tangente par m, nous aurons donc

$$m = \frac{\dfrac{a}{x} - \dfrac{b}{x}}{1 + \dfrac{ab}{x^2}} = \frac{(a-b)\,x}{x^2 + ab}.$$

Nous pourrons donc déterminer x en résolvant l'équation

$$mx^2 - (a-b)\,x + mab = 0.$$

Pour que les racines de l'équation soient réelles, il faut qu'on ait

$$4m^2 ab < (a-b)^2 \text{ ou } m^2 < \frac{(a-b)^2}{4ab},$$

et, par suite, m étant essentiellement positif,

$$m < \frac{a-b}{2\sqrt{ab}}.$$

En admettant que cette condition soit remplie, il y aura deux solutions du problème. Les racines étant d'ailleurs positives, on en conclut qu'il existe sur OX deux points situés à droite du point O, desquels on peut voir la longueur AB sous l'angle V dont la tangente est égale à m. C'est le cas où le segment capable de l'angle V, décrit sur AB, coupe OX en deux points. Il est évident d'ailleurs qu'il existe sur le prolongement OX′ de OX deux autres points symétriques des premiers par rapport au point O.

Le problème est encore possible lorsque l'on a $m = \dfrac{a-b}{2\sqrt{ab}}.$

C'est le cas où les racines de l'équation deviennent égales et $\dfrac{a-b}{2\sqrt{ab}}$ représente le maximum de m. Dans ce cas particulier on a $x = \sqrt{ab}$, et le point C correspondant à cette valeur de x est celui d'où l'on voit la longueur AB sous le plus grand angle possible. C'est le cas où l'arc du segment capable de l'angle donné décrit sur AB est tangent à la droite OX. On a, en effet, dans ce cas particulier,

$$\overline{OC}^2 = OA \times OB \text{ (fig. 49).}$$

Il est d'ailleurs facile de vérifier *a posteriori*, en s'appuyant simplement sur la mesure des angles, que pour tout autre point que le point C, pour les points D ou E par exemple, les angles ADB et AEB sont moindres que l'angle ACB.

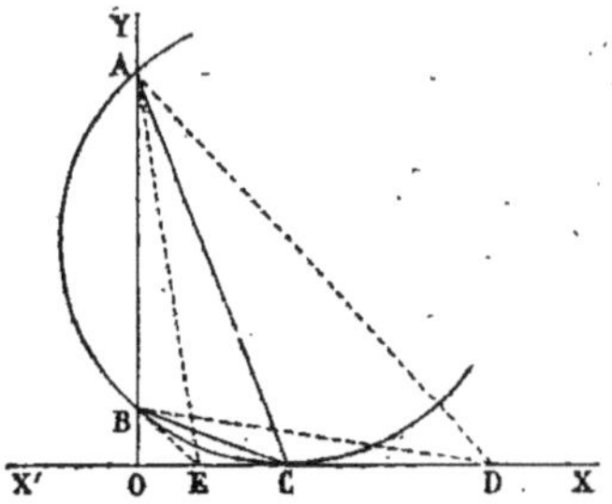

Il était évident, *a priori*, qu'il devait y avoir une position correspondante à un angle maximum. En effet, au pied même de la perpendiculaire O*y*, la longueur AB est vue sous un angle nul. A mesure qu'on s'éloigne du point O, l'angle partant de zéro va d'abord en augmentant; puis, à partir d'une certaine position, il diminue pour tendre vers zéro, si l'on s'éloigne indéfiniment sur OX. Nous avons donc ici l'exemple d'une quantité variable et continue qui part de zéro pour redevenir égale à zéro; elle passe donc par un maximum.

Fig. 49.

Si l'on a $m > \dfrac{a-b}{2\sqrt{ab}}$, les racines de l'équation sont imaginaires; le problème est impossible. C'est le cas où le segment capable de l'angle donné décrit sur AB ne rencontre pas la droite OX.

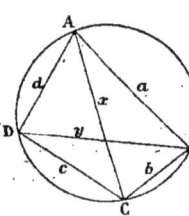

3° *Étant donnés les quatre côtés d'un quadrilatère inscriptible, trouver ses angles, ses diagonales et sa surface.*

Soient a, b, c, d les quatre côtés du quadrilatère inscriptible ABCD; x et y les diagonales (fig. 50).

Fig. 50.

Les deux triangles ABC et ADC donnent les deux relations

$$x^2 = a^2 + b^2 - 2ab \cos B;$$
$$x^2 = c^2 + d^2 - 2cd \cos D.$$

Les angles B et D étant supplémentaires, $\cos D = -\cos B$. Nous aurons donc, en égalant les deux valeurs de x^2,

$$2(ab + cd) \cos B = a^2 + b^2 - c^2 - d^2,$$

et, par suite,

$$\cos B = \frac{a^2 + b^2 - c^2 - d^2}{2(ab + cd)}.$$

Nous connaissons ainsi l'angle B par son cosinus; mais cette formule a le défaut de n'être pas calculable par logarithmes.

Il serait possible de rendre la formule précédente propre au calcul logarithmique; mais il est plus simple de déterminer l'angle B par la tangente de sa moitié. Pour cela, nous nous servirons de la formule $\tan\frac{B}{2} = \sqrt{\frac{1 - \cos B}{1 + \cos B}}$. En remplaçant $\cos B$ par la valeur trouvée précédemment, il vient

$$\tan\frac{\mathrm{B}}{2} = \sqrt{\frac{(c+d)^2 - (a-b)^2}{(a+b)^2 - (c-d)^2}} = \sqrt{\frac{(c+d+a-b)(c+d-a+b)}{(a+b+c-d)(a+b-c+d)}}$$

Posons $a + b + c + d = 2p$. Si nous retranchons successivement, de part et d'autre, $2a$, $2b$, $2c$ et $2d$, nous trouverons

$$b + c + d - a = 2(p - a) ;$$
$$a + c + d - b = 2(p - b) ;$$
$$a + b - c + d = 2(p - c) ;$$
$$a + b + c - d = 2(p - d).$$

En portant ces valeurs dans l'expression de $\tan\frac{B}{2}$, on trouve, après réduction,

$$\tan\frac{\mathrm{B}}{2} = \sqrt{\frac{(p-a)\,(p-b)}{(p-c)\,(p-d)}}.$$

On calculerait de même l'angle A par son cosinus, à l'aide des deux triangles DAB et DCB; puis on obtiendrait $\tan\frac{A}{2}$ par une transformation identique à la précédente :

$$\tan\frac{\mathrm{A}}{2} = \sqrt{\frac{(p-a)\,(p-d)}{(p-b)\,(p-c)}}.$$

Passons maintenant au calcul des diagonales. Substituons à $\cos$ B sa valeur dans l'expression de x^2; nous aurons

$$x^2 = a^2 + b^2 - \frac{a^2 b + ab^2 - abc^2 - abd^2}{ab + cd} = \frac{(ad + bc)\,(ac + bd)}{(ab + cd)}.$$

10

On trouverait de la même manière

$$y^2 = \frac{(ac+bd)\,(ab+cd)}{(ad+bc)}.$$

Les expressions de x^2 et de y^2 ne sont pas propres au calcul logarithmique ; mais dans le triangle ABC ou dans le triangle BAD, on connaît deux côtés et l'angle qu'ils comprennent. Or, nous apprendrons plus tard à calculer, à l'aide des tables, un côté d'un triangle dont on connaît les deux autres côtés et l'angle qu'ils comprennent.

Cherchons l'expression de la surface du quadrilatère. Nous savons exprimer l'aire d'un triangle en fonction de deux côtés et de l'angle qu'ils comprennent. Ainsi, $ABC = \frac{1}{2}\,ab\,\sin B$ et $ADC = \frac{1}{2}\,cd\,\sin D$. En remarquant que $\sin D = \sin B$, nous aurons, en ajoutant membre à membre, les deux égalités précédentes, et en désignant par S la surface du quadrilatère

$$S = \frac{1}{2}(ab + cd)\,\sin B = (ab + cd)\,\sin\frac{B}{2}\,\cos\frac{B}{2}.$$

Or

$$\sin\frac{B}{2} = \sqrt{\frac{1 - \cos B}{2}} \quad \text{et} \quad \cos\frac{B}{2} = \sqrt{\frac{1 + \cos B}{2}}.$$

En remplaçant $\cos B$ par sa valeur, on trouve, après simplifications

$$\sin\frac{B}{2} = \sqrt{\frac{(c+d)^2 - (a-b)^2}{4(ab+cd)}} = \sqrt{\frac{(c+d+a-b)\,(c+d-a+b)}{4(ab+cd)}}$$
$$= \sqrt{\frac{(p-a)\,(p-b)}{ab+cd}};$$
$$\cos\frac{B}{2} = \sqrt{\frac{(a+b)^2 - (c-d)^2}{4(ab+cd)}} = \sqrt{\frac{(a+b+c-d)\,(a+b-c+d)}{4(ab+cd)}}$$
$$= \sqrt{\frac{(p-c)\,(p-d)}{ab+cd}}.$$

En portant les valeurs de $\sin\frac{B}{2}$ et de $\cos\frac{B}{2}$ dans l'expression de S, nous trouverons, après simplification,

$$S = \sqrt{(p-a)\,(p-b)\,(p-c)\,(p-d)}.$$

Si l'on ne veut pas introduire p dans la formule, la valeur de S prend alors la forme suivante :

$$S = \frac{1}{4}\sqrt{(b+c+d-a)(a+c+d-b)(a+b+d-c)(a+b+c-d)}.$$

Admettons que le quadrilatère soit à la fois inscriptible et circonscriptible. Il faudra introduire dans la formule la relation $a+c=b+d$. Les facteurs qui entrent dans le radical deviendront alors respectivement égaux à $2c$, $2d$, $2a$ et $2b$. On aura, par conséquent,

$$S = \sqrt{abcd}. \quad \text{Donc :}$$

Théorème. — La surface d'un quadrilatère, à la fois inscriptible et circonscriptible, est égale à la racine carrée du produit des quatre côtés.

Remarque. — Les propriétés du quadrilatère inscriptible ont été établies dans le *Cours de Géométrie élémentaire* (*). Les calculs que nous avons effectués plus haut nous permettent d'en donner une nouvelle démonstration.

1º *Dans tout quadrilatère inscriptible, le produit des diagonales est égal à la somme des produits des côtés opposés.* — Si l'on multiplie entre elles les valeurs de x^2 et de y^2, nous aurons

$$x^2 y^2 = \frac{(ad+bc)(ac+bd)(ac+bd)(ab+cd)}{(ad+bc)(ab+cd)} = (ac+bd)^2 ;$$

par suite

$$xy = ac+bd. \quad \text{c. q. f. d.}$$

2º *Dans tout quadrilatère inscriptible, le rapport des diagonales est égal au rapport de la somme des produits des côtés qui aboutissent aux extrémités de ces diagonales.* — En divisant x^2 par y^2, on obtient

$$\frac{x^2}{y^2} = \frac{(ad+bc)^2(ac+bd)}{(ac+bd)(ab+cd)^2}; \quad \text{et, par suite,} \quad \frac{x}{y} = \frac{ad+bc}{ab+cd}, \quad \text{c. q. f. d.}$$

4º *Trouver le maximum de l'aire du rectangle inscrit dans un secteur donné.*

(*) Voir la *Géométrie* de M. Ros. — Paris, Hachette et Cie.

Soit OAB le secteur donné (fig. 51), dont nous désignerons le demi-angle par α. Soit CDEF le rectangle cherché ; nous prendrons pour inconnue le demi-angle EOI.

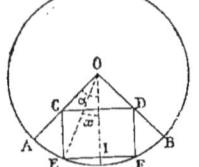

L'aire du rectangle a pour mesure $2CE \times EI$.

Fig. 51.

Or $CE = \dfrac{R \sin (\alpha - x)}{\sin \alpha}$; $EI = R \sin x$.

Donc

$$2CE \times EI = 2R^2 \frac{\sin x \sin (\alpha - x)}{\sin \alpha}.$$

Le problème revient donc à chercher la valeur de x qui rend maximum le produit $\sin x \sin (\alpha - x)$. Mais nous savons que là différence des cosinus de deux arcs est égale à deux fois le produit des sinus de la demi-somme de ces arcs par le sinus de la demi-différence. On peut donc au produit $\sin x \sin (\alpha - x)$ substituer la différence $\frac{1}{2} [\cos (2x - \alpha) - \cos \alpha]$. Le premier terme est le seul qui varie avec x; il faut donc prendre la valeur de x qui donne à $\cos (2x - \alpha)$ sa valeur maximum. Cela arrive pour $2x - \alpha = 0$, c'est-à-dire pour $x = \frac{\alpha}{2}$. La ligne OE doit donc partager l'angle AOI en deux parties égales.

5° *Deux cercles A et B sont tangents extérieurement. On se propose de calculer l'angle CSC' formé par les tangentes extérieures.*

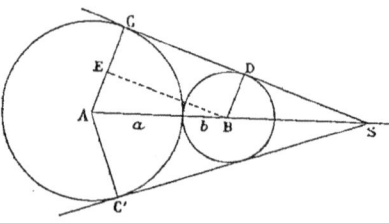

Par le centre B du petit cercle (fig. 52) menons la parallèle BE à CD. Soient a et b les rayons des deux cercles et désignons par θ l'angle des tangentes. Le triangle ABE nous donne

Fig. 52.

$$AE = AB \sin \frac{\theta}{2};$$

c'est-à-dire

$$a - b = (a + b) \sin \frac{\theta}{2};$$

d'où

$$\sin \frac{\theta}{2} = \frac{a-b}{a+b}.$$

On en déduit

$$\cos \frac{\theta}{2} = \sqrt{1 - \sin^2 \frac{\theta}{2}} = \frac{2\sqrt{ab}}{a+b}.$$

Par conséquent,

$$\sin \theta = 2 \sin \frac{\theta}{2} \cos \frac{\theta}{2} = \frac{4(a-b)\sqrt{ab}}{(a+b)^2}.$$

Cette formule est calculable par logarithmes, et on peut avoir ainsi l'angle des tangentes par le logarithme de son sinus.

6° *Démontrer que l'aire d'un quadrilatère est égale à la moitié du produit des deux diagonales multiplié par le sinus de leur angle.*

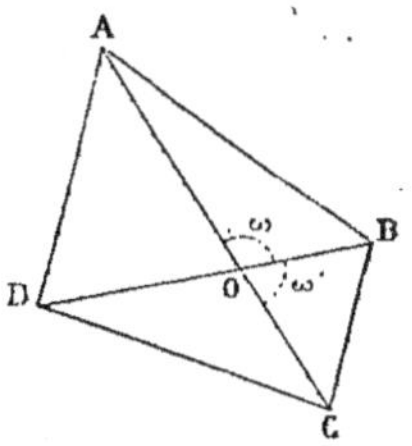

Soit ABCD (fig. 53) un quadrilatère quelconque. Désignons par ω et ω' les deux angles supplémentaires AOB et BOC.

Nous avons, d'après un théorème connu,

Fig. 53.

$$AOB = \frac{1}{2} OA.\ OB \sin \omega\ ;$$

$$BOC = \frac{1}{2} OB.\ OC \sin \omega'\ ;$$

$$COD = \frac{1}{2} OC.\ OD \sin \omega\ ;$$

$$DOA = \frac{1}{2} OD.\ OA \sin \omega'.$$

Ajoutant ces égalités membre à membre, et remarquant que

$$\sin \omega' = \sin \omega,$$

il vient, en mettant les facteurs communs en évidence, et en désignant par S l'aire du quadrilatère,

$$S = \frac{1}{2}\ [OA\ (OB + OD) + OC\ (OB + OD)].\ \sin \omega$$

$$= \frac{1}{2}\ (OA + OC)\ (OB + OD) \sin \omega = \frac{1}{2}\ AC\ BD \sin \omega. \quad \text{C. Q. F. D.}$$

7° *Vérifier directement l'indétermination du système* (3) [n° 86],
lorsque les angles A, B *et* C *sont donnés.*

Reprenons le système (3) et écrivons-le de la manière suivante,
pour mieux mettre en évidence les coefficients des inconnues,

$$a - \cos C \times b - \cos B \times c = 0.$$
$$- \cos C \times a + \qquad b - \cos A \times c = 0.$$
$$- \cos B \times a - \cos A \times b + \qquad c = 0.$$

Nous avons à résoudre, par rapport à a, b et c un système de
trois équations du 1er degré à trois inconnues, dans lesquelles les
termes connus sont nuls. Il résulte de la loi de formation des numé-
rateurs des trois inconnues que ceux-ci sont nuls.

En formant, d'après la règle générale, le dénominateur commun,
nous trouverons pour résultat

$$1 - \cos^2 A - \cos^2 B - \cos^2 C - 2 \cos A \cos B \cos C.$$

Mais puisque, par hypothèse, $A + B + C = 180°$, ce dénominateur
commun est nul. On a donc $a = \frac{0}{0}$, $b = \frac{0}{0}$, $c = \frac{0}{0}$. C'est précisément ce qu'il s'agissait de vérifier.

8° *Projection d'un polygone fermé.*

Soient ABCD... (fig. 54) un polygone fermé plan ou gauche et
X'X une direction fixe; ad-

Fig. 54.

mettons que le plan mené
par le sommet A perpendi-
culairement à la direction
fixe laisse à sa droite tous les
autres sommets du polygone.

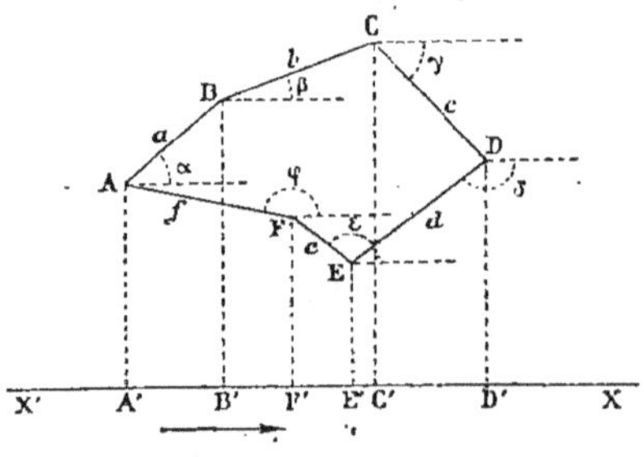

Imaginons un mobile par-
tant du point A et parcourant le polygone toujours
dans le même sens, dans le
sens ABCD, par exemple.

Soient a, b, c, d..... les valeurs absolues des côtés et α, β, γ, δ.....
les angles que font les directions de ces côtés avec la direction
fixe, en prenant la direction de chaque côté dans le sens où il est
parcouru par le mobile.

Lorsque le mobile décrit un côté dont la direction fait un angle aigu avec la direction fixe, il s'éloigne du plan AA′ d'une quantité égale à sa projection sur X′X. Au contraire, quand il s'agit d'un angle obtus, c'est que le mobile se rapproche du plan AA′ d'une quantité égale à la projection du côté qu'il vient de parcourir. Il résulte de cette remarque que, à une époque quelconque du mouvement, *la distance du mobile au plan* AA′ *est égale à la somme des projections des côtés qui correspondent à des angles aigus diminuée de la somme des projections des côtés qui correspondent à des angles obtus.* Or, quand le mobile est revenu au point A, la distance au plan AA′ est nulle ; on a donc, à ce moment, la relation

$$a \cos \alpha + b \cos \beta + c \cos \gamma - d \cos (\pi - \delta)$$
$$- e \cos (\pi - \varepsilon) - f \cos (\pi - \varphi) = 0 ;$$

c'est-à-dire

$$a \cos \alpha + b \cos \beta + c \cos \gamma + d \cos \delta + e \cos \varepsilon + f \cos \varphi = 0.$$

Cette dernière formule se traduit, en langage ordinaire, de la manière suivante : *Si l'on parcourt entièrement, dans l'un ou l'autre sens, un polygone fermé plan ou gauche, la somme des produits obtenus en multipliant la valeur absolue de chaque côté par le cosinus de l'angle que fait la direction suivant laquelle il est parcouru avec la direction fixe est égale à zéro.*

9° *Application du théorème précédent.*

En s'appuyant sur le théorème qui précède, on peut établir d'une manière très simple la formule qui donne le cosinus de la somme de deux arcs en fonction des sinus et cosinus de ces arcs.

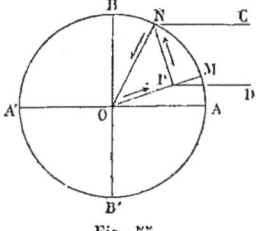

Soient A l'origine des arcs (fig. 55) et A′A la direction fixe. Portons l'arc AM = a, et l'arc MN = b ; du point N menons la ligne NO et la perpendiculaire NP à OM. Le polygone NOP est un polygone fermé que nous pouvons parcourir,

Fig. 55.

en partant du point N, dans le sens indiqué par les flèches. En appliquant le théorème, nous aurons

$$\text{NO} \cos \text{CNO} + \text{OP} \cos \text{MOA} + \text{PN} \cos \text{NPD} = 0 ;$$

c'est-à-dire

$$\cos \left[\pi - (a+b)\right] + \cos b \cos a + \sin b \cos \left(\frac{\pi}{2} + a\right) = 0.$$

On en déduit

$$\cos (a+b) = \cos a \cos b - \sin a \sin b.$$

CHAPITRE X

92. Examen des quatre cas principaux qui peuvent se présenter dans la résolution des triangles rectangles. — Étant donnés deux des éléments d'un triangle *rectangle*, on pourra toujours déterminer les trois autres, pourvu que les données comprennent un côté. Cela posé, il est facile d'établir les quatre cas principaux qui peuvent se présenter.

Supposons d'abord qu'on donne un angle, l'angle B par exemple. La relation $C = 90° - B$ donne immédiatement l'autre, de sorte qu'il importe peu qu'on donne l'un ou l'autre des angles aigus. Avec l'angle B, on peut donner : soit un côté de l'angle droit, soit l'hypoténuse ; ce qui constitue deux cas.

Supposons maintenant qu'on donne un des côtés de l'angle droit ; on pourra donner en même temps : soit l'hypoténuse, soit l'autre côté de l'angle droit ; ce qui constitue deux nouveaux cas. Il est évident d'ailleurs que toutes les combinaisons possibles formées avec les éléments mêmes du triangle rentrent dans les cas que nous venons de citer.

On peut d'ailleurs, au lieu de donner les éléments mêmes du triangle, donner des combinaisons de ces éléments. Nous aurons à résoudre plus loin quelques problèmes de ce genre.

93. 1er Cas. — Résoudre un triangle rectangle, connaissant un des angles aigus et un des côtés de l'angle droit. — Prenons pour données B et b. L'angle C est immédiatement donné par la relation $C = 90° - B$; les inconnues sont donc a, c et la surface que nous désignerons par S.

De la relation $b = a \sin B$, on déduit $a = \dfrac{b}{\sin B}$,

et, par suite,

$$\log a = \log b + C^t \log \sin B.$$

Nous pourrons donc calculer l'hypoténuse a à l'aide de cette formule.

De la relation $c = b \cot g \, B$, on déduit $\log c = \log b + \log \cot g \, B$; c'est à l'aide de cette dernière formule que nous calculerons c.

Enfin on a

$$S = \frac{1}{2} \, bc = \frac{1}{2} \, b^2 \cot g \, B.$$

On en déduit

$$\log S = 2 \log b + \log \cot g \, B + C^t \log 2.$$

Tableau des formules qui servent à la résolution du premier cas.

$C = 90^\circ - B$

$a = \dfrac{b}{\sin B}$ $\log a = \log b + C^t \log \sin B$

$c = b \cot g \, B$ $\log c = \log b + \log \cot g \, B$

$S = \dfrac{1}{2} \, b^2 \cot g \, B$ $\log S = 2 \log b + \log \cot g \, B + C^t \log 2.$

94. 2e Cas. — **Résoudre un triangle rectangle, connaissant un angle aigu et l'hypoténuse.** — Prenons pour données B et a. L'angle C est immédiatement donné par la relation $C = 90^\circ - B$; les inconnues sont donc b, c et S.

Le côté b se déterminera par la relation

$$b = a \sin B,$$

d'où l'on déduit

$$\log b = \log a + \log \sin B.$$

Le côté c se déterminera par la relation

$$c = a \cos B,$$

d'où l'on déduit

$$\log c = \log a + \log \cos B.$$

La surface S se déterminera par la relation

$$S = \frac{1}{2} \, bc = \frac{1}{2} \, a^2 \sin B \cos B,$$

d'où l'on déduit

$$\log S = 2 \log a + \log \sin B + \log \cos B + C^t \log 2.$$

Tableau des formules qui servent à la résolution du deuxième cas.

$C = 90° — B$
$b = a \sin B$ $\log b = \log a + \log \sin B$
$c = a \cos B$ $\log c = \log a + \log \cos B$
$S = \dfrac{1}{2} a^2 \sin B \cos B$ $\log S = 2 \log a + \log \sin B + \log \cos B + C^t \log 2.$

95. 3e Cas. — **Résoudre un triangle rectangle, connaissant un côté de l'angle droit et l'hypoténuse.** — Prenons pour données a et b; les inconnues sont les angles, le côté c et la surface S.

De la formule $b = a \sin B$, on tire $\sin B = \dfrac{b}{a}$.

et

$$\log \sin B = \log b + C^t \log a.$$

On aurait donc ainsi l'angle B, et l'angle C se déterminerait à l'aide de la relation $C = 90° — B$.

Les angles connus, on aurait c par la relation $c = a \cos B$, d'où

$$\log c = \log a + \log \cos B.$$

L'inconvénient de cette méthode est de déterminer l'angle B par son sinus, ce qui ne permet pas toujours d'obtenir une approximation suffisante. Il vaut mieux procéder de la manière suivante :

Le théorème de Pythagore donne

$$[c^2 = a^2 — b^2$$

et, par suite,

$$c = \sqrt{(a+b)(a-b)}.$$

On en déduit, en prenant les logarithmes,

$$\log c = \frac{1}{2} [\log (a + b) + \log (a — b)]$$

Cela posé, la relation $b = a \cos C$ donne $\cos C = \dfrac{b}{a}$.

On a d'ailleurs

$$\operatorname{tang} \frac{C}{2} = \sqrt{\frac{1 - \cos C}{1 + \cos C}},$$

Si, dans cette formule, nous remplaçons cos C par sa valeur, il vient

$$\operatorname{tang} \frac{C}{2} = \sqrt{\frac{a - b}{a + b}}.$$

et, par suite.

$$\log \operatorname{tang} \frac{C}{2} = \frac{1}{2} [\log (a - b) + C^t \log (a + b)].$$

L'angle C se trouve ainsi déterminé par la tangente de sa moitié, et on a facilement ensuite l'angle B. Outre le premier avantage que nous avons signalé, cette seconde méthode en offre deux autres : d'abord, on ne se sert que des données pour avoir les inconnues, et on n'a besoin que de deux logarithmes, tandis qu'il en fallait trois dans la première méthode.

Passons au calcul de la surface. On a

$$S = \frac{1}{2} bc = \frac{1}{2} b \sqrt{(a + b)(a - b)}.$$

On calculera donc S par son logarithme, au moyen de la relation

$$\log S = \log b + \frac{1}{2} [\log (a + b) + \log (a - b)] + C^t \log 2.$$

Tableau des formules qui servent à la résolution du troisième cas.

$c = \sqrt{(a + b)(a - b)}$	$\log c = \frac{1}{2} [\log (a + b) + \log (a - b)]$
$\operatorname{tang} \frac{C}{2} = \sqrt{\dfrac{a - b}{a + b}}$	$\log \operatorname{tang} \frac{C}{2} = \frac{1}{2} [\log (a - b) + C^t \log (b + a)]$
$B = 90^\circ - C$	
$S = \frac{1}{2} b \sqrt{(a + b)(a - b)}$	$\log S = \log b + \frac{1}{2} [\log (a + b) + \log (a - b)] + C^t \log 2$

96. 4° CAS. — **Résoudre un triangle rectangle, connaissant**

les deux côtés de l'angle droit. — Les données sont b et c; les inconnues sont B, C, a et S.

De la formule $b = c$ tang B, on tire tang $B = \dfrac{b}{c}$,

et, par suite,

$$\log \text{tang B} = \log b + \text{C}^t \log c.$$

La relation $C = 90^\circ - B$ fournira ensuite l'angle C.

Prenons maintenant la formule $b = a \sin B$.

On en déduit

$$a = \frac{b}{\sin B},$$

d'où

$$\log a = \log b + \text{C}^t \log \sin B.$$

Pour avoir la surface, nous nous servirons de la formule

$$S = \frac{1}{2} bc,$$

d'où l'on tire

$$\log S = \log b + \log c + \text{C}^t \log 2.$$

On pourrait calculer directement l'hypoténuse a, en s'appuyant sur le théorème de Pythagore.

On a, en effet,

$$a^2 = b^2 + c^2 = b^2 \left(1 + \frac{c^2}{b^2} \right).$$

Posons $\dfrac{b}{c} = $ tang φ, et remplaçons $\dfrac{c}{b}$ par sa valeur dans l'expression de a^2.

Nous aurons

$$a^2 = b^2 (1 + \cot g^2 \varphi) = \frac{b^2}{\sin^2 \varphi};$$

d'où

$$a = \frac{b}{\sin \varphi}.$$

Ce calcul direct de a n'offre évidemment aucun avantage. En effet, l'angle auxiliaire φ par lequel on est obligé de passer, pour rendre calculable par logarithmes la formule qui donne a, n'est autre que l'angle B du triangle. On ne gagne donc rien à ce calcul direct.

Tableau des formules qui servent à la résolution du quatrième cas :

$$\operatorname{tang} B = \frac{b}{c} \qquad\qquad \log \operatorname{tang} B = \log b + C^{t} \log c$$

$$C = 90^{0} - B$$

$$a = \frac{b}{\sin B} \qquad\qquad \log a = \log b + C^{t} \log \sin B$$

$$S = \frac{1}{2} b c \qquad\qquad \log S = \log b + \log c + C^{t} \log 2$$

97. Résoudre un triangle rectangle connaissant un angle aigu et la somme ou la différence des deux côtés de l'angle droit. — Nous résoudrons en même temps les deux problèmes. Les données sont B et $b + c$, ou B et $b - c$.

Des deux relations $b = a \sin B$ et $c = a \sin C$, on déduit, en ajoutant et retranchant successivement membre à membre

$$b + c = a \sqrt{2} \cos \frac{B - C}{2} ; \qquad (1)$$

$$b - c = a \sqrt{2} \sin \frac{B - C}{2}. \qquad (2)$$

(Nous supposons ici $B > C$, et par conséquent $b > c$.)

Ces deux dernières formules permettent d'obtenir l'hypoténuse. Si l'on a donné la somme $b + c$, on aura

$$a = \frac{b + c}{\sqrt{2} \cos \dfrac{B - C}{2}}. \qquad (3)$$

Si l'on a donné $b - c$, on aura

$$a = \frac{b - c}{\sqrt{2} \sin \dfrac{B - C}{2}}. \qquad (4)$$

Ces deux formules sont calculables par logarithmes.

Divisons maintenant, membre à membre, les relations (1) et (2); nous aurons

$$\frac{b+c}{b-c} = \cotg \frac{B-C}{2}.$$

De cette formule on tirera la valeur de $b-c$ ou celle de $b+c$, suivant qu'on aura donné $b+c$ ou $b-c$. Dans l'un et l'autre cas, on connaîtra la somme et la différence des deux côtés de l'angle droit; il sera donc facile de calculer ces côtés.

98. Résoudre un triangle rectangle, connaissant l'hypoténuse et la somme ou la différence des deux côtés de l'angle droit. — Les données sont a et $b+c$, ou a et $b-c$.

Dans le premier cas, la formule (1) donne

$$\cos \frac{B-C}{2} = \frac{b+c}{a\sqrt{2}};$$

dans le second cas, la formule (2) donne

$$\sin \frac{B-C}{2} = \frac{b-c}{a\sqrt{2}}.$$

Dans l'un et l'autre cas, on connaît donc

$$\frac{B+C}{2} \text{ et } \frac{B-C}{2},$$

ce qui permet d'avoir B et C.

Cela posé, on déduit des formules (4) et (3)

$$b-c = a\sqrt{2}\sin\frac{B-C}{2} \text{ et } b+c = a\sqrt{2}\cos\frac{B-C}{2}.$$

On connaîtra donc, dans les deux cas, la somme et la différence des deux côtés de l'angle droit, ce qui permettra de calculer ces côtés.

99. Résoudre un triangle rectangle, connaissant l'hypoténuse et la hauteur. — Soit a l'hypoténuse et h la hauteur (la perpendiculaire abaissée du sommet de l'angle droit sur l'hypoténuse).

Nous avons

$$h = c\sin B \text{ et } c = a\cos B;$$

donc

$$h = a \sin B \cos B = \frac{1}{2} a \sin 2B.$$

On déduit de cette dernière relation

$$\sin 2B = \frac{2h}{a}.$$

On aura donc ainsi l'angle B et l'on retombera sur le deuxième cas des triangles rectangles.

On peut calculer directement les côtés en fonctions des données elles-mêmes. En effet, nous avons les deux égalités

$$b^2 + c^2 = a^2 \text{ et } 2bc = 2ah$$

En ajoutant et en retranchant successivement ces deux égalités membre à membre, nous aurons

$$(b+c)^2 = a(a+2h) \text{ et } (b-c)^2 = a(a-2h).$$

On en déduit, en prenant les logarithmes,

$$\log(b+c) = \frac{1}{2}\left[\log a + \log(a+2h) \right]$$
$$\text{et } \log(b-c) = \frac{1}{2}\left[\log a + \log(a-2h) \right]$$

Nous connaîtrons donc ainsi $b+c$ et $b-c$ et, par suite b et c. Pour que le problème soit possible, il faut qu'on ait

$$h \leq \frac{a}{2}. \text{ Le maximum de } h \text{ est } \frac{a}{2};$$

on a alors $b - c = 0$; c'est le cas du triangle isocèle :

$$b = c = \frac{a\sqrt{2}}{2}.$$

La valeur de sin 2B indiquerait immédiatement ce résultat ; car, si l'on y fait

$$h = \frac{a}{2},$$

on trouve sin 2B = 1, ce qui montre que l'angle B est égal à 45°.

100. Résoudre un triangle rectangle, connaissant le périmètre et la hauteur. — En désignant la hauteur par h et le périmètre par $2p$, nous avons les trois équations

$$b + c = 2p - a \; (1); \quad b^2 + c^2 = a^2 \; (2); \quad bc = ah. \quad (3)$$

En élevant au carré les deux membres de l équation (1) et en y remplaçant $b^2 + c^2$ par a^2 et bc par ah,
on trouve

$$a^2 + 2ah = 4p^2 - 4ap + a^2.$$

De cette dernière relation, on déduit

$$a = \frac{2p^2}{h + 2p}.$$

Cette formule, calculable par logarithmes, permet de calculer a. On retombe alors sur le problème précédent.

Nous avons trouvé plus haut

$$\sin 2B = \frac{2h}{a}.$$

En remplaçant a par sa valeur, il vient

$$\sin 2B = \frac{h(h + 2p)}{p^2}.$$

La valeur de $\sin 2B$ devant être inférieure ou au plus égale à 1, la condition de possibilité du problème est fournie par la relation

$$h^2 + 2ph - p^2 \leqslant 0$$

On peut la mettre sous la forme suivante :

$$[h - p(\sqrt{2} - 1)] \, [h + p(\sqrt{2} + 1)] \leqslant 0.$$

Le second facteur étant essentiellement positif, il faudra, pour que la condition de possibilité soit remplie, qu'on ait

$h \leqslant p(\sqrt{2} - 1)$. Le maximum de h est donc $p(\sqrt{2} - 1)$;

cela répond au cas du triangle isocèle.

11

101. Exemples numériques. — Nous allons maintenant donner des exemples numériques de la résolution des triangles rectangles. Nous examinerons successivement les quatre cas principaux. La disposition que nous avons adoptée est celle qu'on suit le plus généralement, soit dans les compositions pour le baccalauréat, soit dans celles du concours d'admissibilité pour les écoles du gouvernement.

· TRIANGLES RECTANGLES·

PREMIER CAS

Données $\begin{cases} B = 59° \ 12' \ 27'',51. \\ b = 7658^m,82. \end{cases}$ Inconnues . . . . . $\begin{cases} C = 50° \ 47' \ 32'',46. \\ a = 12084^m,24. \\ c = 9363^m,56. \\ S = 35763290^{m \cdot q}. \end{cases}$

FORMULES

$$C = 90° - B$$
$$\log a = \log b + C^t \log \sin B$$
$$\log c = \log b + \log \cot B$$
$$\log S = 2 \log b + \log \cot B + C^t \log 2.$$

CALCULS AUXILIAIRES

Calcul de $\log b$.

Pour 7658	8830251
Pour 0,2	11,4
$\log b = 3,8850262$	

Calcul de $\log \sin B$.

$\log \sin 39° \ 12' \ 20''$	$\overline{1},8007888$
Pour . . . $7'',54...$	195
$\log \sin B = \overline{1},8008083$	

Calcul de $\log \cot B$.

$\log \cot 39° \ 12' \ 30''$	$0,0884044$
Pour... $- 2'',46$	106
$\log \cot B = 0,0884150$	
$\log 2 = 0,3010300$	

CALCUL DES INCONNUES

Calcul de a.

$\log b = 3,8850262$
$C^t \log \sin B = 0,1991917$

$\log a = 4,0822179$
Pour . . . . 0822107... 12084
72... 0,24
$a = 12084,24.$

Calcul de c.

$\log b = 3,8850262$
$\log \cot B = 0,0884150$

$\log c = 3,9714412$
Pour . . . . 9714582... 93635
50 0,64
$c = 9363,56.$

Calcul de S.

$2 \log b = 7,7660524$
$\log \cot B = 0,0884150$
$C^t \ \log 2 = \overline{1},6989700$

$\log S = 7,5534374$
Pour . . . . 5534539... 35763
55... 0,23
$S = 35763290.$

TRIANGLES RECTANGLES

DEUXIÈME CAS

Données $\begin{cases} B=54° \ 16' \ 18'',7 \\ a=1284^m,75 \end{cases}$ Inconnues. . . $\begin{cases} C=35° \ 43' \ 41'',3 \\ b=1042^m,96 \\ c=750^m,22 \\ S=391222 \ m. \ c. \end{cases}$

FORMULES

$$C = 90° - B$$
$$\log b = \log a + \log \sin B$$
$$\log c = \log a + \log \cos B$$
$$\log S = 2 \log a + \log \sin B + \log \cos B + C^1 \log 2.$$

CALCULS AUXILIAIRES

Calcul de log a.

Pour 12817.	1088017
Pour 0,5	169
	$\log a = 5,1088186$

Calcul de log sin B.

log sin 54° 16' 10''. .	$\overline{1},9094342$
Pour 8'',7 .	131
	$\log \sin B = \overline{1},9094473$

Calcul de log cos B.

log cos 54° 16' 20''. .	$\overline{1},7665644$
Pour — 1'',3 .	58
	$\log \cos B = \overline{1},7665682$

$\log 2 = 0,3010300.$

CALCUL DES INCONNUES

Calcul de b.

$\log a = 5,1088186$
$\log \sin B = \overline{1},9094473$

$\log b = 5,0182659$
Pour. . . 0182427 ..	10420
232	0,56
$b = 1042,96.$

Calcul de c.

$\log a = 5,1088186$
$\log \cos B = \overline{1},7665682$

$\log c = 2,8751868$
Pour. . . 8751828...	75021
40	0,7
$c = 750,22.$

Calcul de S.

$2 \log a = 6,2176372$
$\log \sin B = \overline{1},9094473$
$\log \cos B = \overline{1},7665682$
$C^1 \ \log 2 = \overline{1},6989700$

$\log S = 5,5924227$
Pour. . . 5924210...	391122
17	0,15
$S = 391222$

TRIANGLES RECTANGLES

TROISIÈME CAS

Données $\begin{cases} a = 8795^m,64 \\ b = 6209^m,87. \end{cases}$

Inconnues. . . . . $\begin{cases} B = 44^\circ 51' 42'', \\ C = 45^\circ 5' 17'',66 \\ c = 6229^m,03 \\ S = 19340727 \text{ m.q.} \end{cases}$

FORMULES

$$\log c = \frac{1}{2}\left[\log(a+b) + \log(a-b)\right]$$

$$\log \operatorname{tang} \frac{C}{2} = \frac{1}{2}\left[\log(a-b) + C^l \log(a+b)\right]$$

$$B = 90^\circ - C$$

$$\log S = \log b + \frac{1}{2}\left[\log(a+b) + \log(a-c)\right] + C^l \log 2.$$

CALCULS AUXILIAIRES

Calcul de log. $(a+b)$.

$a + b = 15005,51$

Pour. .	15005......	1762560
Pour. .	0,51	148

$\log(a+b) = 4,1762508$

Calcul de log $(a-b)$.

$a - b = 2585,77$

Pour. .	25857...	4125781
Pour. .	0,7	117

$\log(a-b) = 3,4125898$

Calcul de log b

Pour . . .	62098...	7930776
Pour . . .	0,7	49

$\log b = 3,7930825$

$\log 2 = 0,3010300$

CALCUL DES INCONNUES

Calcul de c.

$\log(a+b) = 4,1762508$
$\log(a-b) = 3,4125898$

$\overline{7,5888406}$

$\log c = 3,7944203$

Pour	7944185...	62290
	20	0,3

$c = 6229,03.$

Calcul de C.

$\log(a-b) = 3,4125898$
$C^l \log(a+b) = \overline{5},8237492$

$\overline{1},2363390$

$\log \operatorname{tang} \frac{C}{2} = \overline{1},6181695$

Pour. . .	$\overline{1}$,6181170...	22°52'30''
	525	8''83

$\frac{C}{2} = 22° 52' 38'',85$
$C = 45° 5' 17'',66$
$B = 90° - C = 44° 51' 42'',34$

Calcul de S.

$\log b = 3,7930825$

$\frac{1}{2}\left[\log(a+b) + \log(a-b)\right] = 3,7944203$

$C^l \log 2 = \overline{1},6989700$

$\log S = 7,2864728$

Pour	2864565...	19340
	163	0,727

$S = 19340727.$

ÉLÉMENTS DE TRIGONOMÉTRIE RECTILIGNE.

TRIANGLES RECTANGLES

QUATRIÈME CAS

$$\text{Données} \begin{cases} b = 2875^{\text{m}},64 \\ c = 1589^{\text{m}},57 \end{cases} \qquad \text{Inconnues.} \dots \begin{cases} B = 61^\circ \; 4' \; 2'',85 \\ C = 28^\circ \; 55' \; 57'',15 \\ a = 3285^{\text{m}},73 \\ S = 2285515 \text{ m.q.} \end{cases}$$

FORMULES

$$\log \text{tang } B = \log b + C^{t} \log c$$
$$\log a = \log b + C^{t} \log \sin B$$
$$\log S = \log b + \log c + C^{t} \log 2.$$

CALCULS AUXILIAIRES

Calcul de $\log b$.

Pour 28756. . . 4587285
Pour 0,4. . 60
—————
4587345
$\log b = 3,4587345$

Calcul de $\log c$.

Pour 15895. . . 2012605
Pour 0,7 192
—————
$\log c = 3,2012797$

Calcul de $\log \sin B$

$\log \sin 61^\circ 4' 0''$. . $\overline{1},9420990$
Pour 2'',85 35
—————
$\log \sin B = \overline{1},9421025$
$\log 2 = 0,3010300.$

CALCUL DES INCONNUES

Calcul de B.

$\log b = 3,4587345$
$C^{t} \log c = 4,7987205$
—————
$\log \text{tang } B = 0,2574548$
Pour 2574406... 61° 4' 0"
—————
142 2,85
$B = 61^\circ \; 4' \; 2'',85$
$C = 90^v - B = 28^\circ 55' 57'',15$

Calcul de a.

$\log b = 3,4587345$
$C^{t} \log \sin B = 0,0578977$
—————
$\log a = 3,5166322$
Pour 5166279... 52857
—————
43 0,52
$a = 3285,73.$

Calcul de S.

$\log b = 3,4587345$
$\log c = 3,2012797$
$C^{t} \log 2 = \overline{1},6989700$
—————
$\log S = 6,5589842$
Pour . . . 5589812... 22855
—————
30 0,15
$S = 2285515.$

CHAPITRE XI

102. Examen des quatre cas principaux qui peuvent se présenter dans la résolution des triangles quelconques. — Examinons d'abord le cas où deux angles seraient donnés. La relation $A + B + C = 180°$ permettant de déterminer immédiatement le troisième angle, il s'ensuit que le problème reste le même quel que soit le côté qu'on donne avec les deux angles. Voici donc un premier cas : *Deux angles et un côté.*

Supposons maintenant qu'on ne donne plus qu'un angle ; il faudra alors deux côtés. Mais on peut donner : soit les deux côtés qui comprennent l'angle, soit un des côtés qui comprennent l'angle et le côté opposé ; ce qui constitue deux cas.

On peut enfin donner les trois côtés.

Il y a donc quatre cas principaux à examiner. Ajoutons, dès à présent, qu'au lieu de donner les éléments mêmes du triangle, on peut donner des combinaisons de ces éléments. Nous traiterons quelques-uns de ces problèmes.

103. 1er CAS. — **Résoudre un triangle, connaissant deux angles et un côté.** — Soient A, B et a les données.

L'angle C se calcule par la relation $C = 180° - (A + B)$.

Pour avoir b et c nous nous servirons de la relation des sinus

$$\frac{b}{\sin B} = \frac{c}{\sin C} = \frac{a}{\sin A}.$$

On en déduit

$$b = \frac{a \sin B}{\sin A} \text{ et } c = \frac{a \sin C}{\sin A}.$$

En prenant les logarithmes, on obtient

$$\log b = \log a + \log \sin B + C^t \log \sin A$$

et
$$\log c = \log a + \log \sin C + C^t \log \sin A.$$

Pour calculer la surface, nous nous servirons de la relation

$$S = \frac{ac \sin B}{2}.$$

En y remplaçant c par sa valeur $\dfrac{a \sin C}{\sin A}$, la formule devient

$$S = \frac{a^2 \sin B \sin C}{2 \sin A}.$$

Si nous prenons les logarithmes des deux membres, nous aurons

$$\log S = 2 \log a + \log \sin B + \log \sin C + C^t \log \sin A + C^t \log 2.$$

On voit, par ce qui précède, que le problème est toujours possible, si la somme des deux angles donnés est inférieure à 180°.

Tableau des formules qui servent à la résolution du 1er cas.

$$C = 180^0 - (A + B)$$

$$b = \frac{a \sin B}{\sin A} \qquad \log b = \log a + \log \sin B + C^t \log \sin A.$$

$$c = \frac{a \sin C}{\sin A}. \qquad \log c = \log a + \log \sin C + C^t \log \sin A.$$

$$S = \frac{a^2 \sin B \sin C}{2 \sin A} \quad \log S = 2 \log a + \log \sin B + \log \sin C^t$$
$$+ C^t \log \sin A + C^t \log 2.$$

104. 2° Cas. — **Résoudre un triangle, connaissant un angle et les deux côtés qui comprennent cet angle.** — Prenons pour données A, b et c. (Nous admettrons que b soit le plus grand des deux côtés.)

Nous connaissons déjà la somme $\dfrac{B+C}{2}$, laquelle est égale à $90^0 - \dfrac{A}{2}$. Par conséquent, si nous pouvions calculer $\dfrac{B-C}{2}$, nous en déduirions facilement B et C.

Or, de la relation

$$\frac{b}{\sin B} = \frac{c}{\sin C}$$

on tire

$$\frac{b+c}{b-c} = \frac{\sin B + \sin C}{\sin B - \sin C}.$$

Mais nous savons que ce dernier rapport est égal à

$$\frac{\tan\dfrac{B+C}{2}}{\tan\dfrac{B-C}{2}};$$

Nous aurons donc

$$\frac{\tan\dfrac{B+C}{2}}{\tan\dfrac{B-C}{2}}=\frac{b+c}{b-c}.$$

En remarquant que $\tan\dfrac{B+C}{2}$ peut être remplacé par $\cot\dfrac{A}{2}$, cette dernière égalité nous donne

$$\tan\frac{B-C}{2}=\frac{b-c}{b+c}\cot\frac{A}{2}.$$

Cette formule est calculable par logarithmes et nous permettra de calculer l'angle $\dfrac{B-C}{2}$ par le logarithme de sa tangente :

$$\log\tan\frac{B-C}{2}=\log(b-c)+\log\cot\frac{A}{2}+C^t\log(b+c).$$

En ajoutant $\dfrac{B+C}{2}$ et $\dfrac{B-C}{2}$, nous obtiendrons l'angle B; en retranchant $\dfrac{B-C}{2}$ de $\dfrac{B+C}{2}$, nous obtiendrons l'angle C.

Les angles du triangle une fois connus, nous obtiendrons le côté a à l'aide de la relation

$$\frac{a}{\sin A}=\frac{b}{\sin B}.$$

On déduit en effet de cette relation

$$a=\frac{b\sin A}{\sin B},$$

et, en prenant les logarithmes,

$$\log a=\log b+\log\sin A+C^t\log\sin B.$$

Il nous reste à caculer la surface. Or, nous savons qu'on a

$$S = \frac{bc \sin A}{2}.$$

On en déduit, en prenant les logarithmes des deux mémbres,

$$\log S = \log b + \log c + \log \sin A + \mathrm{C^t} \log 2.$$

Tableau des formules qui servent à la résolution du second cas.

$$\operatorname{tang} \frac{B-C}{2} = \frac{b-c}{b+c} \operatorname{cotg} \frac{A}{2}.$$

$$\log \operatorname{tang} \frac{B-C}{2} = \log (b-c) + \mathrm{C^t} \log (b+c) + \log \operatorname{cotg} \frac{A}{2}$$

$$\frac{B+C}{2} = 90^0 - \frac{A}{2}$$

$$B = \frac{B+C}{2} + \frac{B-C}{2}.$$

$$C = \frac{B+C}{2} - \frac{B-C}{2}.$$

$$a = \frac{b \sin A}{\sin B}$$

$$\log a = \log b + \log \sin A + \mathrm{C^t} \log \sin B.$$

$$S = \frac{b\,c \sin A}{2}$$

$$\log S = \log b + \log c, + \log \sin A + \mathrm{C^t} \log 2.$$

Cas où les côtés b et c sont donnés par leurs logarithmes. — Il pourrait arriver que les côtés b et c fussent donnés par leurs logarithmes. Dans ce cas on pourrait conduire le calcul de manière à n'avoir pas besoin de calculer les côtés b et c.

Reprenons la relation

$$\operatorname{tang} \frac{B-C}{2} = \frac{b-c}{b+c} \operatorname{cotg} \frac{A}{2}.$$

Nous pouvons la mettre sous la forme suivante :

$$\operatorname{tang} \frac{B-C}{2} = \frac{1 - \dfrac{c}{b}}{1 + \dfrac{c}{b}} \operatorname{cotg} \frac{A}{2}.$$

Posons

$$\frac{c}{b} = \operatorname{tang} \varphi,$$

d'où

$$\log \operatorname{tang} \varphi = \log c + \mathrm{C^t} \log b.$$

Nous aurons ainsi l'angle φ par le logarithme de sa tangente. En remplaçant $\frac{c}{b}$ par $\operatorname{tang} \varphi$ dans l'expression de $\operatorname{tang} \frac{B-C}{2}$, il vient

$$\operatorname{tang} \frac{B-C}{2} = \frac{1 - \operatorname{tang} \varphi}{1 + \operatorname{tang} \varphi} \operatorname{cotg} \frac{A}{2}.$$

Mais

$$\frac{1 - \operatorname{tang} \varphi}{1 + \operatorname{tang} \varphi} = \operatorname{tang} (45^0 - \varphi);$$

donc

$$\operatorname{tang} \frac{B-C}{2} = \operatorname{tang} (45^0 - \varphi) \operatorname{cotg} \frac{A}{2}.$$

Cette formule, calculable par logarithmes, nous permettra d'obtenir $\frac{B-C}{2}$ par le logarithme de sa tangente.

On achèvera d'ailleurs la résolution du triangle comme précédemment.

Cas où l'on n'a pas besoin de calculer la surface du triangle. — Lorsqu'on peut se dispenser de calculer la surface du triangle, il est possible de déterminer le côté a par un calcul plus rapide que celui que nous avons indiqué plus haut.

La relation des sinus

$$\frac{a}{\sin A} = \frac{b}{\sin B} = \frac{c}{\sin C}$$

nous donne

$$\frac{a}{\sin A} = \frac{b+c}{\sin B + \sin C} = \frac{b+c}{2 \sin \frac{B+C}{2} \cos \frac{B-C}{2}}$$

En remarquant que

$$\sin \frac{B+C}{2} = \cos \frac{A}{2}$$

et que

$$\sin A = 2 \sin \frac{A}{2} \cos \frac{A}{2},$$

nous aurons donc

$$a = \frac{(b+c) \sin \frac{A}{2}}{\cos \frac{B-C}{2}}.$$

On en déduit, en prenant les logarithmes,

$$\log a = \log (b + c) + \log \sin \frac{A}{2} + C^{t} \log \cos \frac{B - C}{2}.$$

La précédente formule exigeait le calcul de trois nouveaux loga-rithmes pour obtenir $\log a$. La dernière exige seulement le calcul de deux nouveaux logarithmes. C'est donc cette dernière formule qu'il faudra employer, toutes les fois qu'on n'aura pas besoin de calculer la surface du triangle.

Calcul direct du troisième côté. — Le troisième côté du trian-gle peut être calculé directement à l'aide de la relation

$$a^2 = b^2 + c^2 - 2bc \cos A.$$

Si l'on remarque que

$$\cos^2 \frac{A}{2} + \sin^2 \frac{A}{2} = 1$$

et que

$$\cos^2 \frac{A}{2} - \sin^2 \frac{A}{2} = \cos A,$$

la valeur de a^2 devient

$$a^2 = (b^2 + c^2) \left[\cos^2 \frac{A}{2} + \sin^2 \frac{A}{2} \right] - 2bc \left(\cos^2 \frac{A}{2} - \sin^2 \frac{A}{2} \right)$$
$$= (b + c)^2 \sin^2 \frac{A}{2} + (b - c)^2 \cos^2 \frac{A}{2}.$$

En mettant en facteur commun

$$(b + c)^2 \sin^2 \frac{A}{2},$$

il vient

$$a^2 = (b + c)^2 \sin^2 \frac{A}{2} \left[1 + \frac{(b - c)^2}{(b + c)^2} \cotg^2 \frac{A}{2} \right].$$

Posons maintenant $\tang \varphi = \frac{b - c}{b + c} \cotg \frac{A}{2}$. La quantité entre pa-renthèses se trouvera remplacée par $1 + \tang^2 \varphi$, ou, ce qui est la même chose, par $\dfrac{1}{\cos^2 \varphi}$. On aura donc

$$a^2 = \dfrac{(b+c)^2 \sin^2 \dfrac{A}{2}}{\cos^2 \varphi},$$

et, par suite

$$a = \dfrac{(b+c) \sin \dfrac{A}{2}}{\cos \varphi}.$$

Ainsi, par l'introduction de l'angle auxiliaire φ, il est possible de calculer directement le côté a. Mais il faut remarquer que l'angle φ n'est autre que l'angle $\dfrac{B-C}{2}$, de sorte que ce calcul direct n'offre en réalité aucun avantage pratique. Nous ne le donnons ici qu'à titre d'exercice intéressant.

105. 3ᵉ Cas. — Résoudre un triangle, connaissant deux côtés et l'angle opposé à l'un d'eux. — Prenons pour données : A, a et b. Les inconnues sont B, C, c et S.

Calculons d'abord les angles. De la relation $\dfrac{b}{\sin B} = \dfrac{a}{\sin A}$, on déduit $\sin B = \dfrac{b \sin A}{a}$. On pourra donc, si le problème est possible, c'est-à-dire si l'on a $a \gtreqless b \sin A$, déterminer l'angle B par le logarithme de son sinus :

$$\log \sin B = \log b + \log \sin A + C^t \log a.$$

L'angle B une fois connu, on aura ensuite l'angle C, à l'aide de la relation $C = 180° - (A + B)$.

Calculons maintenant le côté c. De la relation $\dfrac{c}{\sin C} = \dfrac{a}{\sin A}$, on tire $c = \dfrac{a \sin C}{\sin A}$. On obtient, en prenant les logarithmes,

$$\log c = \log a + \log \sin C + C^t \log \sin A.$$

Il est bon de remarquer que du moment où l'on a pu déterminer l'angle C, on est certain de pouvoir calculer c. En effet, la résolution d'un triangle dont on connaît deux côtés et l'angle qu'ils comprennent est toujours possible.

Nous calculerons enfin la surface S, à l'aide de la relation

$$S = \frac{ab \sin C}{2}.$$

En prenant les logarithmes, on obtient

$$\log S = \log a + \log b + \log \sin C + C^t \log 2.$$

Discussion. — L'angle donné A peut être *aigu, droit* ou *obtus*. Nous examinerons successivement ces trois cas.

1° A *est aigu.*— Si l'on a $a < b \sin A$, le problème est impossible. L'interprétation géométrique est des plus simples. On voit, en se reportant à la figure 56, que la perpendiculaire CD est précisément

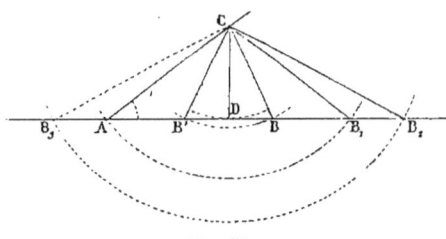
Fig. 56.

égale à $b \sin A$. Si le côté a est moindre que cette perpendiculaire, la construction du triangle est impossible avec les données : car l'arc de cercle décrit du point C comme centre, avec a pour rayon, ne rencontre pas le second côté de l'angle A.

Si l'on a $a = b \sin A$, sin B étant égal à 1, l'angle B est égal à 90°. D'ailleurs, l'angle A étant aigu, la somme A+B est inférieure à 180°; on peut donc calculer l'angle C, et le triangle peut être résolu. Seulement, il est rectangle. Dans ce cas, l'arc de cercle décrit du point C comme centre, avec a pour rayon, est tangent au deuxième côté de l'angle A.

Supposons enfin qu'on ait $a > b \sin A$. L'angle B étant donné par son sinus, deux valeurs de cet angle satisfont à la relation

$$\sin B = \frac{b \sin A}{a}.$$

Soient B et B′ ces deux valeurs, la première $B < 90°$, l'autre $B' = 180° - B$ et par conséquent $> 90°$.

A+B étant moindre que 180°, on pourra calculer l'angle C. Il y a donc une solution correspondante à la plus petite valeur de l'angle B.

Pour que la valeur B' puisse être acceptée, il faut qu'on ait

$$A + B' < 180° \text{ ou } A < 180 - B'.$$

Les deux angles A et 180—B' étant aigus, on aura   sin A $<$ sin B';
et comme sin $B' = \dfrac{b \sin A}{a}$, on aura donc   sin A $< \dfrac{b \sin A}{a}$, c'est-à-
dire $a < b$. Telle est la condition pour que la valeur B' soit admis-
sible. Il y aura nécessairement un angle correspondant C', et le
problème admettra deux solutions. Ce résultat est parfaitement
d'accord avec la solution géométrique. Le côté a étant plus grand
que CD et moindre que AC, l'arc de cercle décrit du point C comme
centre, avec a pour rayon, rencontre le deuxième côté de l'angle A
en deux points B et B' équidistants du point D et situés du même
côté du point A. Les deux triangles ACB et ACB' répondent à la
question.

Le cas limite est celui où l'on aurait A+B'=180°; alors,
l'angle C' serait nul et a serait égal à b. Dans ce cas, le point B' se
confondrait avec le point A et on n'aurait plus qu'une solution; le
triangle serait isocèle.

Il résulte de ce qui précède que la condition nécessaire et suffisante pour qu'il y ait deux solutions, c'est que a soit plus grand
que $b \sin A$, mais plus petit que b. Lorsque a est plus grand que b,
la valeur B' doit être rejetée; il n'y a plus qu'une solution. En effet,
dans ce cas, l'arc de cercle décrit du point C comme centre, avec
a pour rayon, rencontre le deuxième côté de l'angle A en deux
points B_2 et B_3 situés de part et d'autre du point A. Le triangle ACB_2
est une solution du problème, mais le triangle ACB_3 ne répond
plus à l'énoncé.

2° A *est droit*. — Le sinus de l'angle A étant égal à l'unité, la re-
lation sin $B = \dfrac{b \sin A}{a}$ devient   sin $B = \dfrac{b}{a}$. L'angle B étant nécessairement aigu, le problème ne sera possible
qu'autant que a sera plus grand que b,
et la valeur B' devra être rejetée. Il n'y
aura donc qu'une solution. Nous sommes
d'accord avec la construction géométrique
indiquée par la figure 57.

3° A *est obtus*. — Pour que la valeur de
sin B soit admissible, il faut que a soit

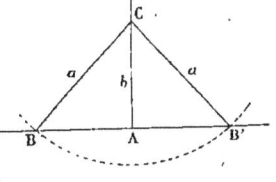

Fig. 57.

plus grand que $b \sin A$. L'égalité ne pourrait avoir lieu, puisque l'angle B ne peut pas être droit. D'un autre côté, des deux valeurs B et B', la première seule, moindre que 90°, est admissible. Mais il faut encore qu'on ait $A + B < 180°$ ou $B < 180° - A$. Les deux angles B et $180° - A$ étant aigus, on conclut, de l'inégalité précédente, la relation $\sin B < \sin A$, et, par conséquent, $\dfrac{b \sin A}{a} < \sin A$, c'est-à-dire $b < a$. Donc, pour que le problème soit possible, il faut et il suffit qu'on ait $a > b$. Cela était d'ailleurs évident; l'angle A étant le plus grand des angles du triangle, le côté a devait être le plus grand des côtés.

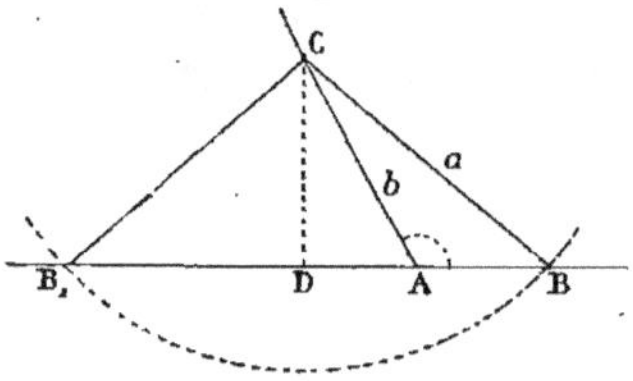

Fig. 58.

Il y a donc une solution et une seule quand les données remplissent la condition $a > b$. L'arc de cercle décrit du point C comme centre, avec a pour rayon coupe le deuxième côté de l'angle A (fig. 58) en deux points B et B': le triangle ACB est le seul qui réponde à l'énoncé.

Le tableau suivant résume toute la discussion.

$$
A < 90° \begin{cases} a < b \sin A. & \text{0 solution.} \\ a = b \sin A. & \text{1 solution (triangle rectangle.)} \\ a > b \sin A \begin{cases} a < b. & \text{2 solutions.} \\ a = b. & \text{1 solution (triangle isocèle).} \\ a > b. & \text{1 solution.} \end{cases} \end{cases}
$$

$$
\begin{matrix} A = 90° \\ \text{ou} \\ A > 90° \end{matrix} \begin{cases} a < b. & \text{0 solution.} \\ a > b. & \text{1 solution.} \end{cases}
$$

Tableau des formules qui servent à résoudre le troisième cas.

$$\sin B = \frac{b \sin A}{a} \qquad \log \sin B = \log b + \log \sin A + C^t \log a.$$

$$C = 180° - (A + B)$$

$$c = \frac{a \sin C}{\sin A} \qquad \log c = \log a + \log \sin C + C^t \log \sin A.$$

$$S = \frac{ab \sin C}{2} \qquad \log S = \log a + \log b + \log \sin C + C^t \log 2.$$

Dans le cas où la valeur B' est admissible, on calcule C', c' et S' à l'aide des mêmes formules.

Calcul direct du côté c. — La relation $a^2 = b^2 + c^2 - 2bc \cos A$ permet de calculer directement le côté c à l'aide d'un angle auxiliaire. En effet, A, a et b étant donnés, nous avons l'équation du second degré

$$c^2 - 2b \cos A \, c + b^2 - a^2 = 0 \, ;$$

d'où nous tirons

$$c = b \cos A \pm \sqrt{b^2 \cos^2 A - b^2 + a^2} = b \cos A \pm \sqrt{a^2 - b^2 \sin^2 A}.$$

Cette valeur de c peut être mise sous la forme suivante :

$$c = b \cos A \pm a \sqrt{1 - \frac{b^2 \sin^2 A}{a^2}}.$$

Pour que les racines soient réelles, c'est-à-dire pour que le problème soit possible, il faut qu'on ait $b \sin A < a$. Dans le cas de l'égalité, l'une des racines est nulle et l'autre est égale à $b \cos A$. C'est le cas du triangle rectangle, et il n'y a qu'une solution ; encore faut-il que A soit aigu.

Si l'on a $b \sin A < a$, on peut poser $\dfrac{b \sin A}{a} = \sin \varphi$, ce qui permet de calculer l'angle φ par le logarithme de son sinus ; l'égalité donne d'ailleurs $b = \dfrac{a \sin \varphi}{\sin A}$. On obtient alors pour c

$$c = b \cos A \pm a \cos \varphi$$

et, en remplaçant b par sa valeur,

$$c = \frac{a \sin \varphi \cos A \pm a \cos \varphi \sin A}{\sin A} = \frac{a \sin (\varphi \pm A)}{\sin A},$$

formule calculable par logarithmes.

Discussion. — Il est évident qu'à une valeur positive de c correspond toujours une solution du problème. En effet, on peut dire qu'on a à résoudre un triangle dont on connaît deux côtés et l'angle qu'ils comprennent : nous savons que ce problème est toujours possible.

Considérons maintenant le 3e terme $b^2 - a^2$ de l'équation qui nous donne c. Ce terme sera négatif, nul ou positif suivant qu'on aura

$$b < a, \quad b = a \quad \text{ou} \quad b > a.$$

12

Dans le premier cas, les racines de l'équation sont réelles, mais de signes contraires. L'une des racines étant positive, il y a une solution et une seule, quel que soit l'angle A.

Dans le second cas, l'une des racines est nulle; l'autre est égale à $2b\cos A$. Si l'angle A est droit ou obtus, il n'y a pas de solution. Si l'angle A est aigu, il y a une solution et une seule; c'est le cas du triangle isocèle.

Dans le troisième cas, le terme connu étant positif, il faut d'abord exprimer que les racines sont réelles, ce qui donne la condition $b\sin A \leq a$. Alors, si l'angle A est aigu, les deux racines sont positives et il y a deux solutions; cependant, si l'on avait $b\sin A = a$, ainsi que nous l'avons fait remarquer plus haut, il n'y aurait plus qu'une solution.

Si l'angle A est obtus et que la condition de réalité soit satisfaite, les deux racines de l'équation sont négatives; il n'y a pas de solution.

Remarquons que ce calcul direct de c, à l'aide d'un angle auxiliaire, n'offre aucun avantage pratique. En effet, l'angle auxiliaire φ n'est autre que l'angle B.

106. 4ᵉ Cas. — **Résoudre un triangle, connaissant les trois côtés.** — Les données sont a, b et c; les inconnues sont A, B, C et S.

Nous avons, pour déterminer les angles, les trois relations

$$a^2 = b^2 + c^2 - 2bc\cos A ; \qquad (1)$$
$$b^2 = c^2 + a^2 - 2ca\cos B ; \qquad (2)$$
$$c^2 = a^2 + b^2 - 2ab\cos C. \qquad (3)$$

Chacune de ces relations donne la valeur du cosinus d'un des angles; mais la forme de cette valeur n'est pas propre au calcul logarithmique. Une transformation facile permet de calculer les angles, soit par le sinus de la moitié, soit par le cosinus de la moitié, soit par la tangente de la moitié. Nous allons indiquer successivement ces transformations.

1° *Calcul d'un angle par le sinus de sa moitié.* — Nous savons qu'on a

$$\sin\frac{A}{2} = \sqrt{\frac{1 - \cos A}{2}}.$$

Or, l'équation (1) donne

$$\cos A = \frac{b^2 + c^2 - a^2}{2bc}.$$

On en déduit

$$1 - \cos A = 1 - \frac{b^2 + c^2 - a^2}{2bc} = \frac{2bc - b^2 - c^2 + a^2}{2bc}$$

$$= \frac{a^2 - (b-c)^2}{2bc} = \frac{(a+b-c)(a-b+c)}{2bc}.$$

Par suite,

$$\sin \frac{A}{2} = \sqrt{\frac{(a+b-c)(a-b+c)}{4bc}}.$$

(Le radical doit être pris avec le signe $+$, car $\frac{A}{2}$ est inférieur à 90°.)

On simplifie cette valeur de $\sin\frac{A}{2}$, en y introduisant le périmètre du triangle.

Posons, en effet,

$$a + b + c = 2p.$$

Si l'on retranche successivement $2a$, $2b$ et $2c$ des deux membres de cette égalité, on obtient

$$b+c-a=2(p-a); \quad a+c-b=2(p-b); \quad a+b-c=2(p-c)$$

On a donc, en définitive,

$$\sin \frac{A}{2} = \sqrt{\frac{(p-b)(p-c)}{bc}}.$$

On calculerait exactement de la même manière $\sin\frac{B}{2}$ et $\sin\frac{C}{2}$, mais ces calculs sont inutiles. Par de simples changements de lettres, on déduit $\sin\frac{B}{2}$ de la valeur de $\sin\frac{A}{2}$, en mettant dans celle-ci c à la place de b et a à la place de c. On obtient

$$\sin \frac{B}{2} = \sqrt{\frac{(p-c)(p-a)}{ca}}.$$

En changeant, dans cette dernière formule, c en a et a en b, on a la valeur de $\sin\frac{C}{2}$. On trouve

$$\sin \frac{C}{2} = \sqrt{\frac{(p-a)(p-b)}{ab}}.$$

2° *Calcul d'un angle par le cosinus de sa moitié.* — De la relation

$$\cos \frac{A}{2} = \sqrt{\frac{1 + \cos A}{2}}$$

on déduit, en remplaçant cos A par sa valeur tirée de l'équation (1) :

$$\cos \frac{A}{2} = \sqrt{\frac{1 + \dfrac{b^2 + c^2 - a^2}{2\,bc}}{2}} = \sqrt{\frac{(b+c)^2 - a^2}{4\,bc}}$$

$$= \sqrt{\frac{(b + c + a)\,(b + c - a)}{4\,bc}}.$$

Cette formule devient, lorsqu'on y introduit le périmètre $2\,p$,

$$\cos \frac{A}{2} = \sqrt{\frac{p\,(p - a)}{bc}}.$$

En permutant *circulairement* les lettres a, b, c, on trouve, sans calcul,

$$\cos \frac{B}{2} = \sqrt{\frac{p\,(p - b)}{ca}}$$

et

$$\cos \frac{C}{2} = \sqrt{\frac{p\,(p - c)}{ab}}.$$

Ainsi que nous l'avons fait remarquer plus haut, les radicaux doivent être pris avec le signe $+$.

5° *Calcul d'un angle par la tangente de sa moitié.* — En divisant, membre à membre, les formules qui donnent $\sin \frac{A}{2}$ et $\cos \frac{A}{2}$, on obtient

$$\operatorname{tang} \frac{A}{2} = \sqrt{\frac{(p - b)\,(p - c)}{p\,(p - a)}}.$$

De même

$$\operatorname{tang} \frac{B}{2} = \sqrt{\frac{(p - c)\cdot(p - a)}{p\,(p - b)}}$$

et

$$\tan g \frac{C}{2} = \sqrt{\frac{(p-a)(p-b)}{p(p-c)}}.$$

Nous avons ainsi trois séries de formules qui se prêtent très bien au calcul logarithmique. Mais il est évident que les formules qu'il faut préférer, à moins d'un empêchement particulier, sont celles qui donnent les angles par les logarithmes des tangentes des moitiés. Il y a pour cela une double raison. D'abord, il vaut toujours mieux qu'un angle soit déterminé par sa tangente; ensuite, les dernières formules n'exigent que quatre logarithmes, tandis que par les cosinus il faut sept logarithmes, et qu'il en faut six par les sinus.

Discussion. — Pour qu'on puisse construire un triangle avec trois longueurs données, il faut et il suffit que chacune d'elles soit plus petite que la somme des deux autres. On arrive aussi à ce résultat en cherchant les conditions pour que les valeurs fournies par les formules précédentes soient acceptables. Prenons, par exemple, la formule qui donne $\sin \frac{A}{2}$. Il faut d'abord que la quantité soumise au radical soit positive. La somme des deux facteurs $p-b$ et $p-c$ étant égale à a, et par conséquent étant positive, il faut que chacun de ces facteurs soit positif. On a donc

$$p-b>0 \quad \text{et} \quad p-c>0;$$

c'est-à-dire

$$\frac{a+b+c}{2}-b>0$$

ou

$$a+c>b;$$

et

$$\frac{a+b+c}{2}-c>0, \quad \text{ou} \quad a+b>c.$$

Il faut encore que la valeur de $\sin\frac{A}{2}$ soit moindre que l'unité. On devra donc avoir

$$(p-b)(p-c)<bc,$$

ou, en effectuant les calculs et supprimant bc de part et d'autre,

$$p^2-p(b+c)<0.$$

ÉLÉMENTS DE TRIGONOMÉTRIE RECTILIGNE.

c'est-à-dire

$$b + c > a.$$

En résumé, pour que la valeur de $\sin\frac{A}{2}$ soit acceptable, il faut qu'on ait

$$a + c > b; \quad a + b > c; \quad b + c > a;$$

c'est-à-dire que chaque côté doit être plus petit que la somme des deux autres. La discussion des autres formules conduirait au même résultat.

Formules employées dans la pratique.—Dans la pratique, on détermine bien chaque angle par le logarithme de la tangente de sa moitié, mais on donne aux formules une expression qui rend les calculs plus rapides.

Posons

$$r = \sqrt{\frac{(p - a)(p - b)(p - c)}{p}}.$$

Alors nous aurons

$$\operatorname{tang}\frac{A}{2} = \frac{r}{p - a}; \operatorname{tang}\frac{B}{2} = \frac{r}{p - b}; \operatorname{tang}\frac{C}{2} = \frac{r}{p - c}.$$

Expression de la surface d'un triangle en fonctions des trois côtés. — En désignant par S la surface du triangle, nous savons qu'on a

$$S = \frac{bc \sin A}{2},$$

Or

$$\sin A = 2 \sin\frac{A}{2} \cos\frac{A}{2} = \frac{2}{bc}\sqrt{p(p - a)(p - b)(p - c)}.$$

Donc

$$S = \sqrt{p(p - a)(p - b)(p - c)}$$

mais nous avons posé

$$r = \sqrt{\frac{(p - a)(p - b)(p - c)}{p}};$$

donc

$$S = pr.$$

Il est facile de voir que r n'est autre chose que le rayon du cercle inscrit au triangle. En effet, soit O le centre du cercle inscrit au triangle ABC (fig. 59), c'est-à-dire le point de rencontre des trois bissectrices. Le triangle donné se trouve décomposé en trois triangles ayant tous pour hauteur le rayon du cercle inscrit. On a

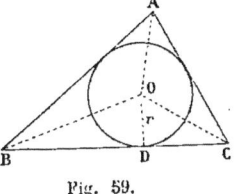

Fig. 59.

$$BOC = \frac{a \times OD}{2},$$

$$AOC = \frac{b \times OD}{2}$$

et

$$AOB = \frac{c \times OD}{2}.$$

En ajoutant ces trois égalités membre à membre, on obtient

$$ABC = \frac{a+b+c}{2} \times OD = p \times OD. \quad \text{Donc } OD = r.$$

Rien de plus facile d'ailleurs que de trouver directement la formule qui donne la tangente de la moitié d'un angle en fonction des côtés et du rayon du cercle inscrit. Par exemple, le triangle rectangle ODB nous donne

$$OD = BD \, \text{tang OBD},$$

c'est-à-dire

$$r = (p-b) \, \text{tang} \frac{B}{2};$$

d'où :

$$\text{tang} \frac{B}{2} = \frac{r}{p-b}.$$

Tableau des formules qui servent à la résolution du quatrième cas :

$$r = \sqrt{\frac{(p-a)(p-b)(p-c)}{p}} \quad \begin{cases} \text{tang} \dfrac{A}{2} = \dfrac{r}{p-a} \\[2mm] \text{tang} \dfrac{B}{2} = \dfrac{r}{p-b} \\[2mm] \text{tang} \dfrac{C}{2} = \dfrac{r}{p-c} \\[2mm] S = pr. \end{cases}$$

$$\log r = \frac{1}{2}\left[\log(p-a) + \log(p-b) + \log(p-c) + C^t \log p\right].$$

$$\log \tang \frac{A}{2} = \log r + C^t \log(p-a).$$

$$\log \tang \frac{B}{2} = \log r + C^t \log(p-b).$$

$$\log \tang \frac{C}{2} = \log r + C^t \log(p-c).$$

$$\log S = \log r + \log p.$$

107. Résoudre un triangle, connaissant un côté, la somme ou la différence des deux autres et l'angle opposé au premier côté. — Prenons pour données a, $b+c$ ou $b-c$ et A.

La relation des sinus nous donne la série d'égalités

$$\frac{a}{\sin A} = \frac{b}{\sin B} = \frac{c}{\sin B} = \frac{b+c}{\sin B + \sin C} = \frac{b-c}{\sin B - \sin C}.$$

En remplaçant

$$\sin A \quad \text{par} \quad 2 \sin\frac{A}{2} \cos\frac{A}{2},$$

$$\sin B + \sin C \quad \text{par} \quad 2 \sin\frac{B+C}{2}\cos\frac{B-C}{2} = 2\cos\frac{A}{2}\cos\frac{B-C}{2}$$

$$\text{et} \quad \sin B - \sin C \quad \text{par} \quad 2\sin\frac{B-C}{2}\cos\frac{B+C}{2} = 2\sin\frac{B-C}{2}\sin\frac{A}{2},$$

on obtient, après réductions,

$$a = \frac{(b+c)\sin\frac{A}{2}}{\cos\frac{B-C}{2}} \ (1), \quad a = \frac{(b-c)\cos\frac{A}{2}}{\sin\frac{B-C}{2}} \ (2).$$

Si c'est la somme $b+c$ qui est donnée, l'égalité (1) nous permettra de calculer l'angle $\frac{B-C}{2}$ par le logarithme de son cosinus. Alors, connaissant $\frac{B+C}{2}$ et $\frac{B-C}{2}$, on aura les angles B et C. Ensuite, l'égalité (2) donnera la valeur de $b-c$, et comme $b+c$ est connu, on en déduira facilement b et c.

Supposons, au contraire, qu'on donne la différence $b-c$. L'éga-

lité (2) fera connaître l'angle $\dfrac{B-C}{2}$ par le logarithme de son sinus;
par suite, on aura B et C. L'égalité (1) fera ensuite connaître $b+c$,
et par conséquent b et c, puisque $b-c$ est donné.

108. Résoudre un triangle, connaissant les angles et le périmètre. — 1re *Méthode.* — La relation des sinus donne

$$\frac{a}{\sin A} = \frac{b}{\sin B} = \frac{c}{\sin C} = \frac{2p}{\sin A + \sin B + \sin C} = \frac{2p}{4 \cos \frac{A}{2} \cos \frac{B}{2} \cos \frac{C}{2}}.$$

On en déduit, en remplaçant

$$\sin A, \text{ par } 2 \sin \frac{A}{2} \cos \frac{A}{2},$$

$$\sin B, \text{ par } 2 \sin \frac{B}{2} \cos \frac{B}{2} \text{ et } \sin C \text{ par } 2 \sin \frac{C}{2} \cos \frac{C}{2}:$$

$$a = \frac{p \sin \frac{A}{2}}{\cos \frac{B}{2} \cos \frac{C}{2}}; \quad b = \frac{p \sin \frac{B}{2}}{\cos \frac{C}{2} \cos \frac{A}{2}}; \quad c = \frac{p \sin \frac{C}{2}}{\cos \frac{A}{2} \cos \frac{B}{2}}.$$

2e *Méthode.* — Voici une autre méthode plus simple dans la pratique, puisqu'elle exige un nombre moindre de logarithmes. Nous avons (**106**) les trois relations

$$\tan \frac{A}{2} = \sqrt{\frac{(p-b)(p-c)}{p(p-a)}} \ (1), \quad \tan \frac{B}{2} = \sqrt{\frac{(p-c)(p-a)}{p(p-b)}} \ (2),$$

$$\tan \frac{C}{2} = \sqrt{\frac{(p-a)(p-b)}{p(p-c)}} \ (3).$$

En multipliant, membre à membre, les égalités (1) et (2), puis (2) et (3), puis (1) et (3), on forme les trois relations :

$$\tan \frac{A}{2} \tan \frac{B}{2} = \frac{p-c}{p}; \quad \tan \frac{B}{2} \tan \frac{C}{2} = \frac{p-a}{p};$$

$$\tan \frac{A}{2} \tan \frac{C}{2} = \frac{p-b}{p}.$$

Ces trois dernières relations permettent de calculer $p-a$, $p-b$ et $p-c$. On en déduit ensuite a, b et c, puisque p est connu.

109. Résoudre un triangle, connaissant la surface S **et les angles.** — En multipliant, membre à membre, les trois formules qui donnent $\tan \frac{A}{2}$, $\tan \frac{B}{2}$ et $\tan \frac{C}{2}$, on trouve

$$\tan \frac{A}{2} \tan \frac{B}{2} \tan \frac{C}{2} = \sqrt{\frac{(p-a)(p-b)(p-c)}{p^3}}.$$

Mais nous avons trouvé précédemment (**106**)

$$S = \sqrt{p\,(p-a)\,(p-b)\,(p-c)}.$$

Donc

$$\tan \frac{A}{2} \tan \frac{B}{2} \tan \frac{C}{2} = \frac{S}{p^2}.$$

Cette dernière relation nous permettra de calculer p. Nous connaîtrons donc les angles et le périmètre et nous retomberons ainsi sur le problème précédent. On pourrait aussi calculer directement les côtés. Si l'on veut, par exemple, avoir le côté a, on se servira de la formule $S = \frac{1}{2} \frac{a^2 \sin B \sin C}{\sin A}$, d'où l'on tire

$$a = \sqrt{\frac{2S \sin A}{\sin B \sin C}}.$$

110. Résoudre un triangle, connaissant les angles et le rayon r **du cercle inscrit.** — Nous venons de trouver la relation

$$\tan \frac{A}{2} \tan \frac{B}{2} \tan \frac{C}{2} = \frac{S}{p^2};$$

mais nous savons aussi qu'on a $S = pr$. Donc

$$\tan \frac{A}{2} \tan \frac{B}{2} \tan \frac{C}{2} = \frac{r}{p}; \quad \text{d'où} : \quad p = r \cot \frac{A}{2} \cot \frac{B}{2} \cot \frac{C}{2}.$$

Cette dernière formule permet de calculer p. On retombe alors sur un des problèmes précédemment résolus.

Les deux relations $S = pr$ et $p = r \cot \frac{A}{2} \cot \frac{B}{2} \cot \frac{C}{2}$ donnent

$$S = r^2 \cot \frac{A}{2} \cot \frac{B}{2} \cot \frac{C}{2}.$$

111. Résoudre un triangle, connaissant les angles et le rayon du cercle circonscrit. — Nous savons qu'on a (**84**)

$$\frac{a}{\sin A} = \frac{b}{\sin B} = \frac{c}{\sin C} = 2R.$$

Donc

$$a = 2R \sin A \; ; \; b = 2R \sin B \; ; \; c = 2R \sin C.$$

On pourra donc, à l'aide de ces trois formules, calculer les trois côtés du triangle.

La relation $S = \dfrac{ab \sin C}{2}$ fournit, en y remplaçant a et b par leur valeur, $S = 2R^2 \sin A \sin B \sin C$. Cette dernière formule permet de calculer la surface du triangle.

Remarquons que $abc = 8R^3 \sin A \sin B \sin C$; par suite, $abc = 4RS$. Cette relation a déjà été trouvée en géométrie.

112. Résoudre un triangle, connaissant un côté, un angle adjacent à ce côté et la somme des deux autres côtés. — Prenons pour données a, B et $b + c$.

De la relation des sinus on déduit

$$\frac{a + b + c}{\sin A + \sin B + \sin C} = \frac{b + c - a}{\sin B + \sin C - \sin A}.$$

En remplaçant

$$\sin A + \sin B + \sin C \text{ par } 4 \cos \frac{A}{2} \cos \frac{B}{2} \cos \frac{C}{2}$$

et

$$\sin B + \sin C - \sin A \text{ par } 4 \sin \frac{B}{2} \sin \frac{C}{2} \cos \frac{A}{2},$$

on obtient

$$\frac{p}{\cos \frac{B}{2} \cos \frac{C}{2}} = \frac{p - a}{\sin \frac{B}{2} \sin \frac{C}{2}}. \quad \text{On en déduit} \quad \operatorname{tang} \frac{C}{2} = \frac{(p - a) \operatorname{cotg} \frac{B}{2}}{p}.$$

Cette dernière formule permettant de calculer l'angle $\dfrac{C}{2}$ par le logarithme de sa tangente, nous aurons l'angle C. Nous connaîtrons donc les trois angles du triangle, et la solution n'offrira plus aucune difficulté.

113. Dans un triangle ABC, on donne les deux côtés AB et AC, et l'on sait que la base BC est égale à la hauteur correspondante AD. On demande de calculer l'angle A. — Soient a, b, c les côtés du triangle et AD $= h$ (fig. 60).

$$\text{On a} \quad \begin{cases} a = h & \qquad (1) \\ a^2 = b^2 + c^2 - 2bc \cos A & \qquad (2) \end{cases}$$

D'un autre côté, la surface S du triangle peut être exprimée soit par $\dfrac{ah}{2}$, soit par $\dfrac{bc \sin A}{2}$.

Nous aurons donc, à cause de l'égalité   (1),

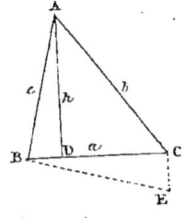

$$a^2 = bc \sin A.$$

Par suite, l'équation (2) devient

$$bc \sin A = b^2 + c^2 - 2bc \cos A,$$

ou

$$\sin A + 2 \cos A = \frac{b^2 + c^2}{bc}.$$

Fig. 60.

En posant tang $\varphi = 2$, cette dernière équation se transforme et devient

$$\sin (A + \varphi) = \frac{b^2 + c^2}{bc} \cos \varphi.$$

Or,

$$\cos \varphi = \frac{1}{\sqrt{5}} \, ;$$

donc

$$\sin (A + \varphi) = \frac{b^2 + c^2}{bc \sqrt{5}}.$$

Pour que la valeur de $\sin (A + \varphi)$ soit admissible, il faut qu'on ait

$$b^2 + c^2 < bc \sqrt{5}$$

ou

$$b^2 - bc \sqrt{5} + c^2 < 0.$$

Or, si l'on pose

$$b^2 - bc\sqrt{5} + c^2 = 0,$$

on a

$$b = \frac{c\sqrt{5} \pm \sqrt{5c^2 - 4c^2}}{2} = \frac{c}{2}(\sqrt{5} \pm 1).$$

La condition de possibilité se traduit donc ainsi

$$\frac{c}{2}(\sqrt{5} - 1) < b < \frac{c}{2}(\sqrt{5} + 1).$$

Si on divise le côté c en moyenne et extrême raison, le côté b doit être compris entre le plus grand segment intérieur et le plus petit segment extérieur.

Cette condition étant remplie, on a entre 0 et 180° deux angles :

$$A_1 = \Psi - \varphi,$$
$$A_2 = 180 - \Psi - \varphi.$$

l'angle Ψ étant l'angle compris entre 0 et 90°, dont le sinus vaut

$$\frac{b^2 + c^2}{bc\sqrt{5}}.$$

L'angle A_2 est évidemment positif, puisque Ψ et φ sont inférieurs à 90°. Pour que A_1 soit acceptable, il faut et il suffit que l'on ait

$$\Psi > \varphi,$$

et par suite

$$\sin\Psi > \sin\varphi,$$

et, par conséquent,

$$\frac{b^2 + c^2}{bc\sqrt{5}} > \frac{2}{\sqrt{5}}$$

ou

$$b^2 + c^2 > 2bc$$
$$(b - c)^2 > 0,$$

ce qui a toujours lieu, quels que soient b et c.

Si $b = c$, alors l'une des valeurs $= 0$.

Ce dernier cas excepté, le problème admet toujours 2 solutions.

On peut rendre caculable par logarithmes la formule

$$\sin(A + \varphi) = \frac{b^2 + c^2}{bc\sqrt{5}} = \frac{1}{\sqrt{5}}\left[\frac{b}{c} + \frac{c}{b}\right].$$

En posant

$$\frac{b}{c} = \tan g\, \alpha,$$

on trouve

$$\sin(A + \varphi) = \frac{1}{\sqrt{5}}\left[\tan g\, \alpha + \cot\!ang\, \alpha\right] = \frac{2}{\sqrt{5}\sin 2\,\alpha}.$$

Construction géométrique. — Supposons le problème résolu, et soit ABC le triangle demandé. Par le point B je mène la perpendiculaire sur AB, et au point C je mène la perpendiculaire sur BC; soit E le point de rencontre de ces deux droites. Les deux triangles ADB et BCE ont le côté BC = AD par hypothèse ; les angles CBE et BAD égaux comme complémentaires de l'angle ABD ; les deux angles BCE et BDA égaux comme droits. Les triangles sont donc égaux. Donc BE = AB. Il suffit donc, pour construire le triangle, de tracer deux droites perpendiculaires et de prendre sur chacune d'elles, à partir de leur point d'intersection, deux longueurs AB = BE égales au côté c donné. Sur BE comme diamètre on décrit une circonférence, et du point A comme centre avec le côté b donné on décrit une autre circonférence. Ces deux lignes se coupent en deux points qui sont les sommets du triangle cherché. En joignant ces points aux points A et B on a les deux solutions.

Pour que le problème soit possible, il faut que les deux circonférences se coupent. La distance des centres vaut $\frac{c\sqrt{5}}{2}$; les deux rayons sont b et $\frac{c}{2}$. Donc il faut que l'on ait

$$\frac{c\sqrt{5}}{2} < b + \frac{c}{2},$$

$$\frac{c\sqrt{5}}{2} > b - \frac{c}{2};$$

donc

$$\frac{c}{2}\left(\frac{\sqrt{5}}{2} - 1\right) < b < \frac{c}{2}(\sqrt{5} + 1).$$

On obtient donc les conditions fournies par la trigonométrie. Si $b = c$, on voit que la circonférence décrite du point A comme centre, avec c pour rayon, passe par le point B. L'un des points d'intersection des deux circonférences se confond avec le point B; le triangle correspond à un angle nul. C'est ce que nous avions déjà trouvé par la trigonométrie.

Nous terminerons ce chapitre en donnant un exemple numérique pour chacun des quatre cas que présente la résolution des triangles quelconques.

114. Exemples mécaniques.

TRIANGLES QUELCONQUES

PREMIER CAS

Données $\begin{cases} A = 47° & 9' & 50'' \\ B = 84° & 55' & 40'',56 \\ a = 1096,6. \end{cases}$ Inconnues. . . . $\begin{cases} C = 47° & 54' & 29'',4 \\ b = 1489^m,6 \\ c = 1109^m,71 \\ S = 60375 \text{ m.q} \end{cases}$

FORMULES

$\log b = \log a + \log \sin B + C^t \log \sin A.$
$\log c = \log a + \log \sin C + C^t \log \sin A.$
$\log S = 2 \log a + \log \sin B + \log \sin C + C^t \log \sin A + C^t \log 2.$

CALCULS AUXILIAIRES

Calcul de $\log a$.

$\log 1096,6 \ldots = 3,0400482$

Calcul de $\log \sin B$.

$\log \sin 84° 55' 40'' \ldots \overline{1},9982960$

$\qquad\qquad 0'',56 \qquad 11$

$\log \sin B = \overline{1},9982971$

Calcul de $\log \sin C$.

$\log \sin 47° 54' 20'' \ldots \overline{1},8704278$

$\qquad\qquad 9'',44 \qquad 179$

$\log \sin C = \overline{1},8704457$

Calcul de $\log \sin A$.

$\log \sin 47° 9' 50'' \ldots \overline{1},8652826$

$\log 2 = 0,3010300.$

CALCUL DES INCONNUES

Calcul de C.

| A = | 47° | 9' | 50'' | | 179° 59' 60'' |
| B = | 84° | 55' | 40'',56 | | 152° 5' 30'',56 |

$A + B = 152° 5' 30'',56 \qquad C = \overline{47° 54' 29'',44}$

Calcul de b.

$\log a = 3,0400482$
$\log \sin B = \overline{1},9982971$
$C^t \log \sin A = 0,1347174$

$\log b = 3,1730627$

$\qquad 1730403 \ldots \quad 14895$

$\qquad\qquad 222 \qquad 0,7$

$b = 1489,6.$

Calcul de c.

$\log a = 3,0400482$
$\log \sin C = \overline{1},8704457$
$C^t \log \sin A = 0,1347174$

$\log c = 3,0452113$

$\qquad 0452036 \ldots \quad 11097$

$\qquad\qquad 57 \ldots \quad 0,1$

$c = 1109,71.$

Calcul de S.

$2 \log a = 6,0800964$
$\log \sin B = \overline{1},9982971$
$\log \sin C = \overline{1},8704457$
$C^t \log \sin A = 0,1347174$
$C^t \log 2 = \overline{1},6989700$

$\log S = 5,7825266$

$\qquad 7825228 \ldots \quad 60607$

$\qquad\qquad 38 \qquad 0,5$

$S = 606075.$

TRIANGLES QUELCONQUES

DEUXIÈME CAS

Données $\begin{cases} b = 5341^m,25 \\ c = 3856^m,75 \\ A = 34° 28' 15'' \end{cases}$ | Inconnues. . . . . $\begin{cases} B = 100° 14' 59'',48 \\ C = 45° 16' 45'',52 \\ a = 3072^m,10 \\ S = 5829625 \text{ m.q.} \end{cases}$

FORMULES

$$\log \tan \frac{B-C}{2} = \log (b-c) + C^t \log (b+c) + \log \cot \frac{A}{2}.$$

$$\log a = \log b + \log \sin A + C^t \log \sin B.$$

$$\log S = \log b + \log c + \log \sin A + C^t \log 2.$$

CALCULS AUXILIAIRES

$b = 5341,25$

$c = 3856,75 \quad \dfrac{A}{2} = 17° 14' 7'',5$

$b + c = 9198,00$

$b - c = 1484,50$

Calcul de $\log (b-c)$.

$\log 1484,5 = 3,1715802$

Calcul de $\log (b+c)$.

$\log 9198 = 3,9636934$

Calcul de $\log \cot \dfrac{A}{2}$

$\log \cot 17° 14' 10'' \quad 0,5082987$

$\qquad\qquad -2'',5 \qquad 186$

$\log \cot \dfrac{A'}{2} = 0,5083173$

Calcul de $\log b$.

$53412. . . . . . \qquad 7276388$

$0,5 \qquad\qquad 41$

$\qquad \log b = 3,7276429$

Calcul de $\log c$.

$38567 . . . . . . \qquad 5862159$

$0,5 \qquad\qquad 56$

$\qquad \log c = 3,5862215$

Calcul de $\log \sin A$.

$\log \sin 34° 28' 10'' \quad \overline{1},7527908$

$\qquad\qquad 5'' \qquad 153$

$\log \sin A = \overline{1},7528061$

Calcul de $\log \sin B$.

$\log \sin 100°14'59''48 = 1.s.79°45'0''52$

$\log \sin 79° 45' 0'' \quad \overline{1},9930131$

$\qquad\qquad 0'',52 \qquad 2$

$[\log \sin B = \overline{1},9930133$

CALCUL DES INCONNUES

Calcul de $\dfrac{B-C}{2}$.

$\log (b-c) = 3,1715802$

$C^t \log (b+c) = \overline{4},0363066$

$\log \cot \dfrac{A}{2} = 0,5083173$

$\log \tan \dfrac{B-C}{2} = \overline{1},7162041$

$\qquad\qquad 1682 \quad 27° 29' 0''$

$\qquad\qquad 359 \qquad\qquad 6''98$

$\dfrac{B-C}{2} = 27° 29' 6'',98$

$\dfrac{B+C}{2} = 72° 45' 52'',5$

$\qquad B = 100° 14' 59'',48$

$\qquad C = 45° 16' 45'',52$

Calcul de a.

$\log b = 3,7276429$

$\log \sin A = \overline{1},7528061$

$C^t \log \sin B = \overline{0},0069867$

$\log a = 3,4874357$

$\qquad 4874355 \quad 50721$

$\qquad\qquad 4 \qquad 0,0$

$a = 3072,10.$

Calcul de S.

$\log b = 3,7276429$

$\log c = 3,5862215$

$\log \sin A = \overline{1},7528061$

$C^t \log 2 = \overline{1},6989700$

$\log S = 6,7656405$

$\qquad 7656388 . . . \quad 58296$

$\qquad\qquad 17 \qquad 0,23$

$S = 5829625.$

TRIANGLES QUELCONQUES

TROISIÈME CAS

Données $\begin{cases} A = 41° 28' 16'',75 \\ a = 1957^m,95 \\ b = 2346,87 \end{cases}$ Inconnues ... $\begin{cases} B = 52° 32' 28'',839 & B' = 127° 27' 31'',62 \\ C = 85° 59' 14'',87 & C' = 11° 4' 11'',63 \\ c = 2949^m,28 & c' = 567^m,67 \\ S = 2291896 \text{ m.q.} & S' = 441140 \text{ m.q.} \end{cases}$

FORMULES

$$\log \sin B = \log b + \log \sin A + C^t \log a.$$
$$C = 180° - (A + B).$$
$$\log c = \log a + \log \sin C + C^t \log \sin A.$$
$$\log S = \log a + \log b + \log \sin C + C^t \log 2.$$

CALCULS AUXILIAIRES

Calcul de $\log a$.

19759. 2917905
0,5 _____ 111
$\log a = 3,2918016$

Calcul de $\log b$.

23468. 3704761
0,7 _____ 130
$\log b = 3,3704891$

Calcul de $\log \sin A$.

$\log \sin 41° 28' 10''$ $\bar{1},8210026$
6'',75   161
$\log \sin A = \bar{1},8210187$

Calcul de $\log \sin C$.

$\log \sin 85° 59' 10''$ $\bar{1},9989354$
4'',87   7
$\log \sin C = \bar{1},9989341$

Calcul de $\log \sin C'$.

$\log \sin 11° 4' 10''$ $\bar{1},2832981$
1'',65   175
$\log \sin C' = \bar{1},2833156$
$\log 2 = 0,3010300.$

CALCUL DES INCONNUES

Calcul de B.

$\log b = 3,3704891$
$\log \sin A = \bar{1},8210187$
$C^t \log a = \bar{4},7081984$
_____
$\log \sin B = \bar{1},8997062$
6927 . . . . 52° 52' 20''
135   8'',58
$B = 52° 32' 28'',58$ $B' = 127° 27' 31'',62$
$C = 180° - (A+B) = 85° 59' 14'',87$ $C' = 180° - (A+B') = 11° 4' 11'',63$

Calcul de c.   *Calcul de* c'.

$\log a = 3,2918016$ $\log a = 3,2918016$
$\log \sin C = \bar{1},9989341$ $\log \sin C' = \bar{1},2833156$
$C^t \log \sin A = 0,1789813$ $C^t \log \sin A = 0,1789813$
_____   _____
$\log c = 3,4697170$ $\log c' = 2,7550984$
7042   29492   0959   56767
128   0,8   25
$c = 2949,28.$ $c' = 567,67.$

Calcul de S.   *Calcul de* S'.

$\log a = 3,2918016$ $\log a = 3,2918016$
$\log b = 3,3704891$ $\log b = 3,3704891$
$\log \sin C = \bar{1},9989341$ $\log \sin C' = \bar{1},2833156$
$C^t \log 2 = \bar{1},6989700$ $C^t \log 2 = \bar{1},6989700$
_____   _____
$\log S = 6,3651948$ $\log S' = 5,6445763$
1767   22918 $S' = 441140.$
181   0,96
$S = 2291896.$

TRIANGLES QUELCONQUES

QUATRIÈME CAS

Données $\begin{cases} a = 1558^m,975 \\ b = 2594^m,785 \\ c = 1804^m,865 \end{cases}$ Inconnues. . . . . $\begin{cases} A = 29° 56' 20'',82 \\ B = 109° 23'21'',24 \\ C = 41° 0' 17'',88 \\ S = 1156829 \text{ m.q.} \end{cases}$

FORMULES

$$\log r = \frac{1}{2}\left[\log(p-a) + \log(p-b) + \log(p-c) + C' \log p\right].$$

$$\log \tan\frac{A}{2} = \log r + C' \log(p-a).$$

$$\log \tan\frac{B}{2} = \log r + C' \log(p-b).$$

$$\log \tan\frac{C}{2} = \log r + C' \log(p-c).$$

$$\log S = \log r + \log p.$$

CALCULS AUXILIAIRES

Calculs de p, p—a, p—b *et* p—c.

$a = 1558,975$ $p-a = 1320,3375$
$b = 2594,785$ $p-b = 284,5275$
$c = 1804,865$ $p-c = 1074,4475$

$2p = 5758,625$
$p = 2879,3125$

Calcul de $\log p$.

28793. 4592869
6,125   19
——————————————
$\log p = 3,4592888$

Calcul de $\log(p-a)$.

13203. 1819293
0,375   107
——————————————
$\log(p-a) = 3,1819400$

Calcul de $\log(p-b)$.

28452. 4541128
0,75   115
——————————————
$\log(p-b) = 2,4541243$

Calcul de $\log(p-c)$.

10744. 0511660
0,475   192
——————————————
$\log(p-c) = 3,0311852$

Calcul de $\log r$.

$\log(p-a) = 3,1819400$
$\log(p-b) = 2,4541243$
$\log(p-c) = 3,0311852$
$C'\log p = \overline{4},5407112$
——————————————
5,2079607
$\log r = 2,6039803$

CALCUL DES INCONNUES

Calcul de A.

$\log r = 2,6039803$
$C'\log(p-a) = \overline{4},8180600$
——————————————
$\log \tan\frac{A}{2} = \overline{1},4220403$

0568. . .   14° 48' 10''
35   0'',41
$\frac{A}{2} = 14° 48' 10'',41$
$A = 29° 56' 20'',82$

Calcul de B.

$\log r = 2,6039803$
$C'\log(p-b) = \overline{3},5458757$
——————————————
$\log \tan\frac{B}{2} = 0,1498560$

8552. . .   54° 41' 40''
28   0'',62
$\frac{B}{2} = 54° 41' 40'',62$
$B = 109° 23' 21'',24.$

Calcul de C.

$\log r = 2,6039803$
$C'\log(p-c) = \overline{4},9688148$
——————————————
$\log \tan\frac{C}{2} = \overline{1},5727931$

7577. . .   20° 30' 0''
574   8'',94
$\frac{C}{2} = 20° 30' 8'',94$
$C = 41° 0' 17'',88$

Calcul de S.

$\log r = 2,6039803$
$\log p = 3,4592888$
——————————————
$\log S = 6,0632692$
2585. .   11568
109   0.29
$S = 1156829.$

CHAPITRE XII

115. But de ce chapitre. — Dans le cours de géométrie, on a résolu un certain nombre de problèmes relatifs au levé du plan (*). Mais, ainsi que nous l'avons fait remarquer au commencement de cet ouvrage, les solutions graphiques ne peuvent donner que des résultats insuffisants au point de vue de l'exactitude. Le calcul, au contraire, permet d'obtenir toute l'approximation désirable. Nous allons reprendre quelques-uns des problèmes traités en géométrie, en leur appliquant les méthodes de la trigonométrie exposées dans les chapitres précédents.

116. Calculer la hauteur d'une tour dont la base est accessible. — Soit AB une verticale de la tour dont nous supposons le pied accessible (fig. 61). Sur le terrain horizontal situé en avant

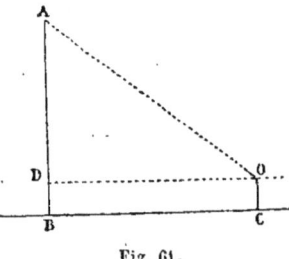

Fig. 61.

de la tour, mesurons, avec le plus grand soin, une base $BC = a$. Plaçant alors le graphomètre en C, nous disposerons le limbe dans le plan vertical ABC ; puis, dirigeant une des alidades suivant l'horizontale DO, nous viserons le sommet A et nous mesurerons l'angle $AOD = \alpha$. Nous connaîtrons ainsi, dans le triangle rectangle AOD, un côté de l'angle droit $OD = a$, et l'angle aigu $AOD = \alpha$; il nous sera donc facile de calculer AD. En ajoutant à AD la hauteur du pied du graphomètre, nous aurons la hauteur de la tour.

Dans la pratique, on choisit la station C, de manière que l'angle α

(*) Voir la *Géométrie* de M. H. Bos. Paris, Hachette et Cⁱᵉ.

soit aussi voisin que possible de 45°. Dans ces conditions, pour une même erreur de lecture de l'angle α, l'erreur définitive est minimum. En effet, α étant l'angle lu sur le limbe, désignons par ε l'erreur de lecture, de telle sorte que l'angle véritable serait $\alpha + \varepsilon$. Soit h' la vraie hauteur correspondante à l'angle véritable $\alpha + \varepsilon$ et h la hauteur qui correspond à l'angle lu α. On a les deux relations

$$h' = a \tan (\alpha + \varepsilon) \text{ et } h = a \tan \alpha.$$

L'erreur définitive $h' - h$ a donc pour expression

$$a [\tan (\alpha + \varepsilon) - \tan \alpha] = \frac{h [\tan (\alpha + \varepsilon) - \tan \alpha]}{\tan \alpha}.$$

Mais

$$\tan (\alpha + \varepsilon) - \tan \alpha = \frac{\sin \varepsilon}{\cos (\alpha + \varepsilon) \cos \alpha};$$

Par suite, nous obtenons, pour l'expression de l'erreur,

$$\frac{h \sin \varepsilon}{\cos (\alpha + \varepsilon) \sin \alpha}.$$

Or, nous savons que la différence des sinus de deux arcs est égale à deux fois le cosinus de la demi-somme de ces arcs multiplié par le sinus de la demi-différence. Do :

$$\cos (\alpha + \varepsilon) \sin \alpha = \frac{\sin (2\alpha + \varepsilon) - \sin \varepsilon}{2}.$$

L'erreur définitive du calcul sera donc exprimée par

$$\frac{2 h \sin \varepsilon}{\sin (2\alpha + \varepsilon) - \sin \varepsilon}.$$

Le minimum de l'erreur correspond au maximum du dénominateur, c'est-à-dire au maximum de $\sin (2\alpha + \varepsilon)$, lequel a lieu pour $2\alpha + \varepsilon = 90°$, ce qui donne $\alpha = 45°$, en négligeant ε devant 2α.

117. Calculer la hauteur d'une tour dont le pied est inaccessible. — Lorsque le pied de la tour est inaccessible, on choisit sur le terrain horizontal deux stations C et C' (fig. 62) dont on mesure avec soin la distance. Le graphomètre étant placé successi-

vement dans ces deux stations et son limbe étant disposé dans le
plan vertical ABC, on mesure les deux
angles AOO′ et AO′O. On connaît alors
dans le triangle AO′O un côté et les deux
angles adjacents; on peut donc calculer le côté AO′. Cela posé, l'angle AO′D,
supplément de l'angle AO′O, est connu.
Par suite, on connaît, dans le triangle
rectangle AO′D, l'hypoténuse et un angle aigu AO′D; on pourra donc calculer AD au moyen de la formule

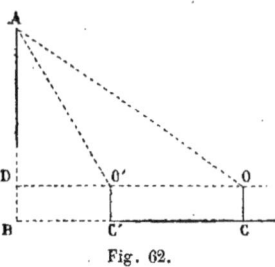

Fig. 62.

$$AD = O′A \sin AO′D.$$

**118. Calculer la hauteur d'une montagne au-dessus du
niveau de la plaine.** — Soit S (fig. 63) le sommet de la montagne. Sur le terrain horizontal qui la
précède, mesurons une base AB. Le
graphomètre étant successivement disposé en A et en B, mesurons les angles SAB et SBA. Nous connaîtrons ainsi
dans le triangle SAB un côté et deux
angles adjacents; nous pourrons donc
calculer SA.

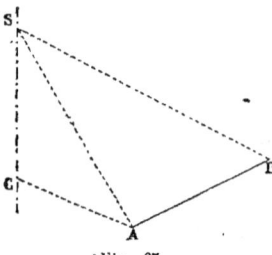

Fig. 63.

Cela posé, soit SC la verticale du
point S. Le limbe du graphomètre
étant disposé dans le plan vertical SAC, dirigeons l'une des alidades suivant AS et l'autre suivant l'horizontale AC. Nous obtiendrons ainsi l'angle SAC, et nous connaîtrons, dans le triangle rectangle SAC, l'hypoténuse SA et l'angle aigu SAC; il nous sera donc
facile de calculer SC.

**119. — Calculer la distance d'un point accessible à un point
inaccessible, mais visible.** — Soient
A et S (fig. 64) le point accessible et
le point inaccessible. La question se ramène à la résolution d'un triangle quelconque dont on connaît un côté et deux
angles. En effet, l'opérateur, ayant me-
suré une base AB sur la partie accessible du terrain, dispose successivement
son graphomètre en A et B et mesure les angles SAB et SBA. Il

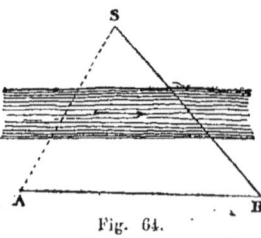

Fig. 64.

connaît donc ainsi, dans le triangle SAB, le côté AB et les deux angles adjacents.

120. Calculer la distance de deux points inaccessibles, mais visibles. — Soient R et S les deux points inaccessibles (fig. 65).

On mesure une base AB sur la partie accessible du terrain; puis l'opérateur, plaçant successivement son graphomètre en A et en B, mesure : en A, les angles BAR et BAS; en B, les angles ABS et ABR. Les deux angles RAS et RBS peuvent être obtenus au moyen de la soustraction; mais il vaut mieux les mesurer aussi

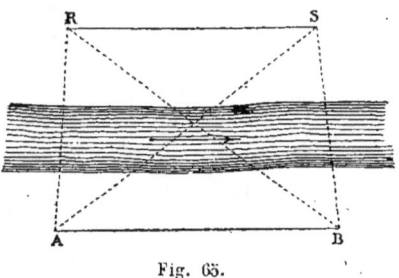

Fig. 65.

directement. Il y a là, en effet, une vérification qu'il ne faut pas négliger. (Nous avons supposé que les quatre points A, B, R et S étaient dans le même plan.)

Cela posé, dans les triangles BAR et SAB, on connaît un côté et les angles adjacents; on peut donc calculer RA dans le premier triangle, et SA dans le second. Ces calculs faits, on connaîtra, dans le triangle RAS, deux côtés et l'angle compris; on pourra donc calculer le côté RS.

Voici comment on dirige les calculs. Nous désignerons, pour abréger,

les angles RAB, SAB par α et α';
les angles SBA, RBA par δ et δ';
l'angle ARB $= 180^\circ - (\alpha + \delta')$ par β,

et   l'angle ASB $= 180^\circ - (\alpha' + \delta)$ par γ.

Soit d la base AB mesurée sur le terrain accessible, et soient a, b, c les trois côtés du triangle ARS.

On a, dans les triangles RAB et SAB,

$$c = \frac{d \sin \delta'}{\sin \beta} \quad b = \frac{d \sin \delta}{\sin \gamma}.$$

D'un autre côté, le triangle RAS fournit la relation

$$\operatorname{tang} \frac{R - S}{2} = \frac{b - c}{b + c} \operatorname{cotg} \frac{A}{2} = \frac{1 - \dfrac{c}{b}}{1 + \dfrac{c}{b}} \operatorname{cotg} \frac{A}{2};$$

ou, en posant $\frac{c}{b} = \tan \varphi$,

$$\tan \frac{R-S}{2} = \tan(45^{\circ} - \varphi)\cotg\frac{A}{2}.$$

Pour déterminer l'angle φ, nous avons la relation

$$\tan \varphi = \frac{c}{b} = \frac{\sin \delta'}{\sin \delta} \times \frac{\sin \gamma}{\sin \beta},$$

d'où

$$\log \tan \varphi = \log \sin \delta' + \log \sin \gamma + \text{C}^{\text{t}} \log \sin \delta + \text{C}^{\text{t}} \log \sin \beta.$$

L'angle φ étant connu, nous déterminerons l'angle $\frac{R-S}{2}$ par la formule $\tan \frac{R-S}{2} = \tan(45^{\circ} - \varphi)\cotg\frac{A}{2}$. Alors, connaissant $\frac{R+S}{2}$ et $\frac{R-S}{2}$, nous aurons R et S.

Cela posé, en appliquant au triangle RAS la relation des sinus, nous aurons $a = \frac{b\sin A}{\sin R}$; mais $b = \frac{d\sin \delta}{\sin \gamma}$; donc $a = \frac{d\sin \delta \sin A}{\sin R \sin \gamma}$.

Cette formule permettra de calculer la distance inconnue a.

Nous donnons dans la page suivante un exemple numérique, pour mieux entrer dans le détail du calcul.

EXEMPLE NUMÉRIQUE

DONNÉES

$d = 341^{m},75$

$\left.\begin{array}{l} \alpha = 84°18'16'' \\ \alpha' = 41°23'18'' \end{array}\right\} A = \alpha - \alpha' = 42°54'58''$

$\delta = 100°32'24''$

$\delta' = 32°24'10''$

DONNÉES

$\beta = 180° - (\alpha + \delta') = 63°17'34''$

$\gamma = 180° - (\alpha' + \delta) = 38°\ 4'18''$

$\dfrac{R + S}{2} = 68°31'31°$

$\dfrac{A}{2} = 21°27'29''$

INCONNUE

$$a = 418^{m},67.$$

FORMULES

$$\log \operatorname{tang} \varphi = \log \sin \delta' + \log \sin \gamma + C^t \log \sin \delta + C^t \log \sin \beta.$$

$$\log \operatorname{tang} \frac{R - S}{2} = \log \operatorname{tang}(45° - \varphi) + \log \cot \frac{A}{2}.$$

$$\log a = \log d + \log \sin \delta + \log \sin A + C^t \log \sin R + C^t \log \sin \gamma.$$

CALCULS AUXILIAIRES

Calcul de log d
34175.	5337085
$\log d$ =	2,5537085

Calcul de log sin A.
$\log \sin 42°54'50''$	$\overline{1},8530823$
$8''$	182
$\log \sin A = $	$\overline{1},8531005$

Calcul de log cot $\frac{A}{2}$.
$\log \cot 21°\ 27'\ 30''$	$0,4055294$
$1''$	62
$\log \cot \frac{A}{2} = $	$0,4055356$

Calcul de log sin δ'.
$\log \sin 32°24'10''$	$\overline{1},7290376$
$\log \sin \delta' = $	$\overline{1},7290376$

Calcul de log sin δ.
$\log \sin 100°32'24'' = \log \sin$	$79°27'36''$
$\log \sin\ 79°27'30'' \ldots$	$\overline{1},9926075$
$6'' \ldots$	23
$\log \sin \delta = $	$\overline{1},9926098$

Calcul de log sin γ.
$\log \sin 38°\ 4'\ 10''$	$\overline{1},7900149$
$8''$	215
$\log \sin \gamma = $	$\overline{1},7900364$

Calcul de log sin β.
$\log \sin 63°17'50''$	$\overline{1},9510003$
$4''$	42
$\log \sin \beta = $	$\overline{1},9510045$

Calcul de φ.
$\log \sin \delta' = $	$\overline{1},7290376$
$\log \sin \gamma = $	$\overline{1},7900364$
$C^t \log \sin \delta = $	$0,0073902$
$C^t \log \sin \beta = $	$0,0489955$
$\log \operatorname{tang} \varphi = $	$\overline{1},5754797$

	5754272	20° 27' 0''
	525	8'',2
$\varphi = 20°\ 27'\ 8'',2$		
$45° - \varphi = 24°\ 22'\ 51''8$		

SUITE DES CALCULS AUXILIAIRES

Calcul de log tang $(45° - \varphi)$.
$\log \operatorname{tang} 24°\ 22'\ 50''$	$\overline{1},6565004$
$1,8$	101
$\log \operatorname{tang}(45° - \varphi) = $	$\overline{1},6565105$

Calcul de $\frac{R - S}{2}$.
$\log \operatorname{tang}(45° - \varphi) = $	$\overline{1},6565105$
$\log \cot \frac{A}{2} = $	$0,4055356$
$\log \operatorname{tang} \frac{R - S}{2} = $	$0,0618461$

	0,0618152	49° 5' 50''
	509	7'',27
$\dfrac{R - S}{2} = 49°\ 5'\ 57'',27$		

Calcul de R.
$\dfrac{R + S}{2} = $	$68°\ 32'\ 51''$
$\dfrac{R - S}{2} = $	$49°\ 5'\ 57'',27$
$R = $	$117°\ 36'\ 28'',27$

Calcul de log sin R.
$\log \sin R = \log \sin 62°\ 23'\ 51'',73$	
$\log \sin 62°\ 23'\ 50'' = $	$\overline{1},9475005$
$1'',73$	19
$\log \sin R = $	$1,9475024$

CALCUL DE L'INCONNUE
$\log d = $	$2,5537085$
$\log \sin \delta = $	$\overline{1},9926098$
$\log \sin A = $	$\overline{1},8531005$
$C^t \log \sin R = $	$0,0524976$
$C^t \log \sin \gamma = $	$0,2099636$
$\log a = $	$2,6218800$

	6218718	41867
	82	0,80
$a = 418,68.$		

121. Trois points A, B, C étant situés sur un terrain uni et rapportés sur une carte, déterminer, sur cette carte, le point P

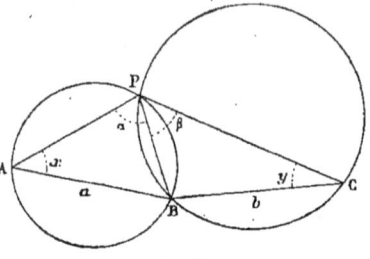

d'où les droites AB et BC ont été vues sous des angles qu'on a mesurés. — Les données sont   AB = a, BC = b, l'angle ABC=B et les angles α et β sous lesquels les droites AB et BC ont été vues du point P ; il s'agit de placer le point P sur la carte (fig. 66).

Fig. 66.

Prenons pour inconnues les angles PAB et PCB que nous désignerons par x et y. Dans le quadrilatère PABC, on a

$$x + y = 360^0 - (B + \alpha + \beta) ;$$

d'où

$$\frac{x + y}{2} = 180^0 - \frac{B + \alpha + \beta}{2}.$$

Par conséquent, le problème sera résolu, si nous parvenons à déterminer $\frac{x - y}{2}$. Or, les triangles PAB et PBC nous fournissent les relations

$$PB = \frac{a \sin x}{\sin \alpha} \quad \text{et} \quad PB = \frac{b \sin y}{\sin \beta},$$

ce qui donne, en égalant les deux expressions de PB,

$$\frac{a \sin x}{\sin \alpha} = \frac{b \sin y}{\sin \beta}.$$

On en déduit

$$\frac{\sin x}{\sin y} = \frac{b \sin \alpha}{a \sin \beta}$$

et, par suite,

$$\frac{\sin x + \sin y}{\sin x - \sin y} = \frac{b \sin \alpha + a \sin \beta}{b \sin \alpha - a \sin \beta}.$$

Mais

$$\frac{\sin x + \sin y}{\sin x - \sin y} = \frac{\tan \frac{x + y}{2}}{\tan \frac{x - y}{2}}.$$

Donc

$$\frac{\tan\dfrac{x+y}{2}}{\tan\dfrac{x-y}{2}}=\frac{b\sin\alpha+a\sin\beta}{b\sin\alpha-a\sin\beta}.$$

De cette dernière relation, en remarquant que

$$\tan\frac{x+y}{2}=-\tan\frac{B+\alpha+\beta}{2},$$

on tire

$$\tan\frac{x-y}{2}=\frac{a\sin\beta-b\sin\alpha}{a\sin\beta+b\sin\alpha}\times\tan\frac{B+\alpha+\beta}{2}.$$

En posant $\qquad \tan\varphi=\dfrac{b\sin\alpha}{a\sin\beta}$

la formule devient

$$\tan\frac{x-y}{2}=\tan(45^0-\varphi).\tan\frac{B+\alpha+\beta}{2},$$

formule calculable par logarithmes. On a d'ailleurs, pour déterminer l'angle φ, la relation |

$$\log\tan\varphi=\log b+\log\sin\alpha+C^t\log a+C^t\log\sin\beta.$$

REMARQUE.—La valeur de $\tan\dfrac{x-y}{2}$ est donnée par un produit de deux facteurs. Il sera donc toujours possible de déterminer cette valeur, à moins que l'un des facteurs ne soit nul en même temps que l'autre deviendrait infini, auquel cas il y aurait indétermination.

Le premier facteur $\tan(45^0-\varphi)$ ne peut être infini. En effet, la relation $\dfrac{b\sin\alpha}{a\sin\beta}=\tan\varphi$ permet toujours de calculer l'angle φ, lequel est moindre que 90^0; par suite, $45^0-\varphi$ est aussi, en valeur absolue, moindre que 90^0; $\tan(45^0-\varphi)$ a donc une valeur déterminée.

Quant au second facteur $\tan\dfrac{B+\alpha+\beta}{2}$, il devient infini, si l'on a la relation $B+\alpha+\beta=180^0$. Mais, dans ce cas, les angles x et y étant supplémentaires, on a

$$\frac{a}{\sin\alpha}=\frac{b}{\sin\beta}\text{ ou }a\sin\beta=b\sin\alpha.$$

Donc $\tan\varphi = 1$ et l'angle φ est égal à 45°. Le premier facteur $\tan(45° - \varphi)$ est donc égal à zéro, et $\tan\dfrac{x-y}{2}$ se présente sous la forme $0 \times \infty$, ce qui est une des formes de l'indétermination.

Ce résultat est facile à interpréter géométriquement. En décrivant sur AB un segment capable de l'angle α, et sur BC un segment capable de l'angle β, on a deux circonférences qui se coupent en B et en un second point qui est le point cherché P. Lorsque la somme $B + \alpha + \beta$ diffère de 180°, les deux circonférences sont distinctes et la solution graphique est toujours possible. Mais lorsque

$$B + \alpha + \beta = 180°,$$

les deux circonférences se confondent et le problème est indéterminé. Chacune des expressions $\dfrac{a}{\sin\alpha}$ et $\dfrac{b}{\sin\beta}$ représente le diamètre de la circonférence.

EXERCICES

1. Trouver les conditions pour que les équations

$$a \sin x + b \cos x = c,$$
$$a' \tan x + b' \cot g x = c'$$

soient vérifiées par la même valeur de l'arc x.

2. Résoudre l'équation

$$\tan (x + a) = \frac{\sin 2x}{\cos 2x - \frac{1}{3}}.$$

3. Dans la formule qui donne $\tan a$ en fonction de $\tan 3a$ on demande de remplacer successivement $\tan 3a$: 1° par 0 ; 2° par ∞ ; 3° par -1, et de trouver les valeurs correspondantes de $\tan a$.

4. La tangente trigonométrique de la somme de deux arcs est 3, la tangente de leur différence est $\frac{1}{3}$; quels sont ces arcs? (Baccalauréat, Clermont).

5. Résoudre l'équation.

$$\cos x = m \tan x$$

6. En supposant que la terre soit une sphère parfaite, trouver le rapport de la zone torride à la surface de la terre. (Baccalauréat, Dijon.)

7. Résoudre l'équation

$$\frac{p}{\csc x} + \frac{q}{\sec x} = r. \quad \text{(Concours académique, Caen.)}$$

8. Déterminer tous les valeurs de x qui satisfont à l'équation

$$\tan x + \tan 2x = \tan 3x.\qquad \text{(Baccalauréat, Paris.)}$$

9. Résoudre l'équation

$$a. \tan x + b \cot x = c.\qquad \text{(Baccalauréat, Paris.)}$$

10. Résoudre les équations

$$a. \sin x + b. \sin y = a,$$
$$a. \cos x + b. \cos y = b.\qquad \text{(Baccalauréat, Paris.)}$$

11. Résoudre l'équation

$$\cos 2x = \cos x.\qquad \text{(Baccalauréat, Paris.)}$$

12. Résoudre les équations

$$\sin x + \sin y = a,$$
$$\cos x. \cos y = b.\qquad \text{(Baccalauréat, Paris.)}$$

13. Résoudre l'équation

$$2 \cot x + 3 \tan x = a.\qquad \text{(Baccalauréat, Paris.)}$$

14. Résoudre $\tan^2 x + 4 \cos^2 x = m.$ (Examens oraux de Saint-Cyr.)

15. Résoudre $\sin^2 x + \sin^2 2x = a.$ (Examens oraux de Saint-Cyr.)

16. Maximum de $\sin^2 x + a \cos x.$ (Examens oraux de Saint-Cyr.)

17. Maximum de $\dfrac{\sin 2x}{1 + \sin^2 x}$ quand x varie de 0 à 90. (Examens oraux de Saint-Cyr.)

18. Résoudre l'équation

$$5 \sin^2 x + 5 \sin x - 3 = 0,$$

l'angle x étant compris entre 0 et 180°. (Examens écrits de Saint-Cyr.)

19. Un arc a pour sinus $\dfrac{1}{2}$; un autre a pour sinus $\dfrac{\sqrt{6} - \sqrt{2}}{2}$. Calculer le sinus de la somme. (Examens oraux de l'École polytechnique.)

20. Vérifier la formule

$$\tan g\, x = \cot g\, x - 2\cot g\, 2x ;$$

en déduire une formule donnant la somme

$$\tan g\, x + \frac{1}{2}\tan g\,\frac{x}{2} + \frac{1}{4}\tan g\,\frac{x}{4} + \dots \dots + \frac{1}{2^n}\tan g\,\frac{x}{2^n}.$$

(Examens oraux de l'École polytechnique.)

21. Résoudre l'équation

$$\frac{\sin x}{\sin(\theta - x)} = m.$$

22. Minimum de

$$\tan g^2\, x + 16\cos^2 x. \qquad \text{(Examens oraux de Saint-Cyr.)}$$

23. Éliminer x entre les équations

$$\sin x + \cos x = m,$$
$$\sin^3 x + \cos^3 x = n. \qquad \text{(Examens oraux de Saint-Cyr.)}$$

24. Résoudre l'équation

$$\cos 2x + 2\sin x = m. \qquad \text{(Examens oraux de Saint-Cyr.)}$$

25. Trouver l'arc x qui satisfait à l'équation

$$\tan g\,(x + \alpha) = 2\tan g\,(x - \alpha). \qquad \text{(Examens oraux de Saint-Cyr.)}$$

26. Résoudre l'équation

$$\sin 2x = 5\cos 3x.$$

27. Résoudre l'équation

$$\frac{\sin x}{2} - \frac{\cos x}{3} = \frac{1}{5}.$$

28. Résoudre l'équation

$$2\tan g\, 2x = 5\tan g\, x. \qquad \text{(Baccalauréat, Poitiers.)}$$

29. Résoudre et discuter l'équation

$$2 \sin 3x - 3 \sin 2x = m \sin x.$$ (Baccalauréat, Rennes.)

30. Trouver les valeurs de x et de y comprises entre o et $\frac{\pi}{2}$ qui satisfont aux deux équations

$$\sin x = \cos 2y,$$
$$\sin 2x = \cos y.$$ (Concours académique, Aix.)

31. Maximum ou minimum de

$$\frac{\tang 2x}{\tang 3x},$$

lorsque x varie de 0 à 45°.

32. Résoudre l'équation

$$2 \sin^3 3x + \sin^2 6x = 2.$$ (Baccalauréat, Paris.)

33. Le quadrant AB, dont le centre est 0, est divisé au point C en deux parties telles que la corde AC est le double de la corde CB. Calculer les lignes trigonométriques de l'angle $\frac{BOC}{2}$.

34. Trouver les expressions de $\sin x$ et $\cos x$ en fonction de $\tang \frac{x}{2}$, prévoir a priori que ces expressions sont des fonctions rationnelles de $\tang \frac{x}{2}$. (Baccalauréat, Paris.)

35. Résoudre le système

$$\cos x + \cos y = 1,$$
$$\cos \frac{x}{2} + \cos \frac{y}{2} = m.$$ (Examens oraux de Saint-Cyr.)

36. Maximum de $\sin x + \sqrt{3} \cos x$. (Examens oraux de Saint-Cyr.)

37. Résoudre l'équation

$$\tang x = 3 \sin x.$$

58. Calculer la somme des sinus ou des cosinus des arcs croissant en progression arithmétique.

59. Calculer les sommes

$$\sin^2 a + \sin^2 (a+h) + \sin^2 (a+2h) + \ldots + \sin^2 (a+nh),$$
$$\cos^2 a + \cos^2 (a+h) + \cos^2 (a+2h) + \ldots + \cos^2 (a+nh).$$

40. Calculer $\tang \dfrac{a}{4}$ en fonction de $\tang a$.

41. Combien de valeurs peut avoir $\cos \dfrac{a}{4}$ en fonction de $\sin a$?

42. Combien de valeurs peut avoir $\tang \dfrac{a}{4}$ en fonction de $\cos a$?

43. Vraie valeur de $x \cotg x$ pour $x = 0$.

44. Vraie valeur de

$$\frac{\cos (45+x)}{1 - \tang x}$$

pour $x = 45°$.

45. Calculer la valeur de x donnée par la formule

$$x^3 = \frac{\pi a^3 \sin^2 \varphi \cos \varphi}{3},$$

dans laquelle

$$a = 142^\mathrm{m},375 \text{ et } \varphi = 27° 28' 44'.$$

46. Rendre calculable par logarithmes l'expression

$$1 - \sin^2 y - \sin^2 x. \qquad \text{(Baccalauréat, Poitiers.)}$$

47. Rendre calculable par logarithmes, au moyen d'un angle auxiliaire, l'expression

$$\frac{a + \sqrt{a^2 + b^2}}{b};$$

effectuer le calcul lorsque $a = 113$, $b = 355$.

48. Étant donné un triangle ABC, on prend sur les trois côtés les points a, b, c, tels que

$$\frac{Ba}{Ca} = \frac{Cb}{Ab} = \frac{Ac}{Bc} = \frac{p}{q};$$

14

on demande de calculer les côtés du triangle, connaissant les longueurs Aa, Bb, Cc. (Concours académique, Aix.)

49. Par le sommet O d'un triangle OAB, on élève une perpendiculaire OC au plan de ce triangle, les droites OA et OB restent fixes, ainsi que le point C. Les points A et B se déplacent de manière que AB conserve une valeur constante. Trouver le minimum de l'angle ACB, l'angle AOB étant aigu. Prenant

$$OA = \alpha, \quad OB = \beta, \quad OC = h, \quad AB = c, \quad AOB = \theta, \quad ACB = C$$

et supposant $c = h$ tang θ, on déterminera dans ce cas particulier pour combien de positions de la ligne AB l'angle C prend une valeur donnée et les limites entre lesquelles varie cet angle. (Concours académique, Besançon, Nancy.)

50. Si l'on divise le côté BC d'un triangle en trois parties égales aux points Q et R, démontrer les égalités suivantes :

$$\sin \text{BAR}. \, \sin \text{CAQ} = 4 \sin \text{BAQ}. \, \sin \text{CAR}.$$
$$(\text{cotg BAQ} + \text{cotg QAR})(\text{cotg CAR} + \text{cotg RAQ}) = 4 \, \text{coséc}^2 \, \text{QAR}.$$

51. Calculer les angles d'un triangle sachant que les hauteurs sont entre elles comme les nombres 2, 3, 4. (Baccalauréat, Rennes.)

52. La déclinaison du soleil étant supposée égale à d, calculer la durée du jour en un lieu dont la latitude est l. (Baccalauréat, Rennes.)

53. Résoudre un triangle rectiligne, connaissant l'angle C et les sommes $a + c$, $b + c$ formées en ajoutant successivement le côté c à chacun des deux autres.

54. Étant donné un point A entre deux parallèles, tracer un triangle rectangle ayant le sommet de son angle droit en A et les deux autres sommets sur les deux parallèles, de manière que sa surface soit minimum.

55. Les médianes d'un triangle forment avec les côtés qu'elles divisent en deux parties égales des angles comptés dans le même sens de rotation dont la somme des cotangentes est nulle.

56. Si l'on prend dans l'intérieur d'un triangle un point O tel que

$$\text{CAO} = \text{ABO} = \text{BCO} = \theta,$$

on a $\qquad$ cotg θ = cotg A + cotg B + cotg C.

57. Si l'on mène par un point O les perpendiculaires OD, OE, OF

sur les côtés d'un triangle, on a

$$\text{cotg ADC} + \text{cogt BEA} + \text{cotg CFB} = 0.$$

58. On donne une circonférence O et un point A. On demande de déterminer sur la circonférence un point B tel que l'angle BAO soit double de l'angle BOA.

59. Résoudre un triangle connaissant deux côtés et l'angle compris :

$$A = 58^0\ 20'\ ;\quad b = 7395^m\ ;\quad c = 4786^m.\quad \text{(Baccalauréat, Clermont.)}$$

60. Inscrire dans un secteur circulaire donné AOB, dont l'angle au centre O vaut 45^0, le rectangle dont la diagonale est minimum, un côté du rectangle étant placé sur le rayon OA. On donnera la valeur de la diagonale et celle des rapports des deux côtés du rectangle. (Concours de Saint-Cyr, 1880.)

61. Résoudre un triangle connaissant deux côtés a, b et l'angle A opposé au côté a.

$$a = 5^m,785\ ;\quad b = 5^m,092\ ;\quad A = 55^0\ 40'.\quad \text{(Baccalauréat, Clermont.)}$$

62. Un triangle ABC étant inscrit dans un cercle dont le rayon est pris pour unité, on mène par le sommet de chaque angle une perpendiculaire à la bissectrice de cet angle. On obtient ainsi trois lignes qui déterminent un second triangle A'B'C', dont les côtés B'C', A'C', A'B' passent respectivement par les trois sommets A, B, C du premier. Cela posé, on demande de résoudre le triangle ABC, sachant :

1º Que dans le triangle ABC le rapport du côté AB à la somme des deux autres est égal à un nombre donné λ ;

2º Que dans le triangle A'B'C' le rapport du côté A'B' à la somme des deux autres est égal à un nombre donné μ.

Discuter le problème et appliquer au cas où $\lambda = \dfrac{1}{2}$, $\mu = \dfrac{2}{3}$.

(Concours général, Rhétorique.)

63. Déterminer un triangle semblable à un triangle donné, et dont les trois sommets reposent sur trois circonférences concentriques données.

64. Étant donné un triangle dont les côtés sont a, b, c et dont les angles sont A, B, C, démontrer que les angles aigus x, y, z détermi-

nés par les équations $\cos x = \dfrac{a}{b+c}$, $\cos y = \dfrac{b}{a+c}$, $\cos z = \dfrac{c}{a+b}$, vérifient les relations

$$\operatorname{tang}^2\frac{x}{2} + \operatorname{tang}^2\frac{y}{2} + \operatorname{tang}^2\frac{z}{2} = 1 \,;$$

$$\operatorname{tang}\frac{x}{2}\operatorname{tang}\frac{y}{2}\operatorname{tang}\frac{z}{2} = \operatorname{tang}\frac{A}{2}\operatorname{tang}\frac{B}{2}\operatorname{tang}\frac{C}{2}.$$

(Baccalauréat, Paris.)

65. De ce que
$$\sin^2 A = \sin^2 B + \sin^2 C$$

peut-on en conclure que le triangle soit rectangle? (Baccalauréat, Paris).

66. Sur les trois arêtes d'un trièdre, on prend trois longueurs égales à l'unité OA, OB, OC. Démontrer que si on appelle V le volume du tétraèdre OABC, a, b, c les faces ayant pour sommet O, on a

$$5V = \sqrt{\sin\frac{a+b+c}{2}\sin\frac{b+c-a}{2}\sin\frac{c+a-b}{2}\sin\frac{a+b-c}{2}}$$

67. Dans un triangle dont les côtés sont en progression arithmétique, l'angle A étant l'angle moyen, on a

$$\operatorname{tang}\frac{B}{2}\operatorname{tang}\frac{C}{2} = \frac{1}{3}\,; \qquad \operatorname{cotg}\frac{B}{2} + \operatorname{cotg}\frac{C}{2} = 2\operatorname{cotg}\frac{A}{2}.$$

68. Prouver que dans un triangle on a

$$\frac{r}{R} = \frac{a\cos A + b\cos B + c\cos C}{a+b+c},$$

r étant le rayon du cercle inscrit et R le rayon du cercle circonscrit.

69. Prouver que la portion du diamètre du cercle circonscrit à un triangle ABC comprise entre le sommet A et le côté BC est égale à

$$\frac{a\cos A + b\cos B + c\cos C}{\sin 2B + \sin 2C}.$$

70. Deux circonférences de rayon r et r' se coupent, la distance de leurs centres est d. Calculer les angles sous lesquels la corde d'intersection est vue des centres O et O'. (Baccalauréat, Bordeaux.)

71. Sur une droite de longueur a on décrit un segment capable d'un angle donné A. Calculer le rayon du cercle et l'arc du segment où est inscrit l'angle A;

Application : $a = 436$; $A = 58° 52'$.   (Baccalauréat, Bordeaux.)

72. Dans un quadrilatère on donne les trois côtés BC, CA, AB et les deux angles adjacents au quatrième côté. On demande de calculer les autres éléments du quadrilatère. (Concours académique, Bordeaux.)

73. Dans un triangle on a

$$\cot g \frac{A}{2} + \cot g \frac{B}{2} + \cot g \frac{C}{2} = \frac{p}{r} ;$$

$$\cot g \frac{A}{2} + \cot g \frac{B}{2} + \cot g \frac{C}{2} = \frac{p}{r'} + \frac{p}{r''} + \frac{p}{r'''} ;$$

$$\cot g \frac{A}{2} \cot g \frac{B}{2} \cot g \frac{C}{2} = \frac{(p-a)(p-b)(p-c)}{r^3} = \frac{p^3}{r' r'' r'''} ;$$

$$\sin A + \sin B + \sin C = \frac{p}{R} ;$$

$$\sin A \sin B \sin C = \frac{pr}{2R^2} ;$$

$$\sin A \sin B + \sin B \sin C + \sin C \sin A = \frac{p^2 + r^2 + 4Rr}{4R^2} ;$$

$$4 \sin \frac{A}{2} \sin \frac{B}{2} \sin \frac{C}{2} = \frac{r}{R},$$

dans lesquelles p désigne le demi-périmètre, r, r', r'', r''' les rayons des cercles inscrits et exinscrits, R le rayon du cercle circonscrit.

74. Dans un triangle la somme des inverses des côtés des six carrés inscrits et exinscrits est égale au double de l'inverse du rayon du cercle inscrit.

75. Résoudre un triangle, connaissant le périmètre et deux hauteurs.

76. Dans un triangle, on a

$$\frac{\sin A}{\sin B} = 2 \cos C,$$

quelle particularité présente le triangle ?

77. Dans un triangle on a

$$\frac{\tan g B}{\tan g C} = \frac{\sin^2 B}{\sin^2 C},$$

quelle particularité présente le triangle ?

78. On désigne quelquefois sous le nom de triangle orthocentrique le triangle formé par les pieds des hauteurs d'un triangle. Démontrer que les côtés du triangle orthocentrique sont

$$a \cos A, \quad b \cos B, \quad c \cos C \,;$$

que les angles A′, B′, C′ de ce triangle sont tels que sin A′ = sin 2A...
Si R′ est le rayon du cercle circonscrit à ce triangle,

$$2R' = \frac{a}{2 \sin A} = R.$$

79. Déterminer le rayon du cercle inscrit dans le triangle orthocentrique.

80. Déterminer la distance entre le centre du cercle circonscrit à
un triangle et le point de rencontre des hauteurs qu'on nomme
quelquefois l'orthocentre.

81. Dans un triangle ABC, le côté AB a une longueur de 169 toises,
la bissectrice de l'angle A prolongé jusqu'au côté BC a une longueur de
157 toises ; l'angle B augmenté de la moitié de l'angle A forme les $\frac{14692}{9155}$
d'un angle droit. Calculer les angles de ce triangle à un centième
de seconde près, ses côtés à un dixième de millimètre près, sa surface à un centiare près. (École forestière, composition écrite.)

82. On circonscrit à une sphère donnée un tronc de pyramide régulier dont les bases sont des octogones réguliers. Déterminer : 1° le
volume de ce tronc en fonction du rayon de la sphère et de l'inclinaison de ses faces latérales sur la grande base ; 2° le minimum
de ce volume quand on fait varier l'inclinaison. (École forestière.)

83. On a un cercle et un point P extérieur au cercle. On mène la
droite PMN qui coupe la circonférence aux points M et N et qui
forme avec OP l'angle α. — 1° Trouver l'équation qui donne les longueurs PM et PN ; 2° si on abaisse MQ et NQ′ perpendiculaires sur
OP, trouver l'équation qui donne MQ et NQ′ ; 3° déterminer l'angle α
de manière que MQ + NQ′ soit égale à K.

84. Étant donné un triangle rectangle ABC, on demande de déterminer l'angle C de manière que, si l'on mène AD perpendiculaire sur
l'hypoténuse, DE perpendiculaire sur AC, EF perpendiculaire sur
l'hypoténuse et ainsi de suite, la somme de toutes ces lignes soit
égale au périmètre.

85. On donne une demi-circonférence AB et un rayon OM incliné

de 60° sur OB, qui rencontre en T la tangente BT au point B ; on demande de trouver la surface du triangle mixtiligne BMT.

86. Connaissant tous les éléments d'un triangle, évaluer : 1° les segments déterminés sur chaque côté par le point de contact du cercle inscrit ; 2° les côtés du triangle formé en joignant ces trois points ; 3° la surface de ce triangle. (Concours académique, Lille.)

87. Dans un triangle ABC, on désigne par a, b, c les trois côtés et par I un point qui détermine sur le côté BC deux segments IB, IC proportionnels aux nombres p et q. On demande de résoudre les quatre questions suivantes :

1° Calculer en fonction de a, b, c, p, q la longueur x de la droite AI ;

2° Déduire de la formule obtenue les longueurs α, β, γ des bissectrices intérieures et les longueurs α', β', γ' des bissectrices extérieures.

5° Démontrer que si les deux bissectrices intérieures β et γ sont égales, les côtés correspondants b et c sont égaux ;

4° Exprimer en fonction de la surface S du triangle et du rayon R du cercle circonscrit la quantité Z définie par l'égalité

$$2Z = \frac{\alpha'^2 - \alpha^2}{\alpha'^2 + \alpha^2} \sin A + \frac{\beta'^2 - \beta^2}{\beta'^2 + \beta^2} \sin B + \frac{\gamma'^2 - \gamma^2}{\gamma'^2 + \gamma^2} \sin C.$$

(Concours académique, Dijon.)

88. Exprimer le volume engendré par un segment de cercle tournant autour d'un diamètre en fonction de l'angle au centre d, qui intercepte l'arc du segment, de la perpendiculaire h abaissée du centre sur la corde et de l'angle β que cette perpendiculaire fait avec le diamètre autour duquel s'effectue la rotation. (Baccalauréat, Poitiers.)

89. On donne un cercle de rayon $OA = r$ et un point fixe P situé à une distance a du centre. Un point mobile M décrit la circonférence OA. On demande, pour chaque position du point M définie par l'angle $MOP = x$, l'expression du volume que décrirait le triangle MOP en tournant autour de OP. Maximum de ce volume.

90. Dans un triangle on donne le côté a et les angles ; on propose de calculer les distances du milieu du côté a aux points où les bissectrices intérieure et extérieure de l'angle A rencontrent ce côté. Quelle relation trouve-t-on entre ces deux distances ?

91. Deux cônes sont circonscrits à la même sphère suivant deux cercles dont les plans sont parallèles. Les génératrices de ces cônes font avec l'axe commun des angles α et α'. On demande d'exprimer

au moyen des angles α et α' et du rayon R de la sphère : 1° la distance SS' des sommets des deux cônes ; 2° le volume compris entre les deux cônes ; 3° le rayon du cercle suivant lequel ces deux cônes se coupent. On rendra ces expressions calculables par logarithmes et on cherchera ce qu'elles deviennent pour $\alpha' = 90° - \alpha$. (Baccalauréat, Poitiers.)

92. Soient AMA', BNB' deux circonférences concentriques et AA' un diamètre fixe. Soient OM et OM' deux droites rectangulaires menées par le centre O, dont l'une coupe les deux circonférences en M et N et l'autre en M' et N'; on abaisse sur AA' les perpendiculaires MQ, M'Q' ; des points N et N' on abaisse sur MQ et M'Q' les perpendiculaires NP, N'P'; enfin on joint OP et OP' et on forme ainsi l'angle POP'.

Comment doivent être tracées les droites rectangulaires OM et OM' pour que l'angle POP' soit maximum ? (Concours général, Logique (sciences).)

93. La surface d'un triangle ABC est égale à un carré donné. Le côté AB est une ligne donnée c. La différence A — B des angles adjacents est égale à un angle positif $\alpha < 180°$. On propose de calculer les angles A et B. (Concours général, Rhétorique (sciences).)

94. On donne deux droites rectangulaires, un point A fixe sur l'une d'elles, et sur l'autre on prend deux points M et P tels que $\dfrac{OM}{OP} = \dfrac{m}{p}$; quelles seront les positions de ces points pour lesquelles l'angle MAP sera maximum? (Concours des départements, 1863.)

95. On donne un point A situé en dehors de la bande déterminée par deux parallèles. On demande la position que doit prendre la perpendiculaire commune pour être vue du point A sous un angle maximum.

96. Le périmètre d'un triangle rectangle est de 15 m., sa surface de $0^{mq},75$; on demande de calculer les côtés de ce triangle, ses angles et le rayon du cercle inscrit. (Baccalauréat, Montpellier.)

97. Une tour est bâtie au pied d'un coteau. Sur le penchant du coteau on mesure une base AB dont le prolongement vient passer au pied de la tour; les hauteurs angulaires du sommet de la tour au-dessus de l'horizon des points A et B sont α et β. La dépression du pied de la tour au-dessous de l'horizon mesurée d'un point C de la base AB est γ. Calculer la hauteur de la tour. (Concours académique, Bordeaux.)

Application : $AB = 10^m$;
$\alpha = 57° 12' 41'',5$;
$\beta = 60° 8' 14''$;
$\gamma = 72° 56' 18''$.

98. Si l, m, n sont les longueurs des bissectrices d'un triangle ABC dont la surface est S, démontrer que l'on a

$$S = \frac{1}{2} l (b + c) \sin \frac{A}{2} = \frac{1}{2} la \cos \frac{B - C}{2}.$$

99. Résoudre un triangle dont on donne un angle A, le rayon r du cercle inscrit, et le rayon R du cercle circonscrit. Chercher entre quelles limites doit varier l'angle A pour que le problème soit possible. (Concours académique, Grenoble.)

100. Dans un triangle ABC, on prend un point D sur BC; tracer une parallèle EF à BC telle que le segment EF intercepté dans l'angle A soit vu du point D sous un angle droit. (Concours académique, Clermont.)

101. On considère un quadrilatère convexe inscrit dans une circonférence O et dont l'angle B est droit. Sur chaque côté comme diamètre on décrit une circonférence. Les quatre circonférences ainsi obtenues se coupent successivement en quatre points A′, B′, C′, D′ différents des sommets A, B, C, D ; en joignant ces points deux à deux on forme le quadrilatère A′B′C′D′. Les données sont : le rayon R du cercle O, l'angle B qui est droit, et les angles $\beta =$ BAC, $\delta =$ DAC que font respectivement les côtés AB et AD du quadrilatère ABCD avec la diagonale AC. Établir les propriétés du quadrilatère A′B′C′D′. Calculer ses angles, ses côtés, ses diagonales, sa surface, ainsi que les distances de ses sommets aux différents côtés du quadrilatère ABCD. (Concours académique, Besançon.)

102. Étant donné le carré ABDE, sur la diagonale AD on prend le point C tel que $CD = \frac{AD}{3}$, on joint BC. On forme ainsi le triangle ABC. Démontrer que, A, B, C étant les angles et a, b, c les côtés de ce triangle,

$$\text{tang A} = 1, \quad \text{tang B} = 2, \quad \text{tang C} = 3, \quad \text{surf. ABC} = b^2 - a^2 = \frac{c^2}{5}.$$

En considérant les segments déterminés par les hauteurs sur les côtés de ce triangle, et désignant par O le point de rencontre des hauteurs,

$$AB′ = 5B′C, \quad AC′ = 2C′B, \quad CA′ = \frac{2}{5} . A′B,$$
$$AO = 5OA′, \quad BO = 2OB′, \quad CO = OC′.$$

En prenant le triangle A'B'C' formé par les pieds des hauteurs de ABC,

$$\frac{c'}{3} = \frac{b'}{4} = \frac{a'}{5};$$

$$\text{aire A'B'C'} = \frac{1}{5}\text{aire ABC.}$$

103. Trouver les angles d'un triangle, connaissant l'angle A et sachant que $2a = b + c$.

104. Résoudre un triangle, connaissant l'angle A, la somme $b + c = 25$ et sachant que l'on a $a^2 = bc$.

105. Étant donné un parallélipipède rectangle dont deux dimensions sont a, b, la troisième étant indéfinie, on propose de le couper par un plan de manière que le parallélogramme de section ait un angle donné et une surface donnée.

En supposant connus seulement a et b et l'angle du parallélogramme, quelle est de toutes ces sections celle qui a la plus grande ou la plus petite surface? (Concours académique, Montpellier.)

FIN.

TABLE DES MATIÈRES

FIN DE LA TABLE DES MATIÈRES

611 — Imprimerie A. Lahure, rue de Fleurus, 9, à Paris.

www.ingramcontent.com/pod-product-compliance
Lightning Source LLC
Chambersburg PA
CBHW061456030726
47503CB00005B/1728